El espejo se rajó de lado a lado

T0023441

Biblioteca Agatha Christie

Agatha Christie
El espejo se rajó de lado a lado

Traducción de Alberto Coscarelli

 Planeta

Biografía

Agatha Christie es conocida en todo el mundo como la Dama del Crimen. Es la autora más publicada de todos los tiempos, tan solo superada por la Biblia y Shakespeare. Sus libros han vendido más de cuatro mil millones de ejemplares en todo el mundo. Escribió un total de ochenta novelas de misterio y colecciones de relatos breves, diecinueve obras de teatro y seis novelas escritas con el pseudónimo de Mary Westmacott. Probó suerte con la pluma mientras trabajaba en un hospital durante la Primera Guerra Mundial, y debutó en 1920 con *El misterioso caso de Styles*, cuyo protagonista es el legendario detective Hércules Poirot, que luego aparecería en treinta y tres libros más. Alcanzó la fama con *El asesinato de Roger Ackroyd* en 1926, y creó a la ingeniosa Miss Marple en *Muerte en la vicaría*, publicado por primera vez en 1930. Se casó dos veces, una con Archibald Christie, de quien adoptó el apellido con el que es conocida mundialmente como la genial escritora de novelas y cuentos policiales y detectivescos, y luego con el arqueólogo Max Mallowan, al que acompañó en varias expediciones a lugares exóticos del mundo que luego usó como escenarios en sus novelas. En 1961 fue nombrada miembro de la Real Sociedad de Literatura y en 1971 recibió el título de Dama de la Orden del Imperio Británico, un título nobiliario que en aquellos días se concedía con poca frecuencia. Murió en 1976 a la edad de ochenta y cinco años. Sus misterios encantan a lectores de todas las edades, pues son lo suficientemente simples como para que los más jóvenes los entiendan y disfruten, pero a la vez muestran una complejidad que las mentes adultas no consiguen descifrar hasta el final.

www.agathachristie.com

A Margaret Rutherford, con admiración

Voló la red y se extendió;
el espejo se rajó de lado a lado;
«la maldición ha caído sobre mí»,
gritó la dama de Shalott.

ALFRED TENNYSON

Capítulo primero

Miss Jane Marple estaba sentada junto a la ventana que se abría al jardín, en otros tiempos un motivo de orgullo para su dueña. Ya no era así. Ahora miraba por la ventana y torcía el gesto. Desde hacía algún tiempo le habían prohibido la jardinería activa. Nada de agacharse, cavar o plantar; a lo sumo, podar un poco y sin pasarse. El viejo Laycock venía tres veces por semana y, sin duda, ponía su mejor empeño. Pero eso, que a la vista de los resultados no era mucho, sólo era «lo mejor» según su opinión, y no en la de su patrona. Miss Marple sabía exactamente qué quería que se hiciera y cuándo debía hacerse y, por consiguiente, le daba las debidas instrucciones. Entonces el viejo Laycock desplegaba su particular ingenio, que consistía en un asentimiento entusiasta y en seguir a lo suyo.

—Tiene usted toda la razón, patrona. Pondremos las margaritas allí y los farolillos junto al muro. Como usted dice, será lo primero que haremos la semana que viene.

Las excusas de Laycock siempre eran razonables, y se parecían muchísimo a las del capitán George de *Tres hombres en un bote* para evitar salir a la mar. En el caso del capitán, el viento siempre era desfavorable, ya fuera que soplase de tierra o de mar, viniera del poco fiable oeste o incluso del todavía más traicionero este. En el caso de Laycock, era el clima demasiado seco, demasiado húmedo, muy lluvioso, con amenaza de helada en el aire, o que alguna otra

11

cosa de gran importancia debía hacerse primero, por lo general algo relacionado con las coliflores o las coles de Bruselas, que le gustaba plantar en cantidades nada comunes. Los principios de Laycock en materia de jardinería eran sencillos, y ninguna patrona, por muy experta que fuera, le movería de sus trece.

Dichos principios consistían en tomar grandes cantidades de té, dulce y bien cargado, como estímulo al esfuerzo, hacer un diligente barrido de hojas secas durante el otoño y una discreta preparación de los parterres para sus plantas favoritas en verano; sobre todo alteres y salvias, «para hacer bonito», según decía. Era firme partidario de fumigar las rosas para protegerlas de la mosca verde, pese a que tardaba en poner manos a la obra. Y a la exigencia de que cavara surcos bien profundos para los guisantes replicaba que mirase cómo crecían los suyos: una excelente cosecha el año pasado y sin tantas historias ni preparación.

Pero, todo hay que decirlo, apreciaba a sus patronas y atendía a sus caprichos en materia de horticultura (siempre y cuando no involucrase trabajar duro), aunque sabía muy bien que la sal de la vida eran las verduras: una bonita col rizada, unas preciosas acelgas; las flores no eran más que antojos de las señoras que no sabían qué hacer con su tiempo. Aun así, demostraba su comprensión y afecto trayendo los ya mencionados asteres, salvias, lobelias y crisantemos.

—He estado trabajando en las casas nuevas de la urbanización. Quieren tener jardines bonitos, eso es lo que quieren. Tienen más plantas de las que necesitan, así que me he traído unas cuantas, y las he puesto más allá de los rosales viejos, que están algo pachuchos.

Sin dejar de pensar en estas cosas, Miss Marple abandonó la contemplación del jardín y recogió su labor.

Había que enfrentarse a los hechos: St. Mary Mead ya no era el lugar que había sido. En cierto modo, desde luego,

12

ya nada era como había sido. Se podía culpar a la guerra (a las dos), a la generación más joven, a las mujeres que ahora trabajaban, a la bomba atómica o, sencillamente, al Gobierno, pero lo que de verdad quería decir todo esto era que uno se estaba volviendo viejo. Miss Marple, que era una dama muy sensata, lo sabía realmente bien, sólo que, de una manera extraña, lo notaba más en St. Mary Mead porque había sido su hogar durante mucho tiempo.

St. Mary Mead, el núcleo antiguo, seguía allí. El Blue Boar estaba allí, la iglesia y la vicaría, y el pequeño grupo de casas estilo Reina Ana y georgianas, de las cuales una era la suya. La casa de miss Hartnell todavía estaba allí, y también miss Hartnell, luchando contra el progreso hasta el último aliento. Miss Wetherby había muerto y su casa la habitaban ahora el director del banco y su familia, después de haberla remozado pintando las puertas y ventanas de un azul brillante. Había gente nueva en la mayoría de las viejas casas, pero las casas en sí mismas habían cambiado muy poco de aspecto, porque las personas que las habían comprado lo habían hecho porque les gustaba lo que el agente inmobiliario llamaba «el encanto del viejo mundo». Sólo añadían otro cuarto de baño y se gastaban su buen dinero en cañerías, cocinas eléctricas y lavavajillas.

Pero si las casas continuaban teniendo el mismo aspecto de antes, no podía decirse lo mismo de la calle principal. Si las tiendas cambiaban de manos, era con vistas a una inmediata y despiadada modernización. La pescadería resultaba irreconocible, con unos enormes cristales detrás de los que refulgía el pescado refrigerado. El carnicero continuaba como siempre: la carne buena es carne buena hagan lo que hagan, si tienes dinero para pagarla; si no, te llevas los cortes baratos, los huesos y cosas así. Barnes, el charcutero, seguía allí, como toda la vida, algo que miss Hartnell, Miss Marple y las otras clientas habituales agradecían de corazón. Tan amable, con sillas cómodas donde sentarse junto al mostrador y tranquilas discusiones sobre la calidad del beicon y las variedades de quesos. Sin embargo, al final de la calle, donde míster Toms había tenido una vez la cestería, se levantaba un resplandeciente y flamante supermercado, anatema para las viejas damas de St. Mary Mead.

—Paquetes de productos que nunca has oído mencionar —exclamaba miss Hartnell—. Todos esos grandes paquetes de cereales, en lugar de prepararle al crío un buen desayuno de huevos con beicon. Y además te espetan que cojas un cesto y te busques tú las cosas. Algunas veces tardas un cuarto de hora en encontrar todo lo que necesitas y, por lo general, nunca es del tamaño adecuado; demasiado grande o demasiado pequeño. Después te toca hacer una cola larguísima a la hora de pagar. Resulta agotador. Desde luego, eso está muy bien para la gente de la urbanización.

En este punto se detuvo.

Porque, como era ahora habitual, la frase se acabó allí. La urbanización y punto, como dirían en términos modernos, tenía una entidad propia y con mayúscula.

Miss Marple soltó una brusca exclamación de enfado. Una vez más se le había escapado un punto, y no sólo eso, sino que se le había escapado hacía rato. Pero no había sido hasta ahora, cuando tenía que menguar para el cuello y contar los puntos, que se apercibió del hecho. Cogió una aguja de recambio, sostuvo el tejido ladeado junto a la luz y lo observó ansiosa. Incluso con las nuevas gafas no le resultaba fácil. Eso se debía, reflexionó, a que obviamente llegaba un momento en el que los oculistas, a pesar de las lujosas salas de espera, los instrumentos modernos, las luces brillantes con que te alumbraban los ojos y los honorarios de escándalo que cobraban, no podían hacer mucho más. Miss Marple recordó con cierta nostalgia lo buena que había sido su vista hasta pocos (bueno, quizá no tan pocos) años atrás. Desde la ventajosa ubicación de su jardín, tan admirablemente situado que permitía ver todo lo que ocurría en St. Mary Mead, ¡qué poco había escapado a su ojo avizor! Y con la ayuda de los prismáticos (la excusa de observar el vuelo de las aves era tan útil) había visto... Se interrumpió para recordar ahora otros hechos. Ann Protheroe con su vestido de verano, cruzando el jardín de la vicaría. El coronel Protheroe, pobre hombre, era una persona muy cargante y desagradable, pero que lo asesinaran de aquella forma... Meneó la cabeza y pensó en Griselda, la joven y bonita esposa del vicario. La querida Griselda, tan buena amiga, una felicitación navideña todos los años. Su hermoso bebé era ahora un apuesto muchacho con un buen trabajo. Ingeniero o algo así. Siempre había disfrutado mucho desarmando los trenes de juguete. Más allá de la vicaría, había estado la puerta de la valla y el sendero que conducía hasta el prado donde Giles apacentaba las vacas y donde ahora estaba la...

La urbanización.

¿Y por qué no?, se preguntó Miss Marple severamente. Estas cosas tenían que ser así. Las casas eran necesarias, y estaban muy bien hechas, o al menos eso le habían dicho. «Planificación», o como fuera que lo llamaran. Aunque no comprendía por qué a todo tenían que llamarlo Close [claustro]. Aubrey Close, Longwood Close, Grandison Close y todos los demás. No eran claustros ni nada que se les pareciera. Miss Marple sabía muy bien lo que era un claustro. Su tío había sido canónigo en la catedral de Chichester y durante la infancia se había alojado con él en el claustro.

Pasaba lo mismo con Cherry Baker, que siempre llamaba «comedor» a la vieja y abarrotada sala de Miss Marple. La anciana le corregía amablemente: «Es la sala, Cherry», y Cherry, porque era joven y amable, hacía lo posible por recordarlo, aunque era obvio que *sala* le parecía una palabra

ridícula, y *comedor* le salía natural. Sin embargo, última-
mente había optado por *recibidor*. A Miss Marple le gustaba
mucho Cherry. Su nombre era mistress Baker y venía de la
urbanización. Era una más de la legión de jóvenes esposas
que compraban en el supermercado y empujaban cocheci-
tos de bebé por las tranquilas calles de St. Mary Mead. Todas eran guapas y elegantes. Se rizaban el pelo. Reían,
charlaban y se saludaban las unas a las otras. Eran como
una alegre bandada de pájaros. Aunque sus maridos gana-
ban buenos sueldos, debido a las insidiosas trampas de la
venta a plazos a ellas siempre les faltaba dinero, y por eso
se empleaban como asistentas o cocineras. Cherry era una
cocinera rápida y eficaz, tenía cabeza, tomaba los recados
telefónicos correctamente y no se le pasaban por alto los
errores en las cuentas de los proveedores. No era muy
dada a darles la vuelta a los colchones y, en cuanto a lo de
fregar platos, Miss Marple desviaba la mirada cuando pasaba por delante de la cocina, para no ver el método de
Cherry, que consistía en meterlo todo en el fregadero y ro-
ciarlo con litros de detergente. A la chita callando, Miss
Marple había retirado de la circulación el viejo juego de té
de porcelana de Worcester y lo había guardado en un ar-
mario, del cual sólo lo sacaba en ocasiones especiales. En
su lugar, había comprado un servicio moderno con un dibujo gris pálido sobre fondo blanco, sin dorados que pudieran desaparecer en el fregadero.

Qué diferente había sido todo en el pasado. La fiel
Florence, una criada que era una sargenta, y también
Amy, Clara y Alice, las «guapas doncellas» que venían
del orfanato St. Faith para ser «enseñadas» y que, después, conseguían trabajos mejor pagados en alguna otra
parte. Algunas de ellas eran bastante tontas, con frecuencia gangosas, y Amy era claramente idiota. Cotilleaban
con las otras criadas del pueblo y salían con el ayudante
del pescadero, el aprendiz de jardinero de alguna de las

fincas o alguno de los numerosos asistentes de míster Barnes. Miss Marple las recordó con afecto, pensando en todos los abriguitos de lana que había tejido para sus retoños. Ninguna había sido muy buena con el teléfono, y desconocían la aritmética. En cambio, sabían lavar y hacer las camas. Tenían oficio más que educación. Resultaba curioso que hoy en día fueran las jóvenes educadas quienes se encargasen de las tareas domésticas: estudiantes extranjeras, *au pairs*, estudiantes universitarias de vacaciones, jóvenes casadas como Cherry Baker, que vivían en los falsos claustros de las nuevas urbanizaciones.

Desde luego, todavía quedaban personas como miss Knight. Este último pensamiento surgió bruscamente cuando los pasos de miss Knight por encima de su cabeza hicieron tintinear los colgantes del candelabro sobre la repisa de la chimenea. Miss Knight se había levantado de su siesta y ahora se disponía a salir para su paseo de la tarde. En cualquier momento entraría para preguntarle si necesitaba algo del pueblo. Pensar en miss Knight le produjo la misma reacción de siempre. Por supuesto, había sido un gesto de generosidad por parte de su querido Raymond (su sobrino), y nadie podía ser más amable que miss Knight, y, desde luego, el ataque de bronquitis la había dejado muy débil. El doctor Haydock había dicho tajantemente que no podía continuar durmiendo sola en la casa sin alguien que viniera todos los días, aunque aquí ella se detuvo. Porque de nada servía desear que hubiera sido cualquier otra persona en lugar de miss Knight, ya que las ancianas no tenían mucho en donde elegir. Las fieles criadas habían pasado de moda. Si estabas verdaderamente enferma podías conseguir una enfermera a alto precio y con muchas dificultades, o podías ir a un hospital. Pero en cuanto pasaba la fase crítica de la enfermedad, acababas en manos de la miss Knight de turno.

En realidad, no había nada malo en las miss Knight de

turno, excepto el hecho de que sacaban de sus casillas al más pintado. Estaban llenas de bondad, dispuestas a sentir afecto hacia las personas a su cargo, a seguirles la corriente, a mostrarse vivarachas y alegres con ellas, y, en general, tratarlas como niños ligeramente retrasados.

«Pero yo —se dijo Miss Marple—, aunque sea vieja, no soy una retrasada mental.»

En aquel instante, miss Knight irrumpió en la habitación con una expresión radiante y la respiración agitada, como era su costumbre. Se trataba de una mujer grande y un tanto obesa, de unos cincuenta y tantos años, con el pelo amarillo ceniciento muy bien peinado, gafas, una nariz larga y afilada y una barbilla débil.

—¡Aquí estamos! —exclamó con un fervoroso bullicio destinado a alegrar y revivir el triste ocaso de la vejez—. Espero que hayamos dormido la siesta.

—Yo he estado haciendo calceta —replicó Miss Marple con un cierto énfasis en el pronombre, y añadió, confesando su disgusto y vergüenza—: Se me ha escapado un punto.

—Vaya, vaya. Lo solucionaremos ahora mismo, ¿a que sí?

—Usted lo arreglará. Yo soy incapaz de hacerlo.

La leve acritud de su tono pasó totalmente desapercibida. Miss Knight, como siempre, estaba ansiosa por ayudar.

—Ya está —anunció después de un par de minutos—. Aquí tiene, querida. Ahora está bien.

Aunque Miss Marple no tenía inconveniente alguno en que la llamaran «querida» (e incluso «guapa») la verdulera o la dependienta de la papelería, le irritaba muchísimo que miss Knight la llamara «querida». Otra de esas cosas que las damas mayores tenían que aguantar. Le dio las gracias a miss Knight con mucha cortesía.

—Ya estoy lista para dar mi paseíto —señaló la mujer con muy buen humor—. No tardaré mucho.

—Por favor, no se dé prisa en volver —manifestó Miss Marple cortés y sinceramente.

—No me gusta dejarla sola demasiado tiempo, querida. Podría deprimirse.

—Le aseguro que estoy muy contenta. Probablemente —Miss Marple cerró los ojos— echaré una cabezadita.

—Eso está muy bien, querida. ¿Necesita que le traiga algo?

Miss Marple abrió los ojos y se animó.

—Podría ir a Longdon's y ver si ya tienen listas las cortinas. Y quizá otro ovillo de lana azul de mistress Wisley. Ah, y una caja de pastillas de grosella negra en la farmacia. Pase por la biblioteca y devuelva mi libro, pero no deje que le den ninguno que no esté en mi lista. Este último era demasiado malo. No pude leerlo. —Le tendió un ejemplar de *Despierta la primavera*.

—Qué pena, ¿no le ha gustado? Pensé que le encantaría. Es una historia tan bonita.

—Por cierto, si no fuera demasiado lejos para usted, quizá no le importaría llegarse hasta Halletts y ver si tienen una de esas batidoras de huevos que no son de manivela. —Sabía muy bien que no las tenían, pero Halletts era la tienda más alejada—. Si no le parece que está demasiado... —murmuró.

—De ningún modo. Encantadísima —contestó miss Knight con la mayor inocencia.

Le encantaba comprar. Para ella era un soplo vital. Se encontraba a conocidos y surgía la oportunidad de charlar un rato, podía cotillear con las vendedoras, tenía la oportunidad de curiosear los productos que ofrecían las diversas tiendas, y lo mejor de todo era que podía dedicar mucho tiempo a estas placenteras ocupaciones sin tener ningún remordimiento por la demora.

Así que miss Knight, tras echar un último vistazo a la frágil anciana que dormía tan tranquila junto a la ventana, se marchó alegremente.

Después de esperar unos cuantos minutos ante la posibilidad de que miss Knight regresara a por la bolsa de la compra, el bolso o el pañuelo (era muy olvidadiza y no le importaba volver a buscar lo que fuera), y también para recuperarse de la leve fatiga mental inducida por tener que pensar en tantos encargos inútiles, Miss Marple se levantó con energía, dejó a un lado la bolsa de labor, cruzó la habitación con aire decidido y salió al vestíbulo. Cogió la chaqueta de verano del perchero, un bastón y se cambió las zapatillas por unos recios zapatones. Luego abandonó la casa por la puerta lateral.

«Tardará como mínimo hora y media —calculó mentalmente—. Quizá más, con toda esa gente de la urbanización haciendo sus compras.» Se imaginó a miss Knight en Longdon's haciendo inútiles averiguaciones sobre las cortinas.

Su visualización fue muy certera. En ese momento, miss Knight exclamaba: «Desde luego, estaba segura de que todavía no las habrían acabado, pero, por supuesto, tenía que venir a comprobarlo porque la pobre mujer lo ha dicho muy convencida. Todas estas viejas son iguales, tienen tan poco con que entretenerse. Hay que seguirles la corriente. Ella es una anciana dulce y encantadora. Comienza a flaquear un poco, pero eso es natural, le fallan las facultades. Esta tela es muy bonita. ¿La tiene en otros colores?».

Transcurrieron otros placenteros veinte minutos. Cuando miss Knight se marchó, la jefa de las vendedoras comentó con cierta sorna: «¿Conque ya flaquea? Lo creeré cuando lo vea con mis propios ojos. La vieja Miss Marple siempre ha sido más lista que un zorro, y seguro que sigue siéndolo». Dicho esto, volvió su atención a una joven vestida con unos pantalones muy ajustados y un jersey de marino que quería comprar tela de plástico con motivos de cangrejos para la cortina del baño.

«Ya lo tengo. Me recuerda a Emily Waters —se dijo Miss Marple, con la satisfacción que siempre le producía encontrar el equivalente de una persona en otra conocida en el pasado—. La misma cabeza de chorlito. A ver si hago memoria, ¿qué le pasó a Emily?»

Llegó a la conclusión de que nada importante. En una ocasión había estado a punto de casarse con un sacristán, pero después de varios años de noviazgo lo habían dejado correr. Se olvidó de la enfermera y prestó atención al entorno. Cruzó el jardín a buen paso observando de reojo que Laycock había podado las viejas rosas de una manera más apropiada para las híbridas, pero no permitió que esto la angustiara o la distrajera del delicioso placer de haberse podido escapar para hacer una excursión en solitario. Tenía la alegre sensación de estar viviendo una aventura. Dobló a la derecha, cruzó la verja de la vicaría, siguió por el sendero que cruzaba el jardín y salió a la derecha del camino. Donde antes había estado la entrada ahora había una puerta de vaivén de hierro que daba a un camino asfaltado. Lo siguió hasta el pequeño puente que cruzaba el arroyo. Al otro lado de la corriente, donde se abrían los prados y pastaba el ganado, se alzaba la urbanización.

Capítulo 2

Miss Marple cruzó el puente con la sensación de ser Colón partiendo a descubrir un nuevo mundo, siguió por el sendero y en menos de cuatro minutos se encontró en Aubrey Close.

Desde luego, había visto la urbanización desde Market Basing Road; mejor dicho, había visto de lejos las hileras de casas bien construidas, con sus antenas de televisión y las puertas y ventanas pintadas de color azul, rosa, amarillo y verde, pero había sido como mirar un lugar en el mapa, porque no había estado allí. En cambio, ahora estaba ahí para observar ese nuevo y bravío mundo que surgía, el mundo que a todas luces era ajeno a todo lo que ella conocía. Era como una maqueta construida por un niño con piezas de madera. Apenas le parecía real.

También la gente parecía irreal. Las jóvenes con pantalones, los jóvenes y los adolescentes de aspecto siniestro, los exuberantes pechos de las quinceañeras. Le fue imposible no pensar que todo parecía terriblemente depravado. Nadie se fijó en ella mientras seguía su camino. Dejó atrás Aubrey Close hasta llegar a Darlington Close. Caminaba sin prisa mientras escuchaba ávidamente retazos de las conversaciones de las madres que paseaban a sus hijos, a las chicas hablando con los chicos, a los amenazadores *teddy boys** (suponía que lo eran) intercambiando crípticos co-

---

* *Teddy boys*: aquí tiene el sentido de gamberros, pero fue un movi-

mentarios. Las madres se asomaban a las puertas para llamar a sus hijos, quienes, como correspondía, estaban muy ocupados haciendo todas aquellas cosas que les habían dicho que no hicieran. «Los niños —pensó agradecida— nunca cambian.» Y poco a poco comenzó a sonreír, a medida que iba identificando su habitual serie de reconocimientos.

Aquella mujer es idéntica a Carry Edwards, y la morena es clavada a la chica de los Hooper; hará un desastre de su matrimonio, igual que hizo Mary Hooper. Esos chicos de allá... El moreno es como Edward Leeke, dice barbaridades, pero no tiene maldad —en realidad es un buen chico—, y el rubio es calcado al Josh de mistress Bedwell. Buenos muchachos los dos. Mucho me temo que el que se parece a Gregory Binns no valdrá adelante. Supongo que tiene la misma clase de madre...

Cada vez más animada, dobló la esquina de Walsingham Close.

El nuevo mundo era igual que el viejo. Las casas eran diferentes, a las calles las llamaban Close, las ropas eran otras, las voces eran distintas, pero los seres humanos eran como siempre habían sido. Y aunque la construcción de las frases variaba un poco, los temas de conversación seguían siendo los mismos.

Con tantas vueltas como dio en su viaje de descubrimiento acabó por desorientarse y, finalmente, fue a parar al final de la urbanización. Ahora se encontraba en Carrisbrook Close, un sector que todavía estaba en fase de construcción. Una pareja de jóvenes se asomaba a la ventana del primer piso de una casa por estrenar. Las voces se oían claramente mientras discutían los pros y los contras de la vivienda.

---

miento juvenil inglés que imitaba la forma de vestir de la época eduardiana, con pantalones ajustados y zapatos de suela gruesa, patillas y una destacada agresividad. (N. del T.)

—Tienes que admitir que está muy bien ubicada, Harry.

—La otra tampoco estaba mal.

—Ésta tiene dos habitaciones más.

—Pero hay que pagarlas.

—A mí me gusta ésta.

—¡Faltaría más!

—Venga, no seas aguafiestas. Ya sabes lo que dijo mamá.

—Tu madre no para de hablar.

—No digas nada en su contra. ¿Dónde estaría yo sin ella? Además podría haber sido mucho más dura. Te podría haber llevado a juicio.

—Bah, Lily, para ya.

—Hay una bonita vista de las colinas. Casi se puede ver —se asomó, girando el cuerpo hacia la izquierda— el embalse.

Se asomó todavía más, sin darse cuenta de que descansaba el peso en unas tablas apoyadas en el alféizar. Las tablas cedieron bajo la presión del cuerpo y se deslizaron, arrastrando a la joven hacia el vacío. Lily gritó, intentando recuperar el equilibrio.

—¡Harry!

El joven permaneció inmóvil, a un metro más o menos de ella. Dio un paso atrás.

La muchacha, desesperada, manoteó hasta conseguir asirse al marco y se enderezó.

—¡Uf! —exclamó asustada—. Casi salgo volando. ¿Por qué no me has sujetado?

—Todo ha sido muy rápido. Además, no te ha pasado nada.

—Sí que te lo tomas a la ligera. Casi me mato. Mira cómo me ha quedado el vestido, todo el pecho sucio y arrugado.

Miss Marple continuó caminando, pero luego, llevada por un repentino impulso, dio media vuelta.

Lily estaba en la calle esperando a que el joven cerrara

la casa. La anciana se acercó a ella y le habló rápidamente en voz baja.

—Yo en su lugar, querida, no me casaría con ese joven. Necesita a alguien en quien pueda confiar en una situación de peligro. Debe perdonarme por decirle esto, pero he creído que debía advertirla.

Volvió a alejarse, y Lily se quedó mirándola desconcertada.

—De todas las...

El novio se acercó.

—¿Qué te ha dicho, Lily?

Ésta abrió la boca, la volvió a cerrar y luego miró al joven con expresión pensativa.

—Al parecer, la buenaventura —respondió finalmente.

Mientras tanto, Miss Marple, en su afán por alejarse, dobló la esquina, resbaló con unas piedras sueltas y cayó de bruces.

Una mujer salió corriendo de una de las casas.

—¡Ay, madre, vaya caída! Espero que no se haya hecho daño...

Sujetó a Miss Marple casi con excesiva buena voluntad y la puso de pie.

—No parece haberse roto nada. Ya está. Supongo que no será nada más que el susto.

Tenía una voz fuerte y amable. Era una mujer robusta, de unos cuarenta años, el pelo castaño salpicado con las primeras canas, ojos azules y una boca grande que a Miss Marple, todavía algo confusa, le pareció que tenía demasiados dientes.

—Creo que lo mejor será que entre un momento y descanse. Le prepararé una taza de té.

Miss Marple le dio las gracias. Dejó que la guiara a través de la puerta azul hasta una pequeña sala con las sillas y el sofá tapizados en cretonas de alegres colores.

—Ya estamos aquí —dijo su salvadora, acomodándole

los cojines—. Descanse tranquila mientras pongo a hervir el agua.

Salió apresuradamente y el salón pareció recobrar la paz. Miss Marple respiró hondo. No se había hecho daño, pero se había llevado un buen susto. Las caídas a su edad eran una mala cosa. Sin embargo, con un poco de suerte, miss Knight no llegaría a enterarse, pensó contrita. Movió los brazos y las piernas con precaución: no tenía nada roto. Ahora sólo tenía que regresar a casa sin más tropiezos. Quizá después del té se vería con más ánimos.

El té llegó en aquel mismo instante, servido en una bandeja y acompañado con un plato de galletas dulces.

—Aquí tiene. —La mujer colocó la bandeja sobre la mesa de centro—. ¿Se lo sirvo? Le conviene tomarlo con mucho azúcar.

—No quiero azúcar, gracias.

—Tiene que tomarlo. Es para el *shock*. Durante la guerra, serví como conductora de ambulancias. El azúcar es fantástico para los *shocks*. —Echó cuatro terrones en la taza y removió enérgicamente—. Ahora bébaselo y se sentirá como nueva.

Miss Marple aceptó la prescripción.

«Una buena mujer —pensó—. Me recuerda a alguien... ¿A quién?»

—Es usted muy amable —manifestó sonriente.

—Bah, no es nada. El pequeño ángel de la guarda, ése soy yo. Me encanta ayudar a la gente. —Miró a través de la ventana al oír el chasquido del picaporte de la cancela—. Aquí llega mi marido. Arthur, tenemos una visita.

Salió al vestíbulo y volvió con Arthur, quien parecía un tanto sorprendido. Era un hombre delgado, pálido y lento de habla.

—La señora se ha caído delante mismo de nuestra verja, así que, por supuesto, la he traído a casa.

—Su esposa es muy amable, ¿señor...?

—Me llamo Badcock.

—Míster Badcock, creo que le he causado muchas molestias a su esposa.

—No es ningún problema para Heather. Le encanta ayudar a la gente. —La miró con curiosidad—. ¿Iba a algún lugar determinado?

—No, sólo estaba dando un paseo. Vivo en St. Mary Mead, en la casa que hay pasada la vicaría. Me llamo Marple.

—¡Yaya! —exclamó Heather—. Así que usted es Miss Marple. He oído hablar de usted. Es la de todos esos crímenes.

—¡Heather! Pero ¿qué...?

—Ya sabes lo que quiero decir. No es que cometa los crímenes, sino que los resuelve. Es así, ¿verdad?

Miss Marple murmuró modestamente que se había visto mezclada en algunos asesinatos un par de veces.

—Me han dicho que en este pueblo se ha cometido un asesinato. El otro día lo comentaban en el bingo. Fue en Gossington Hall. Nunca se me ocurriría comprar una casa donde ha habido un asesinato. Estoy segura de que estará embrujada.

—El asesinato no se cometió en Gossington Hall. Llevaron allí el cadáver.

—Lo encontraron tendido en la alfombra de la biblioteca, eso es lo que dicen.

Miss Marple asintió.

—¿Sabe una cosa? Quizá hagan una película con esa historia. Tal vez por eso Marina Gregg ha comprado Gossington Hall.

—¿Marina Gregg?

—Sí. Ella y su marido. Se me ha olvidado el nombre. Creo que es un productor o director; Jason no sé cuántos. Y Marina Gregg es preciosa, ¿verdad? Claro que no ha actuado en muchas películas en los últimos años. Ha estado enferma durante mucho tiempo. Pero creo que sigue sin haber nadie como ella. ¿La vio en *Carmanella*? ¿O en *El precio del amor* y en *María de Escocia*? Ya no es joven, aunque continúa siendo una magnífica actriz. Siempre he sido una de sus más fieles admiradoras. Cuando era adolescente soñaba con ella. La mayor emoción de mi vida fue cuando organizaron un gran festival artístico en beneficio del servicio de ambulancias de St. John en Bermuda y Marina Gregg vino a inaugurarlo. Yo estaba loca de entusiasmo. Pero entonces, cuando llegó el día, caí en cama con fiebre y el doctor dijo que no podía ir. No obstante, yo no quise dejarme vencer tan fácilmente. Tampoco me sentía muy mal. Así que me levanté, me puse un montón de maquillaje y a la calle. Me la presentaron y hablé con ella durante tres minutos. Incluso me firmó un autógrafo. Fue maravilloso. Nunca olvidaré aquel día.

—Espero que no tuviera consecuencias graves —comentó Miss Marple, mirándola atentamente.

—Ninguna en absoluto. —Heather Badcock se echó a reír—. Es lo que yo digo: si quieres algo, tienes que arriesgarte. Siempre lo hago.

Volvió a reír con una risa alegre y estridente.

—No hay nada que detenga a Heather —señaló Arthur con un tono de franca admiración—. Siempre se sale con la suya.

—Alison Wilde —musitó Miss Marple, asintiendo satisfecha.

—¿Perdón? —intervino míster Badcock.

—Nada. Sólo es alguien a quien conocía. —Heather la interrogó con la mirada—. Usted me la recuerda, eso es todo.

—¿De veras? Espero que fuera agradable.

—Era muy agradable —contestó Miss Marple lentamente—. Bondadosa, saludable, llena de vida.

—Pero tendría sus defectos, ¿no? Yo los tengo.

—Alison siempre tenía tan claro su punto de vista que no siempre veía el de los demás.

—Como aquella vez que acogiste a aquella familia evacuada de una casa declarada en ruinas y se llevaron las cucharillas —recordó Arthur.

—¡Arthur, ya está bien! ¡No podía dejarlos en medio de la calle! No hubiera estado bien.

—Eran las cucharillas de la familia —comentó míster Badcock con tristeza—: Pertenecían a la abuela de mi madre.

—Olvídate de esas viejas cucharillas, Arthur. No seas pesado.

No soy de los que olvidan fácilmente.

Miss Marple le observó con expresión pensativa.

—¿Qué hace ahora su amiga? —preguntó Heather con un amable interés.

Miss Marple demoró un segundo la respuesta.

—¿Alison Wilde? Está muerta.

Capítulo 3

—Me alegro de estar de vuelta —afirmó mistress Bantry—. Aunque, por supuesto, me lo he pasado muy bien.

Miss Marple asintió mientras aceptaba la taza de té de la mano de su amiga.

A la muerte de su marido, el coronel Bantry, ocurrida hacía ya algunos años, la viuda había vendido Gossington Hall y los extensos terrenos de la finca, quedándose sólo con lo que había sido el pabellón este, un pequeño y encantador edificio porticado, aunque tan incómodo que incluso el jardinero se había negado a ocuparlo. Mistress Bantry le había añadido algunas mejoras esenciales de la vida moderna: una cocina, agua corriente, luz eléctrica y un baño. Todo esto le había costado una fortuna, pero no tanto como vivir en Gossington Hall. Además, había conservado casi un acre de jardín rodeado de árboles, gracias a lo cual, tal como explicaba, «hagan lo que hagan con Gossington, no tengo que verlo ni preocuparme».

Desde hacía algún tiempo, pasaba la mayor parte del año dedicada a visitar a sus hijos y nietos en diversos países del mundo y, de cuando en cuando, regresaba para disfrutar de la intimidad de su hogar. Gossington Hall había cambiado de manos un par de veces. Los primeros propietarios lo convirtieron en un hostal. Fracasó y lo vendieron a cuatro personas que lo dividieron en cuatro apartamentos y acabaron peleadas. Finalmente, el Ministerio de Salud

Pública lo había adquirido para algún oscuro propósito al que, en apariencia, había renunciado (por algún otro oscuro propósito), porque no habían tardado en revender la finca, y era esta reventa lo que discutían las dos amigas.

—He oído rumores, desde luego —manifestó Miss Marple.

—Naturalmente —replicó mistress Bantry—. Incluso se dijo que Charlie Chaplin y todos sus hijos vendrían a vivir aquí. Eso hubiera sido muy divertido. Desgraciadamente, no fue más que un bulo. No, tiene que ser Marina Gregg.

—Qué encantadora era —opinó Miss Marple con un suspiro—. Siempre recordaré sus primeras películas. *Ave de paso*, con el apuesto Joel Roberts. Y *María, reina de Escocia*. También, aunque era muy sentimental, admito que disfruté con *Cruzando el Rye*. Señor, de eso hace ya mucho.

—Sí. Debe de tener..., ¿qué dirías tú? ¿Cuarenta y cinco? ¿Cincuenta?

Miss Marple creía que los cincuenta.

—¿Ha actuado en alguna película recientemente? Desde luego, ya no voy mucho al cine.

—Algunas apariciones esporádicas. Hace mucho tiempo que ya no es una estrella. Tuvo aquella grave crisis nerviosa después de uno de sus divorcios.

—Todas tienen tantos maridos. La verdad es que debe de ser agotador.

—A mí eso no me va. Después de enamorarte de un hombre, casarte, acostumbrarte a sus manías e instalarte cómodamente, echarlo todo por la borda para empezar de nuevo me parece una locura.

—La verdad es que no puedo opinar con conocimiento de causa —señaló Miss Marple, con un discreto carraspeo—, porque nunca me he casado. Pero, en cualquier caso, es una lástima.

—Supongo que no lo pueden evitar —añadió la viuda sin mucha convicción—. Con esa vida que llevan, tan pública. La conocí, me refiero a Marina Gregg, cuando estuve en California.

—¿Qué te pareció? —preguntó Miss Marple interesada.

—Adorable. Muy natural y espontánea. Claro que, en realidad, también es en cierto modo una actuación.

—¿Qué es una actuación?

—Ser natural y espontánea. Aprendes a hacerlo y, después, lo haces continuamente. Debe de ser pesadísimo. No poder comportarte nunca como te apetece y decir: «Por amor de Dios, dejen de incordiarme». Me atrevería a decir que se emborrachan o participan en orgías como un acto de defensa propia.

—Ha tenido cinco maridos, ¿no es así?

—Por lo menos. Un primero que no cuenta; luego, un segundo que era un príncipe o conde extranjero. Y el tercero, un astro del cine: Robert Truscott. Aquello prometía ser un gran romance, pero sólo duró cuatro años. Después le tocó a Isidore Wright, el autor teatral. Fue un matrimonio serio y discreto, y ella tuvo un hijo. Al parecer, anhelaba ser madre, incluso tenía unos cuantos niños más o menos adoptados, pero éste era suyo. Se comentó muchísimo. La presentaron como la Madre, la maternidad con mayúsculas. Y entonces, me parece, el niño resultó ser retrasado, deficiente o algo así. Y fue después de aquello cuando ella tuvo la crisis. Comenzó a tomar drogas y todo eso, y rechazó varios papeles.

—Pareces saber muchas cosas.

—Es natural. Cuando compró Gossington, me picó la curiosidad. Lleva dos años con este marido, y dicen que ahora está completamente recuperada. Él es productor, ¿o debo decir director? No lo sé, siempre me confundo. Él ya estaba enamorado de Marina cuando ambos eran muy jóvenes, pero en aquel tiempo él no era gran cosa. Sin embargo, ahora creo que es muy famoso. ¿Cómo se llama? Jason, Jason no sé cuántos. ¿Jason Hudd? No. Rudd, eso

es. Compraron Gossington porque les cae cerca de...
—dudó— ¿Elstree?

Miss Marple meneó la cabeza.

—Me parece que no. Elstree está en el norte de Londres.

—Son unos estudios bastante nuevos. Hellingforth, ése es el nombre. Siempre me ha parecido que suena a finés. Está a unas seis millas de Market Basing. Creo que ella intervendrá en una película sobre Isabel de Austria.

—Lo sabes todo sobre la vida privada de las estrellas. ¿Lo aprendiste en California?

—No. En realidad son las noticias que leo en esas extraordinarias revistas que tienen en la peluquería. No conozco el nombre de la mayoría de las estrellas. Me interesé únicamente porque ellos compraron Gossington. ¡Es increíble las cosas que publican esas revistas! Supongo que la mitad son mentira, quizá más. No creo que Marina Gregg sea ninfómana, ni que beba, y probablemente tampoco es drogadicta, y supongo que tampoco tuvo ninguna crisis nerviosa, sino que se fue a descansar tranquilamente a alguna parte, pero sí que es verdad que vendrá a vivir aquí.

—La semana que viene, según dicen.

—¿Tan pronto? Sé que presta Gossington para la fiesta del día 23, a beneficio del servicio de ambulancias de St. John. Supongo que habrán hecho un montón de reformas. Prácticamente lo han cambiado todo. Lo cierto es que hubiese sido más sencillo, y probablemente más barato, echarla abajo y construir una casa nueva.

—¿Baños?

—Seis. Y un patio con palmeras. Una piscina y algo que creo que llaman ventanas panorámicas. También echaron abajo la pared entre el estudio de tu marido y la biblioteca para hacer una gran sala de música.

—Arthur se removerá en su tumba. Tú sabes cuánto odiaba la música. El pobre no tenía oído musical. Había que verle la cara cuando algún amigo nos invitaba a la ópera. Es muy capaz de salir de la tumba y perseguirlos clamando venganza. —Mistress Bantry se detuvo y después preguntó bruscamente—: ¿Alguien ha insinuado que Gossington pudiera estar encantada?

Miss Marple meneó la cabeza.

—No lo está —afirmó.

—Eso no impedirá que la gente lo diga.

—Nadie ha dicho nada. La gente no es tonta, ya lo sabes. Y menos en los pueblos.

—Siempre dices lo mismo, Jane, y no seré yo quien te lleve la contraria. —Sonrió—. Marina Gregg me preguntó, con mucha dulzura y delicadeza, si no me resultaría demasiado doloroso ver mi viejo hogar ocupado por extraños. Le aseguré que no me afectaría en absoluto. Me parece que no acabó de creérselo. Después de todo, y tú lo sabes, Jane, Gossington no era nuestro hogar. No nos criamos allí, y eso es lo que cuenta. Sólo era una casa con terrenos donde cazar y pescar que compramos cuando Arthur se retiró. Recuerdo que creíamos que sería una casa fácil de mantener y de atender. ¡No me explico cómo pudimos creer semejante tontería! Todas aquellas escaleras y pasillos. ¡Sólo cuatro sirvientes! ¡Sólo cuatro! ¡Ja, ja! Vaya tiempos aquellos. —Cambió de tema, sin más—. ¿Qué es toda esa historia de que te caíste? Esa mujer no debería dejarte salir sola.

—No fue culpa de la pobre miss Knight. Le encargué unos cuantos recados y después...

—... le diste esquinazo, ¿no es así? Ya, lo veo. Pero no tendrías que hacerlo, Jane. No a tu edad.

—¿Cómo te has enterado?

Mistress Bantry sonrió.

—No se pueden tener secretos en St. Mary Mead. Tú misma lo repites continuamente. Me lo dijo mistress Meavy.

—¿Mistress Meavy? —El nombre le sonó a chino.

—Es la asistenta. Viene de la urbanización.

—Ah, la urbanización. —Se produjo la pausa habitual—. ¿Qué estabas haciendo en la urbanización? —preguntó mistress Bantry llevada por la curiosidad.

—Sólo quería verla. Ver cómo era la gente.

—¿Y cómo creías que era?

—La misma que en todas partes. No acabo de tener muy claro si me causó una desilusión o me proporcionó cierta tranquilidad.

—Yo diría que una desilusión.

—No, creo que me proporcionó tranquilidad. Te permite reconocer a ciertos tipos de personas, de modo que, cuando ocurre algo, puedes entender muy bien el porqué y cuál fue el motivo.

—¿Te refieres a un asesinato?

—No sé por qué das por hecho que sólo pienso en asesinatos.

—Bobadas. Jane. ¿Por qué no afrontas la realidad y admites que eres una criminóloga y santas pascuas?

—Porque no lo soy —replicó Miss Marple con decisión—. Sencillamente tengo algunos conocimientos de la naturaleza humana, algo evidente después de haber vivido en un pueblo pequeño toda mi vida.

—Probablemente tengas razón —admitió mistress Bantry pensativa—, aunque la mayoría de la gente no estaría de acuerdo, por supuesto. Tu sobrino Raymond solía decir que este lugar era un villorrio.

—Mi querido Raymond —replicó Miss Marple indulgente—. Siempre tan bondadoso. Es él quien paga el sueldo de miss Knight.

Pensar en miss Knight le recordó otras cosas y se levantó.

—Creo que es hora de regresar.

—No habrás venido hasta aquí a pie, ¿verdad?

—Claro que no. He venido en Inch.

Esta afirmación un tanto enigmática fue comprendida claramente por su interlocutora. En un pasado muy lejano, míster Inch había sido el propietario de dos carruajes, que esperaban la llegada de los trenes en la estación local y que también eran alquilados por las damas locales para sus «visitas», ir a fiestas y, ocasionalmente, con sus hijas, para acudir a algunos entretenimientos frívolos como los bailes. Con el paso de los años, Inch, un hombre con el rostro rojo como la grana y de unos setenta y tantos años, cedió el puesto a su hijo —conocido como «el joven Inch» (aunque entonces tenía cuarenta y cinco años)—, aunque el viejo Inch continuaba conduciendo para aquellas damas mayores que consideraban a su hijo demasiado joven e irresponsable. Para mantenerse al ritmo de los tiempos, el joven Inch abandonó los coches de caballos por los automóviles. No era muy bueno para la mecánica y, en su momento, traspasó el negocio a un tal míster Bardwell. El nombre de Inch perduró. Míster Bardwell, a su vez, se lo vendió a míster Roberts, pero en la guía de teléfonos Inch's Taxi Service continuaba siendo el nombre oficial, y las señoras ancianas de la comunidad seguían refiriéndose a sus viajes como ir a alguna parte «en Inch», como si ellas fueran Jonás e Inch, la ballena.

—Ha llamado el doctor Haydock —informó miss Knight con un tono de reproche—. Le he dicho que había ido usted a tomar el té con mistress Bantry. Volverá a llamarla mañana.

Ayudó a Miss Marple a quitarse el abrigo y la bufanda.

—Y ahora supongo que estamos cansadas —añadió acusadoramente.

—Puede que usted lo esté. Yo no.

—Venga y siéntese cómodamente junto al fuego —prosiguió miss Knight, sin hacerle caso como de costumbre

(«No es necesario hacer mucho caso de lo que dicen las pobrecitas. Les sigo la corriente.»)—. ¿Qué le parece si ahora nos tomamos una buena taza de leche malteada? ¿O con vainilla para variar?

Miss Marple le dio las gracias y manifestó su preferencia por una copita de jerez seco. Miss Knight la reprendió con la mirada.

—No sé qué diría el doctor al respecto —opinó al volver con la copa.

—No nos olvidaremos de preguntárselo mañana.

A la mañana siguiente, miss Knight recibió al doctor Haydock en el vestíbulo y comenzó a cuchichear agitadamente.

El anciano médico entró en la sala frotándose las manos, porque hacía una mañana gélida.

—Aquí está nuestro doctor, que ha venido a vernos —anunció miss Knight con un tono festivo—. ¿Me permite los guantes, doctor?

—Estarán muy bien aquí —respondió Haydock, arrojándolos descuidadamente sobre una mesa—. Hace una mañana bastante fresca.

—¿Una copita de jerez, quizá? —propuso Miss Marple.

—He oído decir que se ha dado a la bebida. Considero que no es bueno dejar que beba sola.

La botella y las copas ya estaban preparadas en una mesa auxiliar. Miss Knight abandonó la sala.

El doctor Haydock era un viejo y buen amigo. Estaba prácticamente retirado, pero continuaba atendiendo a algunos de sus antiguos pacientes.

—También he oído comentar que anda usted cayéndose por ahí —añadió el doctor después de beberse la copa—. A su edad no es nada conveniente, se lo advierto. Y me han dicho que no quiso llamar a Sandford.

Sandford se hacía cargo de la consulta de Haydock.

—En cualquier caso, esa dama de compañía que tiene lo envió a buscar, e hizo lo correcto.

—Sólo tenía unos morados y me sentía un poco mareada. El doctor Sandford lo dijo. Podría haber esperado tranquilamente a que usted regresara.

—Escúcheme bien, mi querida amiga. No pienso morirme en la consulta. Y Sandford, permítame que se lo diga, está mucho más capacitado que un servidor. Es un médico de primera.

—Todos los médicos jóvenes son iguales. Te toman la presión y da lo mismo lo que tengas, porque te recetan algunas pastillas fabricadas en serie. Rosas, amarillas, marrones. En la actualidad, ir a la farmacia es como ir al supermercado, todo viene envasado.

—Le estaría bien empleado si yo le recetara sanguijuelas, un purgante y le diera una friega de aceite alcanforado en el pecho.

—Ya lo hago yo misma cada vez que pillo una tos —replicó Miss Marple con ardor—, y bien que me alivia.

—Lo que pasa es que no nos gusta hacernos viejos —señaló el médico amablemente—. Lo odio.

—Usted es joven si se compara conmigo. La verdad es que no me importa envejecer, no es eso. Se trata de otras indignidades que parecen insignificantes.

—Creo que comprendo lo que quiere decir.

—¡Nunca estar sola! La dificultad de poder salir por tu cuenta, incluso la de hacer calceta, que siempre me ha distraído tanto, y conste que era muy buena haciendo calceta... Ahora pierdo los puntos continuamente y, a menudo, ni siquiera me entero de que los he perdido.

Haydock la miró pensativo. Luego apareció en sus ojos una mirada de picardía.

—Siempre queda hacer lo opuesto.

—Venga, ¿qué quiere decir con eso?

—Si no puede hacer calceta, ¿qué le parece destejer para variar? Penélope lo hacía.

—Difícilmente se me puede considerar en su misma posición.

—No me dirá que destejer es algo que no está en su línea.

Haydock se levantó.

—Es hora de marcharme. Lo que le recetaría para sus males es un bonito y suculento asesinato.

—¡Qué propuesta más escandalosa!

—¿A que sí? Sin embargo, siempre puede entretenerse calculando hasta dónde se hunde el perejil en la mantequilla en un día de verano. Eso es algo que siempre me he preguntado. Cosas del bueno de Holmes. Mucho me temo que en la actualidad sea una antigualla, pero nunca le olvidarán.

Miss Knight entró como una tromba en cuanto se marchó el médico.

—Sí que parecemos mucho más contentas. ¿El doctor nos recomendó algún tónico?

—Me recetó que me interesara en algún asesinato.

—¿Una apasionante novela policíaca?

—No. De la vida real.

—Caramba. Pero no es probable que se produzca un asesinato en un pueblo tan tranquilo.

—Los asesinatos pueden ocurrir en cualquier parte, y ocurren.

—¿En la urbanización, tal vez? —musitó miss Knight—. Muchos de esos gamberros llevan navajas.

Pero el asesinato, cuando se produjo, no fue en la urbanización.

Capítulo 4

Mistress Bantry se apartó un poco, se contempló en el espejo, hizo unos ligeros retoques a la posición de su sombrero (no acostumbraba a usar sombrero), se calzó un par de guantes de piel de excelente calidad y salió del pabellón, cerrando la puerta cuidadosamente. Tenía las más placenteras expectativas ante lo que le esperaba. Habían pasado unas tres semanas desde la conversación con Miss Marple. Marina Gregg y su marido habían llegado a Gossington Hall y ahora estaban más o menos instalados.

Esa tarde tendría lugar una reunión de las personas encargadas de organizar la fiesta a beneficio del servicio de ambulancias de St. John. Mistress Bantry no formaba parte del comité, pero había recibido una invitación manuscrita de Marina Gregg para que fuera a tomar el té antes de la reunión. En ella le recordaba su encuentro en California y la había firmado: «Afectuosamente, Marina Gregg». No había ninguna duda de que mistress Bantry se sintió complacida y halagada. Después de todo, una famosa estrella cinematográfica es una famosa estrella cinematográfica, y las señoras mayores, por mucha importancia que tengan en sus pueblos, son conscientes de que no tienen ninguna importancia en el mundo de las celebridades. Por lo tanto, mistress Bantry disfrutaba de la misma agradable sensación que tienen los niños cuando reciben un trato deferente.

Mistress Bantry no se perdía ni un solo detalle mientras subía por la calzada que conducía hasta la mansión. El lugar había sido remozado desde los días en que pasaba de mano en mano. «No han reparado en gastos», se dijo, asintiendo satisfecha. No se veía el jardín desde la calzada, algo que también complació a la anciana. El jardín y los setos habían sido para ella un motivo de deleite muy particular en los lejanos tiempos en que era la señora de Gossington Hall. Por unos momentos, se permitió recordar con pena y nostalgia los lirios. El mejor jardín de lirios de todo el país, proclamó para sus adentros con fiero orgullo.

Llegó a la puerta principal, resplandeciente con una nueva mano de pintura, y tocó el timbre. Un mayordomo que no podía negar su origen italiano abrió la puerta con una admirable prontitud. La hizo pasar sin demora a la habitación que había sido la biblioteca del coronel Bantry. La biblioteca, como ella ya sabía, la habían convertido en una sola estancia junto con el despacho. El resultado era impresionante. Las paredes revestidas, el suelo de parqué. En un extremo había un piano de cola y, contra una de las paredes, un soberbio equipo de música. En el otro extremo, un sector delimitado por las alfombras persas formaba una pequeña isla, donde estaban la mesa de té y varias sillas. Una de ellas la ocupaba Marina Gregg y, apoyado en la repisa de la chimenea, se encontraba un hombre a quien mistress Bantry consideró en un primer momento como el hombre más feo que hubiera visto en toda su vida.

Sólo unos momentos antes, cuando mistress Bantry tendía la mano para tocar el timbre, Marina. Gregg le había estado comentando a su marido con voz suave y entusiasta:

—Este lugar está hecho a mi medida, Jinks. Es perfecto, lo que siempre había deseado. Tranquilo. La tranquilidad de la campiña inglesa. Ya me veo viviendo aquí, sueño con vivir aquí el resto de mi vida. Nos adaptaremos a la forma de vida británica. Tomaremos el té todas las tardes. Té chino servido en mi precioso juego de porcelana. Miraremos el césped y los setos ingleses a través de los ventanales. Siento que por fin estoy en casa. Siento que puedo acomodarme aquí, llevar una vida plácida y feliz. Esta casa será mi hogar. Así es como me siento. En casa.

Jason Rudd (conocido por su esposa como Jinks) le había sonreído. Fue una sonrisa condescendiente, indulgente, pero también tenía un punto de reserva porque, después de todo, había escuchado las mismas palabras con muchísima frecuencia. Quizá esta vez fuera verdad. Quizá éste era el lugar donde Marina Gregg encontraría su hogar, aunque también conocía bien sus entusiasmos iniciales. Siempre estaba segurísima de haber encontrado finalmente aquello que quería. Le había respondido con su voz de bajo:

—Eso es fantástico, cariño. Sencillamente fantástico. Me alegro de que te guste.

—¿Gustarme? Lo adoro. ¿No lo adoras tú también?

—Claro.

Tampoco estaba tan mal, admitió Jason Rudd. Bien construida, un tanto fea como muchas casas victorianas, pero transmitía una sensación de solidez y seguridad. Ahora que habían solucionado los inconvenientes más graves, tendría que ser un lugar razonablemente cómodo para vivir. No estaba mal para venir de cuando en cuando. Con algo de suerte, pensó, Marina no comenzaría a tomarle tirria hasta dentro de un par de años o poco más. Ya se vería.

—Es tan maravilloso sentirse bien otra vez —había comentado Marina, con un suave suspiro—. Sana y fuerte. Capaz de enfrentarme a las cosas.

—Por supuesto, cariño, por supuesto.

En aquel momento se abrió la puerta de la sala y el mayordomo italiano anunció la presencia de mistress Bantry.

En la bienvenida de Marina Gregg no faltó ni un detalle. Se adelantó con las manos extendidas, al tiempo que manifestaba su placer por volverla a encontrar. Qué coincidencia que se encontraran aquella vez en San Francisco y que, ahora, dos años más tarde, Jinks y ella hubieran comprado la casa que le había pertenecido. Confiaba de todo corazón en que no se sentiría terriblemente ofendida porque hubiesen tirado media casa abajo y reformado esto y lo de más allá, y deseaba sinceramente que no los viera como unos intrusos.

—El hecho de que venga a vivir aquí es una de las cosas más emocionantes que han ocurrido nunca en este lugar —replicó mistress Bantry alegremente mirando hacia la chimenea.

—No conoce usted a mi marido, ¿verdad? —preguntó Marina, como si acabara de caer en la cuenta de que no les había presentado—. Jason, te presento a mistress Bantry.

La dama miró a Rudd con el adecuado interés. Su primera impresión de que se trataba de uno de los hombres más feos que hubiera visto jamás se matizó ligeramente. Tenía unos ojos interesantes, muy hundidos en las cuencas. Parecían estanques oscuros y tranquilos, pensó como una novelista romántica. El resto de la cara era escabroso, con unas proporciones rayanas en lo ridículo. A la nariz respingona sólo le hacía falta un toque de pintura roja para convertirse en una nariz de bufón. También la boca mostraba la expresión triste de los payasos. Resultaba difícil saber si en ese instante estaba furioso o si se trataba de su expresión habitual. Su agradable voz no se correspondía con el tipo. Profunda y lenta.

—Un marido —dijo— siempre es algo secundario. Pero permítame decirle, junto con mi esposa, que estamos encantados de recibirla aquí. Espero que no crea que hubiera debido ser a la inversa.

—Tienen que quitarse de la cabeza la idea de que me

han echado de mi viejo hogar. Nunca lo fue. No dejo de felicitarme desde que la vendí. Era una casa muy difícil de mantener. Me gustaba el jardín, pero la casa no era más que un continuo quebradero de cabeza. Me lo estoy pasando de maravilla desde que viajo y voy a ver a mis hijas casadas, a mis nietos y a mis amigos por todo el mundo.

—Hijas —repitió Marina—, ¿tiene hijas e hijos?

—Dos muchachos y dos chicas, y no podrían estar más dispersos. Uno en Kenia, otro en Sudáfrica. Una que vive en Texas y la otra, afortunadamente, en Londres.

—Cuatro —dijo la actriz—. Cuatro, ¿y nietos?

—Nueve hasta la fecha. Es muy divertido ser abuela. No tienes ninguna de las responsabilidades paternas. Puedes malcriarlos sin remordimientos.

—Me temo que el sol la deslumbra —la interrumpió Jason antes de que pudiera decir nada más. Se acercó al ventanal y arregló la cortina—. Tiene usted que contarnos todo lo que hay que saber de este pueblo —comentó al volver para servirle una taza de té—. ¿Le apetece un bollo caliente, un sándwich o un trozo de pastel? Tenemos una cocinera italiana que prepara unos bollos y pasteles excelentes. Como ve, nos hemos aficionado al té de la tarde.

—El té es delicioso —comentó mistress Bantry después de probar el fragante líquido.

Marina Gregg sonrió con una expresión complacida. El súbito movimiento nervioso de sus dedos, que Jason Rudd había descubierto un par de minutos antes, se había calmado. Mistress Bantry miró a la anfitriona sin disimular su admiración. El apogeo de la actriz había sido antes de que las medidas del busto, la cintura y las caderas se convirtieran en lo más importante. No se la podía describir como la encarnación del sexo. Había sido alta, delgada y cimbreña. Los huesos del rostro y la cabeza tenían algo de la belleza que se asociaba con la Garbo. Marina había aportado personalidad a sus películas, no sexo. El súbito giro de la cabeza, el parpadeo de los profundos y encantadores ojos o el leve temblor de los labios eran los elementos que hacían que el espectador experimentara bruscamente aquella sensación de sobrecogedor encanto, no procedente de la regularidad de las facciones, sino de la súbita magia de la carne que pilla desprevenido al observador. Todavía conservaba esa cualidad, aunque ahora no resultaba tan evidente. Como muchas otras actrices, parecía tener la habilidad de controlar su personalidad a placer. Podía encerrarse en sí misma, ser discreta, amable, distante e incluso fría para un ferviente admirador, y entonces, de pronto, el giro de la cabeza, el movimiento de las manos, la inesperada sonrisa y la magia volvían a estar ahí.

Una de sus grandes películas había sido *María, reina de Escocia*, y fue precisamente esa actuación la que ahora recordó mistress Bantry mientras la miraba. La anciana desvió la mirada hacia el marido. Él también observaba a Marina. Por un segundo, había bajado la guardia y su rostro expresaba sus sentimientos con toda claridad. «Dios mío —se dijo mistress Bantry—, ese hombre la adora.»

No tenía muy claro el motivo de su sorpresa. Quizá porque las estrellas de cine, sus apasionados romances y aventuras, se convertían en algo tan fantástico en los periódicos y las revistas que uno nunca esperaba llegar a ver a la persona real.

—Deseo que lo pasen muy bien aquí y que puedan quedarse durante un tiempo —manifestó llevada por un impulso—. ¿Esperan vivir en la casa muchos años?

Marina la miró, abriendo los ojos como una muestra de sorpresa.

—Me quedaré para siempre. No me refiero a que no me vaya a ausentar con frecuencia. Desde luego que no. Está en pie la posibilidad de ir a rodar una película en el norte de África el año que viene, pero todavía no hay nada concreto. No, lo que quería decir es que esta casa será mi hogar. Regresaré aquí. Siempre podré regresar aquí. —Suspiró—. Es una sensación maravillosa saber que por fin tienes un hogar.

—La comprendo —señaló la invitada, aunque al mismo tiempo pensó: «No me creo para nada que llegue a ser así. No la veo como la clase de persona que llega a aposentarse».

Una vez más, espió de reojo a Jason Rudd. En esta ocasión, el marido no fruncía el entrecejo. Todo lo contrario: sonreía, con una sonrisa muy dulce e inesperada, pero no dejaba de ser una sonrisa triste. «Él también lo sabe», se dijo mistress Bantry.

Se abrió la puerta y entró una mujer.

—Bartletts está al teléfono. Quiere hablar contigo, Jason.

—Dile que vuelva a llamar.

—Insiste en que es urgente.

—Permíteme que te presente a mistress Bantry —dijo Jason mientras se levantaba resignado—. Ella Zielinsky, mi secretaria.

—Toma una taza de té, Ella —le ofreció Marina.

La secretaria respondió a la presentación con un amable «Encantada de conocerla».

—Me comeré un sándwich. No me gusta el té chino.

Ella Zielinsky rondaría los treinta y cinco. Vestía un traje de chaqueta de corte impecable y una blusa con volantes, y rebosaba confianza en sí misma. Llevaba el pelo negro bien corto y tenía la frente despejada.

—Me han dicho que vivía aquí —le comentó a mistress Bantry.

—De eso hace muchos años. Después de la muerte de mi marido, la vendí, y desde entonces ha pasado por varias manos.

—Mistress Bantry jura que le gustan las reformas que hemos hecho —explicó Marina.

—Me habría llevado una terrible desilusión si no las hubieran hecho. Me moría de curiosidad. En el pueblo circulaban multitud de rumores, a cuál más fantasioso.

—Nunca hubiera imaginado que resultaría tan difícil encontrar fontaneros en este país —señaló Ella, que se comió el sándwich en un par de bocados—. No es que ése sea en realidad mi trabajo.

—Todo es tu trabajo —manifestó Marina—, y lo sabes, Ella. El servicio, los fontaneros y discutir con los constructores.

—Al parecer, en este lugar nunca han oído hablar de un ventanal panorámico. —Miró a través del ventanal—. Reconozco que es una bonita vista.

—Una encantadora escena de la anticuada vida rural inglesa —opinó Marina—. Esta casa tiene ambiente.

—No parecería tan rural si no fuera por los árboles —replicó la secretaria—. La urbanización de allá abajo crece a ojos vistas.

—Eso es algo nuevo —le informó mistress Bantry.

—¿Quiere decir que aquí no había nada más que el pueblo cuando usted vivía aquí?

Mistress Bantry asintió.

—Resultaría bastante incómodo a la hora de hacer las compras.

—Se equivoca. Creo que era la mar de cómodo.

—Entiendo eso de tener un jardín —añadió Ella—, pero por lo que se ve aquí todos son muy aficionados a los huertos. ¿No seria más sencillo comprar las verduras en el supermercado?

—Probablemente es lo que terminaremos haciendo —aceptó mistress Bantry con un tono de resignación—. Pero no tendrán el mismo sabor.

—No estropees el ambiente, Ella —dijo Marina, en el instante en que se abría la puerta y Jason asomaba la cabeza.

—Cariño —llamó Rudd—, lamento interrumpir pero

¿podrías venir un momento? Quieren saber tu opinión sobre este asunto.

Marina se levantó con un suspiro. Se dirigió hacia la puerta con un andar lánguido.

—Siempre pasa algo —murmuró—. Lo siento, mistress Bantry. En realidad no creo que tarde más de un par de minutos.

—Ambiente —repitió Ella en el momento en que Marina cerró la puerta—. ¿Cree usted que la casa tiene ambiente?

—No puedo decir que alguna vez la considerara de esa forma. Era una casa y basta. Inconveniente en algunas cosas y agradable y cómoda en otras.

—Eso mismo es lo que hubiera dicho yo. —Miró a mistress Bantry a los ojos—. Ya que hablamos de ambiente, ¿cuándo sucedió aquello del asesinato?

—Aquí nunca se ha cometido ningún asesinato —aseveró la invitada.

—Vamos. La de historias que he oído. Siempre hay una historia, mistress Bantry. En la alfombra que estaba allí, ¿verdad? —La secretaria señaló la chimenea con un gesto.

—Sí. Ése fue el lugar.

—¿Así que hubo un asesinato?

La anciana meneó la cabeza.

—El asesinato no se cometió aquí. Trajeron a la muchacha que asesinaron y la dejaron en esta habitación. No tenía nada que ver con nosotros.

Miss Zielinsky pareció muy interesada.

—Probablemente le costaría lo suyo convencer a la gente de que eso fue así, ¿no es cierto?

—Tiene usted toda la razón.

—¿Cuándo la encontró?

—La doncella vino a servirme el té del desayuno. ¿Sabe?, entonces teníamos doncellas.

—Lo sé. Llevaban vestidos almidonados que hacían frufrú.

—No estoy muy segura en eso de los vestidos almidonados, creo que llevaban batas. En cualquier caso, entró en mi dormitorio y dijo que había un cadáver en la biblioteca. «Tonterías», le respondí. Después desperté a mi marido y bajamos a ver.

—Y allí estaba —afirmó miss Zielinsky—. Caramba, las cosas que pasan. —Giró la cabeza bruscamente en dirección a la puerta y después volvió a mirar a la invitada—. Si no le importa, no mencione nada de todo esto a miss Gregg. Esas cosas no son nada buenas para ella.

—Desde luego. No diré ni una palabra. De hecho, nunca hablo de ese tema. Ocurrió hace mucho tiempo. Pero ¿no cree que ella, me refiero a miss Gregg, acabará por enterarse?

—No tiene mucho contacto con la realidad. Las estrellas de cine pueden llevar una vida bastante aislada. En realidad, muy a menudo hay que procurar que sea así. Las cosas las trastornan. A ella la trastornan. Estuvo muy enferma hace un par de años. Ha comenzado a recuperarse en el último año.

—Parece gustarle mucho la casa y creer que aquí será feliz.

—Calculo que le durará uno o dos años.

—¿No más?

—Tengo mis dudas. Marina es una de esas personas que siempre creen haber encontrado lo que soñaban. Pero la vida no es algo tan sencillo, ¿no le parece?

—No, no lo es —respondió mistress Bantry muy convencida.

—Significaría mucho para él si ve que aquí es feliz —manifestó la secretaria. Se comió otro par de sándwiches como quien engulle la comida porque tiene que salir corriendo para no perder el tren—. Es un genio. ¿Ha visto usted alguna de las películas que ha dirigido?

Mistress Bantry sintió una leve vergüenza. Era de esas mujeres que, cuando van al cine, únicamente ven la película. La larga lista de intérpretes, directores, productores, cámaras y todo el resto la pasaba de largo. La mayoría de las veces, ni siquiera se fijaba en los nombres de las estrellas. De todos modos, no quería llamar la atención sobre su fallo.

—A menudo me confundo —se disculpó.

—Claro que él tiene que ocuparse de muchas cosas. Ha logrado que ella se reponga, y Marina no es una persona fácil que digamos. Hay que mantenerla feliz, y supongo que no es sencillo de conseguir, a menos que sean... —Se interrumpió.

—A menos que quieran ser personas felices —la ayudó mistress Bantry—. Algunas personas —añadió pensativa— disfrutan siendo desgraciadas.

—No, Marina no es de ésas —replicó Ella meneando la cabeza—. Lo que pasa es que tiene bajadas y subidas muy violentas. Ya sabe, en un momento está que revienta de felicidad, se siente complacida, todo le deleita y se siente maravillosamente. Entonces, como no podría ser de otra manera, ocurre algún incidente minúsculo y se hunde en el más negro de los abismos.

—Supongo que eso es lo que llaman temperamento —opinó la anciana sin mucha convicción.

—Ésa es la palabra correcta. Temperamento. Todos los artistas lo tienen más o menos, pero Marina Gregg tiene más que la mayoría. ¡Como si no lo supiéramos! ¡Las historias que podría contarle! —Se comió el último sándwich—. Doy gracias de que sólo soy la secretaria social.

Capítulo 5

Una cantidad de público nunca vista asistió a la apertura de los jardines de Gossington Hall para la fiesta a beneficio del servicio de ambulancias de St. John. La venta de entradas a un chelín por cabeza aumentaba por momentos. Para empezar, hacía buen tiempo, un día claro y soleado. Pero la atracción principal era sin duda la enorme curiosidad de la gente del pueblo por ver en persona lo que habían hecho los «peliculeros» en la mansión. Se habían hecho las suposiciones más extravagantes. La piscina fue evidentemente la que colmó las expectativas de la concurrencia. Nadie se preocupó de algo tan evidente como que el clima de Hollywood fuera más adecuado para una piscina que el de St. Mary Mead. Después de todo, en Inglaterra siempre había una semana de calor en verano e, invariablemente, siempre había un día de temperatura elevada en el que los periódicos dominicales publicaban artículos sobre «Cómo estar frescos», «Las cenas más refrescantes» y «Cómo preparar bebidas heladas». La piscina era exactamente tal como habían imaginado todos que debería ser. De enormes dimensiones, el agua azul, con un vestuario de un diseño ultramoderno y rodeada de setos y arbustos que no podían ser más artificiales. Las reacciones de la multitud correspondieron a lo esperado y abarcaban un amplio registro de comentarios.

«¡Oooh, es preciosa!»

«¡Menuda piscina, sí, señor!»

«Me recuerda la piscina de un camping donde estuve.»

«Yo a esto lo llamo un lujo perverso. No tendría que estar permitido.»

«Miren cuánto mármol. Ha tenido que costarles un riñón.»

«No sé qué se cree esta gente. Vienen aquí y despilfarran el dinero a manos llenas.»

«Quizá cualquier día de éstos la veremos en la tele. Sería divertido.»

Incluso míster Sampson, el hombre más viejo de St. Mary Mead, que se vanagloriaba de tener noventa y seis años, aunque sus parientes insistían con firmeza en que sólo tenía ochenta y seis, no había querido perderse la juerga, a pesar de lo mucho que le costaba caminar debido al reúma. El anciano manifestó su aprobación a voz en grito: «Ah, éste será el escenario de muchas perversiones, no lo dudo. Mujeres y hombres desnudos, bebiendo y fumando eso que en las revistas llaman marihuana. Supongo que será así, y no sé si me quedo corto. Sí, señor —añadió con enorme placer—, aquí habrá muchas perversiones».

La impresión general era que el sello de aprobación final se daría durante la tarde. Por otro chelín, el público podía entrar en la mansión y recorrer la nueva sala de música, el salón de recepciones, el totalmente reformado comedor en roble oscuro y cordobán, y unas pocas joyas más.

—Nadie diría que esto es Gossington Hall, ¿verdad? —comentó la nuera de míster Sampson.

Mistress Bantry llegó bastante tarde y comprobó complacida que la recaudación iba viento en popa y que el número de visitantes superaba las más optimistas previsiones.

En la enorme carpa donde servían el té no cabía un alfiler. Mistress Bantry confió en que estuvieran repartiendo las pastas. Sin embargo, parecía haber algunas mujeres muy competentes que se encargaban de que las cosas funcionaran correctamente. Se dirigió sin perder un segundo hacia los setos y los contempló con envidia. Observó satisfecha que aquí tampoco se había reparado en gastos, y que eran unos setos bien escogidos, mejor plantados y de una gran variedad. No había ningún detalle personal. Sin duda habían contratado a una buena empresa de jardinería. Pero, ayudados por la carta blanca y el tiempo, los profesionales habían hecho un trabajo muy bueno.

Mientras echaba un vistazo a la escena, le pareció apreciar un cierto aire a recepción veraniega en el palacio de Buckingham. Todos iban como locos tratando de no perderse ni un detalle y, de vez en cuando, unos pocos escogidos eran invitados a uno de los lugares menos accesibles de la casa. Ella misma se vio abordada por un joven alto y de pelo largo y ondulado.

—¿Mistress Bantry? ¿Es usted mistress Bantry?

—Sí, soy yo.

—Hailey Preston. —Le estrechó la mano—. Trabajo para míster Rudd. ¿Quiere acompañarme al segundo piso? Míster y mistress Rudd agasajan a unos pocos amigos especiales.

Mistress Bantry, muy honrada, siguió al joven. Entraron por lo que se llamaba la puerta del jardín cuando ella era la propietaria. Un cordón rojo cerraba el acceso a la escalera principal. Preston desenganchó el cordón para permitir el paso de la anciana. Algunos escalones más arriba vio al alcalde y a mistress Allcock. La mujer, que era muy gorda, respiraba con dificultad.

—Es maravilloso lo que han hecho, ¿no le parece, mistress Bantry? —jadeó mistress Allcock—. Me muero por echarles una ojeada a los baños, pero supongo que no tendré oportunidad. —Su voz sonó nostálgica.

Marina Gregg y Jason Rudd, apostados en lo alto de la escalera, recibían a la élite. Habían echado abajo lo que una vez había sido un dormitorio de invitados para convertir el rellano en una amplia recepción. Giuseppe, el mayordomo, servía las copas.

Un hombre fornido vestido de librea anunciaba a los huéspedes.

—El alcalde y mistress Allcock —vociferó.

Marina Gregg se mostraba, como ya le había descrito mistress Bantry a Miss Marple, completamente natural y encantadora. Se imaginaba los comentarios posteriores de mistress Allcock: «...y tan sencilla, ¿saben?, a pesar de ser tan famosa».

Qué amable era mistress Allcock al honrarlos con su presencia, y también el alcalde. Confiaba en que hubieran disfrutado de la tarde.

—Jason, por favor, atiende a mistress Allcock.

El alcalde y mistress Allcock fueron traspasados a Jason y a las bebidas.

—Mistress Bantry, gracias por su visita.

—No me lo hubiera perdido por nada del mundo —respondió la anciana, que sin más se encaminó hacia donde estaban las bandejas con los martinis.

El joven Hailey Preston la atendió solícito y, después de consultar una corta lista, se marchó para buscar a otros de los escogidos. Todo estaba muy bien organizado, se dijo mistress Bantry mientras se volvía con la copa en la mano para ver a los que llegaban. El vicario, un hombre flaco y ascético, parecía estar un tanto perdido y confuso.

—Ha sido usted muy amable al invitarme —le dijo a la anfitriona con un tono ansioso—. Lamentablemente no tengo televisor, pero desde luego mis jóvenes me mantienen informado.

Nadie entendió qué había querido decir. Miss Zielinsky, que también estaba de servicio, le sirvió una limonada con una sonrisa bondadosa. Los siguientes en aparecer fueron míster y mistress Badcock. Heather Badcock, sonrojada y triunfante, coronó la ascensión con un par de escalones de ventaja sobre su marido.

—Míster y mistress Badcock —voceó el hombre de la librea.

—Mistress Badcock —exclamó el vicario, volviéndose con la limonada en la mano—, la infatigable secretaria de la asociación. Es una de nuestras grandes colaboradoras. De hecho, no sé lo que haríamos en St. John sin su presencia.

—Estoy segura de que es usted maravillosa —dijo Marina.

—¿No me recuerda? —preguntó Heather, con un tono un tanto pícaro—. ¿Cómo iba a recordarme, con los cientos de personas que le presentan? Además, fue hace años. Nada menos que en Bermuda, de tantos lugares como hay en el mundo. Yo estaba allí con una de las ambulancias. Fue hace mucho.

—Desde luego —respondió Marina, una vez más todo encanto y sonrisas.

—Lo recuerdo como si fuera ayer —prosiguió mistress Badcock—. Yo estaba emocionada, se lo juro, emocionadísima. En aquel entonces no era más que una cría. Tener la ocasión de ver a Marina Gregg en carne y hueso... Siempre fui una de sus más fervientes admiradoras.

—Es muy amable por su parte, se lo agradezco —afirmó la actriz con el mismo tono dulce, aunque su mirada ya se fijaba, por encima del hombro de Heather, en los que asomaban por la escalera.

—No voy a entretenerla más —continuó Heather—, pero debo...

«Pobre Marina —se dijo mistress Bantry—. Supongo que este tipo de cosas son el pan de cada día. ¡La paciencia que necesitan!»

Heather continuaba relatando su historia sin un respiro.

Mistress Allcock apareció junto a mistress Bantry.

—¡La de cambios que han hecho! No se lo creerá hasta que los haya visto. ¡Lo que deben de haber costado!

—En realidad, apenas me sentía enferma, y pensé que debía...

—Esto es vodka —añadió la esposa del alcalde, mirando la copa con desconfianza—. Míster Rudd me ha preguntado si quería probarlo. Suena muy ruso. No creo que me guste mucho.

—... y entonces me dije: ¡No podrán conmigo! Me puse un montón de maquillaje en el rostro...

—Supongo que será una descortesía si dejo la copa por ahí. —Mistress Allcock parecía desesperada.

Mistress Bantry se apresuró a tranquilizarla.

—En absoluto. La verdad es que el vodka hay que bebérselo de un trago —mistress Allcock la miró pasmada—, pero para eso hace falta práctica. Déjelo en cualquier mesa y sírvase un martini de la bandeja que lleva el mayordomo.

Se volvió para prestar atención una vez más a la triunfal perorata de Heather Badcock.

—Nunca he olvidado lo maravillosa que estaba usted aquel día. Valió la pena hacer el sacrificio.

Esta vez, la respuesta de Marina no fue tan automática. Su mirada, que había volado por encima del hombro de su interlocutora, parecía fijarse ahora en un punto situado en la pared a mitad de las escaleras. Los ojos se veían dilatados y había algo tan espantoso en su expresión que mistress Bantry estuvo a punto de acercarse. ¿Estaba la mujer a punto de desmayarse? ¿Qué demonios había visto para que adoptara ese aire de basilisco? Pero antes de que pudiera acercarse, la actriz recuperó el control. Su mirada perdida volvió a enfocar a Heather y de nuevo reapareció el encanto, aunque pareció un tanto forzado.

—Una historia muy bonita. ¿Le apetece tomar algo? ¡Jason! ¿Un cóctel?

—La verdad es que sólo acostumbro a tomar una limonada o zumo de naranja.

—Tiene que tomar algo mejor que eso. Hoy es un día de fiesta, no lo olvide.

—Permítame que le ofrezca uno de nuestros daiquiris —dijo Jason, que apareció en ese instante con dos copas en la mano—. Es el cóctel favorito de Marina.

Le dio una de las copas a su esposa.

—No debería beber más —protestó Marina—. Ya me he bebido tres. —Pero aceptó la copa.

Heather cogió el cóctel que le ofrecía Jason. Marina se volvió para saludar a uno de los invitados.

—Vayamos a ver los baños —le propuso mistress Bantry a la esposa del alcalde.

—¿Cree que podremos? ¿No les parecerá una grosería?

—Estoy segura de que no. —Se dirigió a Jason—. Queremos ver sus maravillosos nuevos cuartos de baño, señor Rudd. ¿Podemos satisfacer esta curiosidad puramente doméstica?

—Faltaría más —respondió Jason sonriente—. Vayan y diviértanse, chicas. Si quieren se pueden duchar.

Mistress Allcock siguió a su amiga por el pasillo.

—Es muy amable por su parte, señora Bantry. Yo nunca me hubiera atrevido.

—Hay que ser más atrevida si se quiere llegar a alguna parte.

Recorrieron el pasillo, abriendo las puertas que encontraban a su paso. Los «Oh» y «Ah» brotaban continuamente de los labios de mistress Allcock y otras dos mujeres que se habían unido al grupo.

—Me gusta el rosa —afirmó mistress Allcock—. Me gusta muchísimo.

—A mí me gusta el que tiene delfines en los azulejos —comentó otra de las señoras.

Mistress Bantry hacía de anfitriona con sumo placer.

Por un momento, se olvidó totalmente de que ya no era la propietaria.

—Todas esas duchas —manifestó mistress Allcock con un tono de respeto—. No es que a mí me gusten las duchas. Nunca sé cómo evitar que se me moje el pelo.

—Estaría muy bien poder echar un vistazo a los dormitorios —dijo otra de las mujeres con un tono nostálgico—, pero supongo que eso sería curiosear demasiado. ¿Ustedes qué opinan?

—No creo que debamos hacerlo —contestó la esposa del alcalde. Las dos mujeres miraron esperanzadas a mistress Bantry.

—Personalmente, creo que no está bien. —Luego se apiadó de ellas y añadió—: Pero no creo que nadie vaya a enterarse si echamos una ojeada. —Puso la mano sobre el tirador.

Sin embargo, alguien había previsto la contingencia. Todos los dormitorios estaban cerrados. Las buenas señoras se llevaron una gran desilusión.

—Supongo que necesitan mantener su intimidad —las consoló mistress Bantry amablemente.

Volvieron por el mismo pasillo. Mistress Bantry miró a través de una de las ventanas del rellano. Vio en la planta baja a mistress Meavy (de la urbanización), elegantísima con su vestido plisado de organdí. La acompañaba Cherry, la asistenta de Miss Marple. No recordaba el apellido. Parecían estar disfrutando de la fiesta y no paraban de hablar y de reír.

De pronto, a mistress Bantry la casa le pareció antigua, gastada y muy artificial. A pesar de las manos de pintura y los cambios, seguía siendo en esencia una vieja y cansada mansión victoriana. «Hice bien en irme —pensó—. Las casas son como todo lo demás. Llega un momento en que no dan más de sí. A ésta le ha llegado su hora. La han remozado, pero no creo que haya servido de mucho.»

Un repentino aumento de volumen en el rumor de las voces la devolvió a la realidad. Las dos mujeres que la acompañaban se alejaban.

—¿Qué ocurre? —preguntó una—. Suena como si hubiera pasado algo.

Caminaron presurosas hacia la escalera. Se cruzaron con Ella Zielinsky, que no les prestó atención. Intentó abrir la puerta de uno de los dormitorios.

—¡Maldita sea! Los han cerrado.

—¿Pasa algo? —preguntó mistress Bantry.

—Alguien se ha puesto enfermo —replicó la secretaria sin dar más explicaciones.

—Vaya, cuánto lo siento. ¿Puedo hacer algo? Supongo que habrá algún médico entre la concurrencia...

—No he visto a ninguno de los dos médicos que tenemos, aunque seguro que uno de ellos estará.

—Jason está llamando —dijo miss Zielinsky—, pero ella parece estar bastante grave.

—¿Quién es? —quiso saber mistress Bantry.

—Creo que una tal mistress Badcock.

—¿Heather Badcock? Pero si hace un minuto rebosaba salud.

—Ha tenido un ataque, un colapso o algo así. ¿Sabe usted si padece del corazón o tiene alguna enfermedad?

—No sé absolutamente nada sobre esa mujer. No vivía aquí en mis tiempos. Es de la urbanización.

—¿La urbanización? Ah, se refiere a las casas nuevas. Tampoco sé dónde está el marido o el aspecto que tiene.

—De edad mediana, rubio, vulgar. Ha venido con ella, así que tiene que estar en alguna parte.

La secretaria entró en uno de los cuartos de baño.

—La verdad es que no sé qué darle. ¿Cree que servirán las sales aromáticas?

—¿Se ha desvanecido?

—Es más que un desmayo.

—Veré si puedo hacer algo —dijo mistress Bantry. Salió del baño y caminó a paso rápido hacia las escaleras. Al dar la vuelta a una esquina, tropezó con Jason Rudd.

—¿Ha visto a Ella? —preguntó Jason—. ¿Ella Zielinsky?

—Está en uno de los cuartos de baño. Buscaba algo. Sales aromáticas o algo así.

—No hace falta que se moleste.

Algo en su tono llamó la atención de la anciana, que lo miró fijamente.

—¿Está mal? ¿Muy mal?

—Ya lo puede decir. La pobre mujer está muerta.

—¡Muerta! —Mistress Bantry se quedó pasmada. Repitió lo que le había dicho a la secretaria—: Pero si hace un momento rebosaba salud.

—Lo sé, lo sé. —Jason frunció el entrecejo—. ¡Algo muy lamentable!

Capítulo 6

—Aquí estamos —anunció miss Knight, mientras dejaba la bandeja con el desayuno en la mesita de noche de Miss Marple—. ¿Cómo nos encontramos esta mañana? Veo que hemos descorrido las cortinas —añadió con un leve tono de reproche.

—Me despierto temprano —replicó Miss Marple—. Seguramente, a usted también le pasará cuando tenga mi edad.

—Hará cosa de una media hora llamó mistress Bantry. Quería hablar con usted, pero le dije que volviera a llamar después de que usted tomara el desayuno. No iba a molestarla a esa hora, antes de haber tenido tiempo de tomar una taza de té o de comer algo.

—Cuando llaman mis amigos prefiero que me lo diga.

—Lo siento, pero a mí me ha parecido una falta de consideración. Cuando termine de tomarse el té, el huevo pasado por agua y las tostadas con mantequilla, ya hablaremos.

—Hace media hora —dijo Miss Marple pensativa—. Eso sería alrededor de... las ocho.

—Demasiado temprano —reiteró miss Knight.

—No creo que mistress Bantry llamara a esa hora a menos que tuviese una muy buena razón. Nunca llama a primera hora de la mañana.

—Bueno, querida, tampoco le dé tantas vueltas —opinó

61

la dama de compañía con la intención de calmarla—. Supongo que volverá a llamar dentro de poco. ¿O prefiere que la llame ahora?

—No, gracias. Prefiero tomarme el desayuno bien caliente.

—Espero no haberme olvidado nada —dijo la mujer alegremente.

No faltaba nada. El té estaba hecho con agua hirviendo, el huevo estaba en su punto, cocido tres minutos y tres cuartos, la tostada crujiente y dorada, el rulo de mantequilla en un platillo con la jarrita de miel a su lado. Miss Knight era un auténtico tesoro en muchos aspectos. Miss Marple disfrutó con el desayuno. Al cabo de un rato, oyó el zumbido de la aspiradora. Había llegado Cherry. En competencia con el zumbido de la aspiradora, una voz fresca y bien entonada cantaba una de las canciones de moda. Miss Knight, que entró a buscar la bandeja del desayuno, meneó la cabeza.

—Desearía que esa joven no fuera cantando por toda la casa —afirmó—. No es precisamente lo que yo llamaría un comportamiento respetuoso.

—A Cherry nunca se le pasaría por la cabeza que deba ser respetuosa —señaló Miss Marple esbozando una sonrisa—. ¿Por qué tendría que serlo?

—Antes las cosas eran muy diferentes.

—Naturalmente. Los tiempos cambian. Eso es algo que debemos aceptar. Quizá sea el momento de llamar a mistress Bantry y averiguar la razón de su llamada.

Miss Knight se marchó presurosa. Un par de minutos más tarde llamaron a la puerta y entró Cherry. Se la veía alegre, excitada y muy hermosa. Un delantal de plástico con dibujos de marineros y emblemas navales le resguardaba el vestido azul oscuro.

—Lleva el pelo muy bonito —dijo Miss Marple.

—Ayer me hice la permanente. Todavía está un pelín

tieso, pero se pondrá bien enseguida. He venido a ver si ya sabía la noticia.

—¿Qué noticia?

—Lo que pasó ayer en Gossington Hall. ¿Sabe que ayer montaron una fiesta por todo lo alto a beneficio del servicio de ambulancias de St. John?

Miss Marple asintió.

—¿Qué ocurrió?

—Alguien se murió en plena fiesta. Una tal señora Badcock. Vive a la vuelta de la esquina de mi casa. Supongo que no la conoce.

—¿Mistress Badcock? —La voz de Miss Marple sonó alerta—. Pero si yo la conozco. Creo que... sí, ése es el nombre, ella fue la que acudió a socorrerme y me levantó cuando me caí el otro día. Fue muy amable.

—Ah, Heather Badcock siempre era muy amable. Demasiado, según dicen algunas personas. La llamaban entrometida. La cuestión es que va y se muere. Así como lo oye.

—¡Muerta! ¿De qué?

—A mí que me registren. Supongo que la invitaron a entrar en la casa porque era la secretaria de St. John. A ella, al alcalde y a muchos más. Por lo que he oído comentar, bebió una copa de algo y, al cabo de unos cinco minutos, se sintió mal y murió en menos que canta un gallo.

—¿Qué sorprendente. ¿Tenía algún problema de corazón?

—Sana como un roble, eso es lo que dicen. Claro que nunca se sabe, ¿verdad? Supongo que podía tener algo mal en el corazón sin que nadie se enterara. De todos modos, le diré algo: no se la llevaron a su casa.

Miss Marple la miró intrigada.

—¿Qué quiere decir con eso de que no se la llevaron a su casa?

—El cadáver —respondió Cherry con una evidente alegría—. El doctor dijo que le harían la autopsia. Un examen post mórtem o como se diga. Dijo que él no la había atendido de nada y que no había nada que justificara su muerte. Tengo la mosca detrás de la oreja.

—¿Qué quiere decir con eso de que tiene una mosca?

—No sé, que me llama la atención. Como si hubiera algo más detrás del asunto.

—¿El marido está muy afectado?

—Blanco como una sábana. Nunca he visto a un hombre tan afectado.

Los oídos de Miss Marple permanecían siempre atentos a los más sutiles matices. Inclinó la cabeza ligeramente hacia un lado como suelen hacer los pájaros.

—¿Tanto la quería?

—Él hacía lo que le decía y la dejaba ir a su aire, pero eso no siempre significa que quieras a alguien, ¿no le parece? Quizá significa que no tienes el coraje para plantar cara.

—¿No le caía bien?

—Apenas si la conozco, quiero decir la conocía. No me desagradaba, pero no era mi tipo. Demasiado entrometida.

—¿Quiere decir que era una fisgona?

—No, no me refiero a eso en absoluto. Era una mujer muy bondadosa y no paraba de hacer cosas para la gente. Siempre estaba muy segura de saber qué era lo más conveniente para los demás. Lo que ellos pensaran al respecto le traía sin cuidado. Yo tenía una tía que era así. Le gustaban muchísimo los pasteles de sésamo y preparaba pasteles de sésamo cuando iba de visita a casa de alguien, y nunca se preocupó de averiguar si a ellos les gustaban o no los pasteles de sésamo. Hay personas que no lo soportan, de la misma manera que no soportan el sabor del comino. Heather Badcock era un poco como esas personas.

—Sí —opinó Miss Marple, pensativa—, sí, supongo que lo era. Conocí a alguien que se le parecía. Esas personas viven peligrosamente, aunque ellas no lo saben.

—Qué cosa más extraña acaba de decir. —Cherry la miró intrigada—. No acabo de entender a qué se refiere.

En aquel instante entró miss Knight con sus nuevas.

—Al parecer, mistress Bantry ha salido. No ha dicho adónde iba.

—Creo saber su destino —manifestó Miss Marple—. Viene hacia aquí. Es hora de levantarme.

Miss Marple acababa de acomodarse en su sillón favorito junto a la ventana cuando llegó mistress Bantry bastante agitada.

—Tengo tantas cosas que contarte, Jane.

—¿Sobre la fiesta? —preguntó miss Knight—. Usted fue a la fiesta, ¿no es así? Yo estuve un rato a primera hora de la tarde. La carpa del té estaba muy concurrida. Era asombrosa la cantidad de gente que había ido. No tuve oportunidad siquiera de ver de lejos a Marina Gregg, que era lo único que me hacía ilusión. —Quitó una mota de polvo de la mesa y añadió alegremente—: Estoy segura de que ustedes dos desean hablar tranquilamente. —Salió de la habitación.

—Al parecer, no sabe ni una palabra al respecto —comentó mistress Bantry. Miró a su amiga con ojo experto—. Jane, creo que tú sí lo sabes.

—¿Te refieres a la muerte de ayer?

—Siempre te enteras de todo. No sé cómo lo haces.

—Querida, igual que hemos sabido siempre todo lo que ocurre. La asistenta, Cherry Baker, me ha comunicado la noticia. Supongo que dentro de un rato miss Knight se enterará por boca del carnicero.

—¿Tú qué opinas?

—¿Qué opino de qué?

—No seas pesada, Jane. Sabes muy bien a lo que me refiero. Esa mujer, como quiera que se llame.

—Heather Badcock.

—Llega a la fiesta llena de vida y alegría. Yo estaba allí

cuando llegó. Un cuarto de hora más tarde, se sienta en una silla, boquea un par de veces y se muere. ¿A ti qué te parece?

—No debemos apresurarnos a sacar conclusiones. Lo primero que hay que hacer, desde luego, es averiguar cuál es el dictamen médico.

—Habrá una vista judicial y se dará a conocer el resultado de la autopsia. Eso ya es una muestra de lo que opinan, ¿no crees?

—No necesariamente. Cualquiera puede enfermar y morir de repente, y necesitan hacer la autopsia para descubrir la causa.

—Se trata de algo más que eso.

—¿Cómo lo sabes?

—El doctor Sandford llamó a la policía en cuanto llegó a su casa.

—¿Quién te lo ha dicho? —preguntó Miss Marple muy interesada.

—El viejo Briggs. No quiero decir directamente. Ya sabes que todas las tardes, después de acabar la jornada, se da una vuelta por el jardín de Sandford para ocuparse de las plantas. Estaba recortando un seto bastante cerca de la ventana del despacho y oyó al doctor cuando llamaba a la comisaría de Much Benham. Briggs se lo dijo a su hija, ella se lo mencionó a la cartera y ésta me lo contó.

—Veo que St. Mary Mead no ha cambiado nada —comentó Miss Marple risueña.

—El chismorreo funciona tan bien como siempre. Bueno, ¿me dices de una vez lo que piensas, Jane?

—El primero en el que piensas es el marido —respondió su amiga con expresión pensativa—. ¿Estaba allí?

—Sí, estaba. No crees en la posibilidad del suicidio, ¿verdad?

—Cualquier cosa menos el suicidio. No era de ese tipo.

—¿Cómo la conociste, Jane?

—Fue el día que salí a dar un paseo por la urbanización y me caí cerca de su casa. Era la bondad en persona. Una mujer la mar de amable.

—¿Viste a su marido? ¿Tenía aspecto de estar dispuesto a envenenarla? Ya sabes a lo que me refiero —se apresuró a añadir mistress Bantry para atajar la protesta de su amiga—. ¿Te recordó al comandante Smith, a Bertie Jones o a alguien que conociste hace años y que envenenó o intentó envenenar a su esposa?

—No. No me recordó a nadie conocido. En cambio, ella sí.

—¿Quién? ¿Mistress Badcock?

—Sí, me recordó a una mujer llamada Alison Wilde.

—¿Y cómo era Alison Wilde?

—Alguien que no tenía ni la más remota idea de cómo era el mundo en realidad —contestó Miss Marple, con voz pausada—. No sabía nada de las personas. Nunca pensaba en ellas, así que no podía estar prevenida de las cosas que le sucedían.

—Me parece que no entiendo ni una palabra de lo que me dices.

—Resulta muy difícil de explicar —se disculpó Miss Marple—. En realidad se produce cuando estás demasiado centrada en ti misma, y con eso no quiero decir que seas egoísta. Puedes ser bondadosa, desinteresada e incluso considerada. Pero si eres como Alison Wilde, nunca sabes de verdad lo que estás haciendo. En consecuencia, tampoco sabes nunca lo que te puede pasar.

—¿No podrías ser un poco más clara?

—Intentaré ponerte un ejemplo. No es nada que haya sucedido en realidad, sólo es algo que me estoy inventando.

—Continúa.

—Supongamos que entras en una tienda y conoces a la propietaria, que tiene un hijo que es el típico gamberro y delincuente juvenil. Él está presente mientras tú le cuentas a su madre que tienes dinero guardado en casa, una cubertería de plata o alguna joya. Es algo que te entusiasma, que te complace, y quieres comentarlo. También puedes mencionar que la semana siguiente irás a una fiesta y que nunca cierras con llave. Sólo piensas en lo que le estás contando, porque eso es lo que te interesa. Entonces, digamos que te vas a la fiesta pero, en el camino, descubres que te has olvidado algo y regresas a buscarlo, y allí te encuentras al gamberro. Lo pillas con las manos en la masa, y él se vuelve y te atiza con una cachiporra.

—En la actualidad eso le puede pasar a casi todo el mundo.

—No lo creas. La mayoría de la gente tiene un sentido de autoprotección. Las personas saben cuándo es poco prudente decir o hacer algo según sean aquellos que escuchan lo que dice y en función del carácter de esas personas. Pero, como digo, Alison Wilde nunca pensaba en nadie excepto en sí misma. Era de esa clase de personas que te cuentan lo que han hecho, lo que han visto, lo que han escuchado y han sentido. Nunca mencionan lo que las demás personas dicen o hacen. La vida para ellas es como una carretera de una sola dirección, y únicamente se fijan en su propio avance. Para ellas, los demás son como el empapelado de una habitación. Creo que Heather Badcock era de esa clase de personas.

—¿Crees que era de esas personas que se entrometen en algún asunto sin saber lo que están haciendo?

—Así es, y, además, sin darse cuenta de que es peligroso. Es el único motivo que se me ocurre para explicar el asesinato. Si, por supuesto, acertamos en lo de que se ha cometido un asesinato.

—¿No crees que quizá pudiera estar chantajeando a alguien? —propuso mistress Bantry.

—No, de ningún modo —respondió Miss Marple, muy convencida—. Era una buena mujer. Nunca hubiera hecho nada semejante. —Hizo una pausa para después añadir un tanto irritada—: Todo este asunto me resulta muy extraño. A menos que...

—¿Sí?

—Sólo me preguntaba si no acabará siendo que se equivocaron de víctima —manifestó Miss Marple.

Se abrió la puerta y entró el doctor Haydock con aire vigoroso, escoltado por miss Knight.

—Ah, conque ya están manos a la obra —dijo el médico—. Venía a ver cómo seguía su salud, pero no hace falta que pregunte. Parece que ha decidido seguir el tratamiento que le receté.

—¿Qué tratamiento, doctor?

Haydock señaló la bolsa de labor y las agujas que estaban sobre la mesa junto al sillón de la anciana.

—Desteje, ¿o me equivoco?

Miss Marple parpadeó de una manera discreta y anticuada.

—Me está tomando el pelo, doctor Haydock.

—A mí no me engaña, mi querida señora. La conozco desde hace muchos años. Una muerte repentina en Gossington Hall y todas las lenguas de St. Mary Mead que no paran ni un segundo. ¿No es así? Todos hablan de asesinato mucho antes de que se sepa el resultado de la vista judicial.

—¿Cuándo se celebrará?

—Pasado mañana. Y para entonces, señoras, ustedes habrán analizado todo el caso, habrán dictado el veredicto y habrán resuelto un montón de detalles. Bien, no pienso perder el tiempo aquí. No vale la pena entretenerse con una paciente que no necesita de mis atenciones. Tiene las mejillas sonrosadas, le brillan los ojos y ha comenzado a divertirse. No hay nada como tener un interés en la vida. Adiós, hasta la vista. —Salió de la habitación.

—Me dirán lo que quieran, pero lo prefiero a Sandford —manifestó mistress Bantry.

—Yo también. Además es un buen amigo. Creo —añadió Miss Marple con expresión pensativa— que ha venido para decirme: «Adelante».

—Entonces ha sido un asesinato. —Las dos amigas intercambiaron una mirada—. Por lo menos, eso es lo que creen los médicos.

Miss Knight les llevó café. Por una vez en su vida, las dos señoras estaban demasiado impacientes como para agradecer la interrupción. En cuanto miss Knight las dejó solas, Miss Marple volvió a la carga.

—Veamos, Dolly, tú estabas allí...

—Prácticamente vi cómo sucedía —señaló mistress Bantry con modestia.

—Espléndido. Quiero decir que..., bueno, ya sabes lo que quiero decir. Por lo tanto, podrás contarme al detalle todo lo sucedido desde el momento en que la víctima llegó.

—Me habían invitado a entrar en la casa con los más selectos.

—¿Quién te invitó?

—Un joven delgaducho. Creo que es el secretario de Marina Gregg o algo parecido. Me acompañó hasta el pie de las escaleras. Arriba habían montado una recepción privada.

—¿En el rellano? —exclamó Miss Marple, sorprendida.

—No, todo lo han cambiado. Han echado abajo el vestidor y el dormitorio de huéspedes de forma tal que ahora disponen de un espacio muy amplio. Les ha quedado muy bonito.

—Comprendo. ¿Quiénes estaban presentes?

—Marina Gregg, tan natural y encantadora como siempre, elegantísima con un vestido entallado verde gris. El marido, por supuesto, y esa mujer, Ella Zielinsky, de la que ya te hablé. Es la secretaria social. Después había unas ocho o diez personas. A algunas las conocía. Las otras supongo que serían de los estudios. También estaban el vicario, la esposa del doctor Sandford, que vino más tarde, el coronel Clithering y su mujer, y el juez. Creo que también había un periodista y una joven con una cámara enorme que sacaba fotografías.

—Continúa.

—Heather Badcock y su marido llegaron casi inmediatamente después de mí. Hablé unos minutos con Marina, que se mostró muy amable. Después, mientras yo iba a buscarme una copa, charló con el vicario, y fue entonces cuando entraron Heather Badcock y su marido. Ella es la secretaria de la asociación de ambulancias de St. John. Alguien comentó algo al respecto y dijo que era una buena colaboradora y un puntal del servicio. Marina tuvo unas palabras corteses. Entonces mistress Badcock, que debo decirte, Jane, que me pareció una mujer bastante plasta, se embarcó en una larga historia sobre un encuentro con Marina en alguna parte hacía años. Evidentemente no era una mujer con demasiado tacto, porque insistió muchas veces en los años pasados y cosas por el estilo. Estoy segura de que a las artistas, a la gente del cine y a las personas en general no les gusta que les recuerden la edad que tienen. Pero supongo que era de esas personas que no se dan cuenta.

—Así es. No era la clase de mujer que hubiera caído en la cuenta. ¿Qué más?

—No me pareció ver nada fuera de la común por esa parte, salvo por el hecho de que Marina Gregg no hizo el paripé de costumbre.

—¿Quieres decir que se enfadó?

—No, no, en absoluto. En honor a la verdad, ni siquiera estoy segura de que escuchara ni una sola palabra. Miraba fijamente por encima del hombro de mistress Badcock y, cuando ella acabó la ridícula historia de cómo había abandonado la cama a pesar de estar enferma y se había escapado de casa para conocer a Marina y conseguir su autógrafo, se produjo un extraño silencio. Luego le vi el rostro.

—¿El rostro de quién? ¿El de la señora Badcock?

—No. El de Marina Gregg. Era como si no hubiese escuchado ni una sola de las palabras dichas por mistress Badcock. Continuaba mirando fijamente por encima del hombro de su invitada hacia un punto en la pared opuesta. Miraba de una manera que no puedo explicarte.

—Por favor, Dolly, inténtalo, porque creo que quizá puede llegar a ser importante.

—Parecía haberse quedado como congelada —matizó mistress Bantry mientras luchaba por encontrar las palabras adecuadas—, como si hubiese visto algo... Caramba, qué difícil resulta describir las cosas. ¿Recuerdas a la dama de Shalott?: «El espejo se rajó de lado a lado; "la fatalidad ha caído sobre mí", gritó la dama de Shalott». Pues ése es el aspecto que tenía. En la actualidad la gente se ríe de Tennyson, pero la dama de Shalott siempre me entusiasmó cuando era joven y todavía me entusiasma.

—Tenía el aspecto de haberse quedado congelada —repitió Miss Marple pensativamente—, y dices que miraba la pared por encima del hombro de mistress Badcock. ¿Qué había en la pared?

—¡Oh! Creo que un cuadro. Ya sabes, una pintura italiana. Si no me equivoco, una copia de una madona de Bellini, aunque no estoy muy segura. Un cuadro en el que la Virgen sostiene entre los brazos a un niño sonriente.

Miss Marple frunció el entrecejo.

—No entiendo cómo un cuadro pudo producirle esa expresión.

—Sobre todo cuando debe de verlo todos los días.

—Supongo que había más gente que subía las escaleras.

—Sí, sí, por supuesto.

—¿Recuerdas quiénes eran?

—¿Quieres decir que quizá miraba a una de las personas que subían las escaleras?

—Es bastante lógico, ¿no te parece?

—Sí, desde luego. Déjame que haga memoria. Estaba el alcalde, vestido de gala, con el collar y la medalla, su esposa, y también un hombre de pelo largo y una de esas barbas ridículas que se llevan ahora. Un hombre bastante joven. También estaba la muchacha de la cámara. Se había colocado en un buen sitio para poder sacar las fotos de las personas que subían y le estrechaban la mano a Marina, y, déjame pensar, dos personas desconocidas para mí, y los Grice de Lower Farm. Quizá había alguien más, pero éstos son todos los que recuerdo.

—No parece muy prometedor. ¿Qué ocurrió después?

Creo que Jason Rudd le dio con el codo o algo así, porque de pronto pareció reanimarse. Sonrió a mistress Badcock y comenzó a repetir el mismo rollo de siempre. Ya sabes, dulce, sencilla, natural, encantadora y demás trucos del oficio.

—¿Y entonces?

—Jason Rudd les sirvió las copas.

—¿Qué les sirvió?

—Creo que daiquiris. Rudd comentó que era la bebida favorita de su esposa. Le dio uno a Marina y el otro a su invitada.

—Eso es algo muy interesante. Yo diría que interesantísimo. ¿Qué pasó después de servir las copas?

—No lo sé, porque me llevé a un grupo de mujeres a ver los baños. Lo siguiente que recuerdo es que apareció la secretaria a la carrera y comentó que alguien estaba indispuesto.

Capítulo 7

La vista, cuando se realizó, fue muy breve y decepcionante El marido corroboró la identidad de la víctima y el resto de las declaraciones correspondieron a médicos. Heather Badcock había muerto como consecuencia de haber ingerido una sobredosis de dietil-diexil-barbo-quindeloritato o, seamos francos, algo parecido. No había ninguna prueba que demostrara cómo se había administrado la droga. A continuación, la vista se aplazó hasta quince días más tarde.

El inspector Frank Cornish se reunió con Arthur Badcock cuando el marido se disponía a abandonar la sala.

—¿Puedo hablar un momento con usted, señor Badcock?

—Desde luego, desde luego.

Arthur Badcock parecía más que nunca un pingajo.

—No lo entiendo —murmuró—. Sencillamente, no lo entiendo.

—Tengo un coche esperando. Le llevaremos a su casa. Es un lugar más agradable y más privado que éste.

—Muchas gracias, señor. Sí, sí, estoy seguro de que estaremos mucho más cómodos.

El coche se detuvo delante de la bonita verja pintada de azul del número 3 de Arlington Close. Arthur Badcock abrió la marcha y el inspector lo siguió. El hombre sacó la llave, pero antes de que pudiera meterla en la cerradura abrieron la puerta. La mujer que apareció en el umbral retrocedió con una expresión un tanto avergonzada. Arthur Badcock se sobresaltó.

—Mary.

—Le estaba preparando una taza de té, Arthur. Creí que la necesitaría cuando regresara de la indagatoria.

—Muy amable por su parte —manifestó el viudo, agradecido. Vaciló unos segundos antes de hacer las presentaciones—. El inspector Cornish. Mistress Bain. Es una vecina.

—Encantado.

—Traeré otra taza —dijo la mujer.

Se alejó en dirección a la cocina y Arthur Badcock, sin saber muy bien cómo debía comportarse, llevó al inspector hasta una sala en la que abundaban las cretonas, a la derecha del vestíbulo.

—Es una mujer amable —comentó—. Siempre tan atenta.

—¿Hace mucho que la conoce?

—No. Sólo desde que estamos aquí.

—Creo que ustedes llevan aquí dos años, ¿o son tres?

—Ahora se cumplirán los tres. Mistress Bain lleva aquí sólo seis meses. Su hijo trabaja por aquí cerca y, por lo tanto, cuando ella enviudó, se trasladó y ahora vive con su hijo.

Mistress Bain salió de la cocina cargada con la bandeja del té. Era una mujer morena, de expresión ceñuda, de unos cuarenta años. El color de su tez hacía juego con el pelo y los ojos oscuros. Había algo ligeramente extraño en su mirada. Parecía estar permanentemente en guardia. Dejó la bandeja sobre la mesa, y el inspector hizo un comentario cortés. Algo en su interior, quizá el instinto profesional, estaba alerta. No había pasado por alto la mirada vigilante ni el levísimo respingo que había dado cuando Arthur la presentó. Estaba habituado a una cierta intranquilidad, incluso a la alarma natural y a la desconfianza de aquellos que quizá inadvertidamente han incumplido alguna vez la ley, pero había una segunda clase de inquietud, y era precisamente ésta la que había percibido aquí. Mistress Bain, pensó, había tenido en alguna ocasión algún trato con la policía, algo que la hacía desconfiar y la ponía en guardia. Prometió no olvidarse de averiguar algo más sobre Mary Bain. La mujer dejó la bandeja, rechazó la invitación a quedarse a tomar el té con la excusa de que se le hacía tarde y se marchó.

—Parece una mujer agradable —comentó el policía.

—Sí, lo es. Es muy atenta, buena vecina y una mujer muy comprensiva.

—¿Era muy amiga de su esposa?

—No, no diría tanto. Se trataban y compartían las cosas típicas entre vecinas, pero nada más allá.

—Comprendo. Bien, señor Badcock, necesitamos que nos dé toda la información posible. El informe médico que se ha hecho público en la vista ha debido de ser un *shock* para usted.

—Efectivamente, inspector. Por supuesto, me doy cuenta de que usted debe creer que algo va mal, y yo también lo creo porque Heather siempre fue una mujer muy sana. Que yo recuerde nunca la vi enferma. Me he dicho varias veces a mí mismo: «Aquí hay algo que no encaja». Pero parece tan increíble, no sé si me entiende, inspector. Realmente increíble. ¿Qué es esa cosa? El dietil no sé cuántos...

—Tiene un nombre mucho más sencillo. Lo venden en la farmacia. El nombre comercial es Calmo. ¿Alguna vez lo ha oído mencionar?

Badcock meneó la cabeza con perplejidad.

—Se utiliza mucho más en Estados Unidos que aquí —le informó Cornish—. Allí lo recetan como si fueran rosquillas.

—¿Para qué sirve?

—Según me han dicho, induce un estado de felicidad y tranquilidad mental. Se lo recetan a aquellos que sufren de estrés, ansiedad, depresión, melancolía, insomnio y muchas cosas más. Si se toma la cantidad recomendada no es peligroso, pero una sobredosis presupone serios riesgos. Al parecer, su esposa tomó el equivalente a seis veces la dosis normal.

El pobre hombre lo miró atónito.

—Heather nunca tomó nada parecido en toda su vida. Estoy seguro. Además, no era nada partidaria de tomar medicamentos. Nunca estaba deprimida o preocupada. Era la mujer más alegre que se pueda imaginar.

El inspector asintió.

—¿Cabe la posibilidad de que algún médico le recetara algo por el estilo?

—No, desde luego que no. Estoy seguro.

—¿Quién era su médico?

—El doctor Sim era el médico de cabecera, pero no creo que pisara su consulta en todo el tiempo que llevamos aquí.

—Por lo tanto, debemos creer que no era la clase de mujer que necesitara tomar un medicamento de ese tipo ni que lo hubiese tomado —señaló Cornish con aire pensativo.

—No lo tomó, inspector, estoy absolutamente seguro. Si lo tomó, fue por error.

—Resulta difícil aceptar que se tratara de un error. ¿Comió o bebió aquella tarde?

—Déjeme recordar. Para el almuerzo...

—No es necesario remontarse tan atrás. A la vista de la cantidad que ingirió, la droga tuvo que actuar rápida y súbitamente. El té. Empecemos por el té.

—Fuimos a la carpa que habían montado en el jardín. Había muchísima gente, pero nos apañamos para hacernos con un bollo y una taza de té cada uno. Lo engullimos deprisa y corriendo porque hacía mucho calor y volvimos a salir.

—¿Eso es todo lo que tomó? ¿Un bollo y una taza de té?

—Así es, señor.

—Después de tomar el té, entraron en la casa. ¿Correcto?

—Sí. Vino una señorita y dijo que miss Marina Gregg estaría muy complacida de ver a mi esposa si teníamos la bondad de entrar en la casa. Desde luego mi esposa se mostró encantada. Llevaba días hablando de Marina Gregg. Todo el mundo estaba entusiasmado. No hace falta que se lo diga, inspector, porque ya debe saberlo.

—Sí, desde luego —confirmó el inspector—. También mi esposa estaba entusiasmada. Toda la gente del pueblo y de los alrededores estaba impaciente por visitar Gossington Hall, para ver lo que habían hecho con la casa y, si era posible, ver un instante a Marina Gregg en persona, aunque tuvieran que pagar un par de chelines.

—Una señorita nos hizo entrar en la casa y nos hizo subir las escaleras —prosiguió Badcock—. Allí era donde se celebraba la fiesta. En el rellano. Claro que, según me han dicho, no tenía nada que ver con lo que había sido. Parecía una sala, con sillas y mesas con las bebidas. Calculo que habría diez o doce personas.

—¿Quién las recibió?

—La dueña de la casa en persona. La acompañaba el marido. Ahora no recuerdo su nombre.

—Jason Rudd.

—Ah, sí, aunque al principio no reparé en él. La cuestión es que miss Gregg saludó a Heather muy amablemente y pareció encantada de verla. Heather le contó toda la historia de aquella vez que había ido a verla en Bermuda, y todo pareció claro como el agua.

—Claro como el agua —repitió el inspector—. ¿Qué pasó después?

—Miss Gregg preguntó si queríamos beber algo. El marido de miss Gregg, míster Rudd, le sirvió a Heather un cóctel, un daiquiri o algo así.

—Un daiquiri.

—Eso es, señor. Trajo dos copas. Una para ella y otra para su esposa.

—Y usted, ¿qué tomó?

—Un jerez.

—¿Los tres se quedaron bebiendo juntos?

—No, no fue así. Verá, había más gente que subía por las escaleras. El alcalde y otras personas. Creo recordar a un señor norteamericano con su mujer, así que nos apartamos un poco.

—¿Fue entonces cuando su esposa se bebió el daiquiri?

—No, no se lo bebió en aquel momento.

—Caramba, pero si no se lo bebió entonces, ¿cuándo se lo bebió?

Arthur Badcock frunció el entrecejo como una prueba de los esfuerzos que hacía por recordar.

—Creo que dejó la copa en una de las mesas. Vio a unos amigos que estaban allí. Creo que era alguien relacionado con la asociación de ambulancias que había venido desde Much Benham o de algún otro sitio así. La cuestión es que se pusieron a charlar.

—Ajá. ¿Y entonces se bebió la copa?

Una vez más, el hombre frunció el entrecejo.

—Fue un poco después. Cada vez había más gente y comenzábamos a estar apretujados. Alguien golpeó el brazo de Heather y le derramó la copa.

—¿Qué ha dicho? —exclamó el inspector, sorprendido—. ¿Le derramaron la copa?

—Sí, así es como lo recuerdo. Ella cogió la copa y creo que sólo tomó un sorbo e hizo una mueca. La verdad es que no le gustaban los cócteles, ¿sabe?, pero de todos modos no estaba dispuesta a que eso le amargara la fiesta. Sea como

79

fuere, mientras ella estaba allí, alguien le golpeó el codo y la copa se volcó. La bebida le manchó todo el vestido y creo que también salpicó el vestido a miss Gregg, que no se enfadó ni nada. Dijo que no tenía la menor importancia, que no le dejaría mancha, y le prestó un pañuelo a Heather para que se secara el vestido. Después le pasó su copa y le dijo: «Aquí tiene, no la he probado».

—Miss Gregg le dio su copa. ¿Está seguro de que fue así?

Badcock hizo una pausa mientras pensaba.

—Sí, estoy bien seguro.

—¿Su esposa aceptó la copa?

—Al principio se negó, inspector. Dijo: «Oh, no, de ninguna manera», y miss Gregg se rio y después replicó: «Ya he bebido demasiadas».

—Así que su esposa aceptó la copa. ¿Qué hizo con el cóctel?

—Se apartó y se lo bebió en un par de tragos. Después caminamos por el pasillo para ver algunos de los cuadros y las cortinas. Estaban hechas de una tela preciosa. Nunca habíamos visto nada parecido. Luego encontré a un amigo, el alcalde Allcock, y nos pusimos a charlar hasta que miré a ver dónde estaba Heather. La vi sentada en una silla con el rostro algo descompuesto, así que me acerqué para preguntarle qué le pasaba y ella me contestó que notaba un malestar extraño.

—¿Qué tipo de malestar?

—No lo sé, inspector. No tuve tiempo. Tenía la voz muy rara, le costaba pronunciar las palabras y bamboleaba un poco la cabeza. De repente, intentó tomar aire y se le cayó la cabeza hacia delante. Estaba muerta, inspector, muerta.

Capítulo 8

—¿Ha dicho usted St. Mary Mead? —El inspector jefe Craddock levantó la cabeza bruscamente.

El ayudante del inspector se sintió algo sorprendido.

—Sí. St. Mary Mead. ¿Por qué? ¿Tiene algo de especial?

—No, nada en realidad.

—Tengo entendido que es un pueblo bastante pequeño —prosiguió el ayudante—. Claro que ahora no paran de construir nuevas urbanizaciones por toda aquella zona. Creo que han construido desde St. Mary Mead hasta Much Benham. Los Estudios Hellingforth están al otro lado de St. Mary Mead, hacia Market Basing. —El hombre continuó mirando a Craddock con una expresión ligeramente interrogativa y el inspector jefe se sintió obligado a dar una explicación.

—Conozco a alguien que vive allí. En St. Mary Mead. Una anciana. Una señora muy anciana. Quizá ya haya muerto. No lo sé. Pero si no es así...

El ayudante del inspector comprendió la idea de su subordinado, o por lo menos creyó haberla comprendido.

—Sí, siempre es bueno tener un contacto. Los cotilleos locales siempre son útiles en una investigación. Toda esta historia es bastante curiosa.

—¿El condado ha solicitado nuestra intervención?

—Sí, aquí tengo la carta del jefe de policía. Al parecer, no lo consideran como un asunto puramente local. La mansión más grande de la zona, Gossington Hall, fue vendida hace poco a Marina Gregg, la estrella de cine, y su marido. Están rodando una película en los nuevos estudios en Hellingforth y ella es la protagonista. Se celebró una fiesta en los jardines de la finca a beneficio de la asociación de ambulancias de St. John. La mujer muerta se llamaba mistress Heather Badcock, era la secretaria de la delegación local y se había ocupado de casi todo el trabajo de organizar la fiesta. Al parecer, se trataba de una persona competente y sensata que gozaba del aprecio general.

—¿Una de esas mujeres mandonas? —sugirió Craddock.

—Muy posiblemente. Pero, como sé por experiencia, a las mujeres mandonas casi nunca las asesinan. Tampoco entiendo por qué no. Si te paras a pensarlo, te das cuenta de que es una pena. Al parecer, la gente acudió en masa a la fiesta; buen tiempo y todo muy bien organizado. Marina Gregg y su marido ofrecieron una recepción privada en Gossington Hall. Asistieron unas treinta o cuarenta personas. Los notables de la localidad, varias personas vinculadas con la asociación de ambulancias de St. John, unos cuantos amigos personales de Marina Gregg y un puñado de personas relacionadas con los estudios. Todo muy tranquilo, cordial y alegre. Pero, aunque nos parezca fantástico e imposible, allí fue donde envenenaron a Heather Badcock.

—Un escenario bastante exótico —opinó Craddock con expresión pensativa.

—Ésa es la opinión del jefe de policía. Si alguien quería envenenar a Heather Badcock, ¿por qué escogió esa tarde en particular y unas circunstancias tan especiales? Disponía de centenares de sistemas mucho más sencillos para hacerlo. En cualquier caso, es bastante arriesgado echar una dosis de veneno mortal en un cóctel rodeado de veinte o treinta personas. Alguien tuvo que ver algo.

—¿Está fuera de toda duda que la droga la echaran en la copa?

—Sí, no hay ninguna duda. Aquí tengo todos los informes. Uno de esos nombres impronunciables que a los médicos les encantan, aunque en realidad es algo que se receta a manos llenas en Estados Unidos.

—En Estados Unidos, ¿eh?

—También en este país. Pero al otro lado del Atlántico no tienen tantos reparos. Tomado en pequeñas dosis es eficaz.

—¿Se necesita una receta o es de venta libre?

—No. Se necesita receta.

—Sí, resulta extraño. ¿Heather Badcock tenía alguna vinculación con la gente del cine?

—Ninguna en absoluto.

—¿Algún sospechoso entre los familiares?

—El marido.

—El marido —repitió Dermot pensativo.

—Sí, como siempre, es el primero en quien se piensa —comentó su superior—, pero el inspector local, creo que se llama Cornish, opina que no sacaremos nada por ese lado, aunque sí comentó que parecía nervioso y molesto, pero, claro, ésa es una reacción habitual en muchas personas cuando las interroga la policía. Al parecer, formaban una pareja que se quería mucho.

—En otras palabras, la policía del pueblo no cree que sea su presa. No deja de ser interesante. Supongo que me tocará ir allí, ¿no es así, señor?

—Sí. Es mejor que vaya usted cuanto antes, Dermot. ¿A quién quiere llevarse con usted?

Dermot tardó un momento en decidirse.

—Me llevaré a Tiddler. Es un buen hombre y, además, un gran aficionado al cine. Eso es algo que siempre puede resultar útil.

El ayudante del comisionado asintió.

—Le deseo buena suerte.

—¡Bueno, bueno! —exclamó Miss Marple, con el rostro arrebolado por el placer y lo inesperado de la visita—. Ésta sí que es una sorpresa. ¿Cómo está usted, mi querido muchacho?, aunque evidentemente ya no es un muchacho. ¿Qué es ahora? ¿Inspector jefe o ese cargo nuevo que llaman comandante?

Dermot le explicó cuál era su rango.

—Supongo que no será necesario que le pregunte qué está haciendo aquí. Nuestro asesinato local ha sido considerado digno de la atención de Scotland Yard.

—Nos lo pasaron a nosotros, así que, naturalmente, en cuanto llegué aquí vine a presentarme a la jefatura.

—¿Se refiere usted...? —Miss Marple parpadeó con coquetería.

—Sí, abuela —dijo Dermot irrespetuosamente—. Me refiero a usted.

—Mucho me temo —replicó Miss Marple con un tono de pena— que ya no estoy muy al corriente de lo que ocurre por aquí. Apenas salgo.

—Sale usted lo suficiente como para caerse y ser recogida por la mujer que será asesinada diez días más tarde.

La anciana emitió unos sonidos que podrían haberse escrito como «uh-uh».

—No sé dónde oye usted esas cosas.

—Tendría usted que saberlo. Usted misma me dijo que en un pueblo todo el mundo lo sabe todo. Por cierto, y de manera extraoficial, ¿pensó usted que la asesinarían en cuanto la vio?

—Por supuesto que no. De ninguna manera. ¡Vaya cosas se le ocurren!

—¿No vio en los ojos del marido esa mirada que le recordó a Harry Simpson, a David Jones o a quien sea que conociera usted en el pasado y que, a su debido momento, tiró a su esposa por un precipicio?

—¡No, claro que no! Estoy segura de que míster Badcock nunca haría algo tan perverso. Al menos —añadió pensativa—, estoy casi segura.

—Pero, siendo la naturaleza humana como es... —murmuró el inspector con mala intención.

—Exacto. Me atrevería a decir que, superado el primer impacto, no la echará mucho de menos.

—¿Por qué? ¿Ella lo maltrataba?

—No, pero no creo que ella..., bueno, no era una mujer considerada. Bondadosa, sí. Considerada, no. Sin duda le quería, lo cuidaba cuando estaba enfermo, le preparaba las comidas y era una buena ama de casa, aunque no creo que nunca llegara a saber lo que él podía sentir o pensar. Eso hace que la vida de un hombre resulte muy solitaria.

—Ah. Y usted cree que su vida será menos solitaria en el futuro.

—Creo que se volverá a casar. Quizá muy pronto y, probablemente, algo que será una lástima, con una mujer del mismo tipo. Quiero decir que se casará con alguien con una personalidad más fuerte que la suya.

—¿Alguien a la vista?

No, que yo sepa —respondió Miss Marple, aunque añadió apenada—: Pero sé tan poco.

—Venga, ¿qué piensa? —insistió Dermot—. Usted no ha sido nunca de las que se quedan cortas elucubrando.

—Creo —dijo la anciana inesperadamente— que debe usted hacerle una visita a mistress Bantry.

—¿Mistress Bantry? ¿Quién es? ¿Alguien relacionado con el mundo del cine?

—No. Vive en el pabellón este de Gossington Hall. Estuvo presente en la fiesta. En su época, fue la propietaria de Gossington Hall... Ella y su marido, el coronel Bantry.

—Esa mujer estuvo en la fiesta. ¿Vio algo?

—Creo que debe ser ella misma quien le cuente lo que vio. Quizá usted crea que no tiene ninguna relación con el caso, pero creo que podría ser, sólo digo que podría ser, indicativo. Dígale que va de mi parte y, ah, quizá convenga que le mencione a la dama de Shalott.

El inspector la miró inclinando un poco la cabeza hacia un costado.

—La dama de Shalott. ¿Es la contraseña?

—No sé si ésa es la manera adecuada de decirlo, pero servirá para recordarle lo que quiero decir.

—Volveré —le advirtió Dermot, levantándose de la silla.

—Eso será muy amable por su parte. Si tiene tiempo, tal vez podría venir cualquier día a tomar el té conmigo. Si es que todavía toma té —añadió con un tono nostálgico—. Ya sé que en la actualidad la mayoría de los jóvenes sólo salen para ir a tomar copas. Suponen que el té de la tarde es algo muy pasado de moda.

—No soy tan joven como para eso. Sí, cualquier tarde vendré a tomar el té con usted. Tomaremos té, cotillearemos y hablaremos del pueblo. Por cierto, ¿conoce a alguna de las estrellas de cine o a alguien de los estudios?

—Nada de nada, excepto lo que oigo.

—Bueno, usted es de las acostumbran a oír mucho. Adiós, ha sido un placer verla.

—¿Cómo está usted? —dijo mistress Bantry, un tanto sorprendida cuando Dermot Craddock se presentó y le explicó quién era—. Es muy emocionante. ¿No acostumbran ustedes a ir acompañados siempre por algún sargento?

—Así es. He venido con un sargento, pero ahora está ocupado.

—¿Investigaciones de rutina?

—Algo por el estilo —respondió Craddock en tono grave, aunque sin satisfacer la curiosidad de la dama.

—Y dice que Jane Marple le ha sugerido venir a verme —añadió la mujer mientras le hacía pasar a una pequeña sala de diario—. Estaba arreglando unas flores. Hoy es uno de esos días en los que las flores no hacen lo que quieres que hagan. Se caen o se mantienen erguidas cuando no quieres que se mantengan erguidas o se caigan. Pero le agradezco mucho la distracción, y sobre todo una tan excitante. Entonces al final se trata de un asesinato, ¿verdad?

—¿Usted cree que fue un asesinato?

—Bueno, supongo que también pudo ser un accidente. Nadie ha dicho nada definitivo. Quiero decir oficialmente. Excepto eso que dijeron en la vista sobre que no había ninguna prueba que demostrara quién o cómo administró el veneno. Pero, por supuesto, aquí todos hablamos del tema como si se tratara de un crimen.

—¿También hablan de quién lo hizo?

—Ésa es la parte más extraña de todo este asunto. Nadie lo comenta, porque creo que nadie se explica cómo pudo ser.

—¿Se refiere usted al hecho físico de administrar el veneno?

—No, no exactamente. Supongo que pudo ser difícil pero no imposible. No, me refiero a que no se me ocurre nadie que pudiera desear hacerlo.

—¿Cree que nadie tenía motivos para asesinar a Heather Badcock?

—Francamente, no me imagino a nadie con el deseo de matar a Heather Badcock. La había tratado en varias ocasiones por asuntos locales. Las muchachas guías, las ambulancias de St. John y asuntos de la parroquia. Personalmente, me parecía una mujer un tanto cargante. Tenía un entusiasmo excesivo por todo, era muy dada a las afirmaciones exageradas y, además, un poco demasiado efusiva.

Pero nadie asesina a la gente por eso. Era de esas mujeres que provocaba que, cuando veías que se acercaba a la puerta de tu casa, fueras corriendo a buscar a la doncella, una institución que teníamos en aquellos tiempos, y muy útil por cierto, para avisarle de que debía decir «la señora no está en casa», o «no recibe visitas» si tenía escrúpulos y no quería mentir.

—Quiere decir que cualquiera hubiese hecho lo posible para evitar a mistress Badcock, pero nadie sentía la necesidad urgente de acabar permanentemente con ella.

—Muy bien expresado —manifestó mistress Bantry.

—No tenía fortuna —comentó Dermot—, o sea, que nadie se beneficiaba con su muerte. Tampoco parece que nadie la detestara hasta el punto de asesinarla. Supongo que no sería una chantajista...

—Estoy segura de que eso es algo que nunca se le hubiera pasado por la cabeza. Era de esas personas de grandes principios éticos y de una moralidad intachable.

—¿No cabe la posibilidad de que el marido tuviera alguna aventura romántica?

—No lo creo. Lo conocí en la fiesta, pero me dio la impresión de ser muy poquita cosa. Un tipo soso.

—No nos deja mucho donde elegir, ¿no le parece? Por lo tanto, hay que volver a la suposición de que ella sabía algo.

—¿Sabía algo?

—En detrimento de otra persona.

—Lo dudo —afirmó mistress Bantry meneando la cabeza—. No lo creo. Me dio la impresión de ser la clase de mujer que si supiera algo sobre cualquiera, sería incapaz de callárselo.

—Otra posibilidad eliminada, o sea que llegamos, si me lo permite, a mis motivos para venir a verla. Miss Marple, por la que siento la más profunda admiración y respeto, me indicó que debía mencionarle la dama de Shalott.

—Ah, ¡eso!

—Sí. ¡Eso! Sea lo que sea.

—En estos tiempos la gente no lee mucho a Tennyson.

—Lo recuerdo muy vagamente. Ella contemplaba Camelot, ¿no?

> Voló la red y se extendió;
> el espejo se rajó de lado a lado;
> «la maldición ha caído sobre mí»,
> gritó la dama de Shalott.

—Exactamente. Ella lo hizo.

—¿Cómo dice? ¿Quién lo hizo? ¿Qué hizo?

—Mirar así.

—¿Quién miró así?

—Marina Gregg.

—Ah, Marina Gregg. ¿Cuándo lo hizo?

—¿Jane Marple no se lo dijo?

—No me dijo absolutamente nada. Me remitió a usted.

—Eso es lo que me molesta —protestó la mujer—, porque ella siempre cuenta las cosas mucho mejor que yo. Mi marido siempre decía que yo era tan concisa y deshilvanada que nunca sabía de qué hablaba. En cualquier caso, es posible que no fuera más que una fantasía. Pero cuando ves a alguien con esa expresión resulta difícil no recordarlo.

—Por favor, cuéntemelo.

—Verá, fue durante el agasajo. Lo llamo agasajo porque ¿qué nombre se les da a esas cosas? Pero era algo parecido a una recepción en lo alto de las escaleras, donde ahora hay un vestíbulo muy amplio. Marina Gregg estaba allí con su marido. Enviaron a buscar a unos cuantos de nosotros. Supongo que a mí me llamaron por ser la antigua propietaria de la casa, y a Heather Badcock y a su esposo porque ella se había encargado de todos los preparativos de la fiesta. Dio la casualidad de que subimos las escaleras casi al mismo tiempo, así que estaba allí cuando lo vi.

—Me hago cargo, pero ¿cuando vio el qué?

—Verá. Mistress Badcock comenzó a hablar sin parar, como hacen muchas personas cuando se encuentran con alguien famoso. Ya sabe, que es maravilloso, que están emocionados y que han soñado con ese momento. Pero después ella se embarcó en una larga historia sobre una vez en que se habían encontrado hacía años y lo emocionante que había sido. Pensé para mis adentros lo aburrido que debía de ser para la gente famosa tener que poner buena cara y responder con amabilidad. Fue entonces cuando noté que Marina Gregg no actuaba de esa forma. Se limitaba a mirar fijamente.

—¿Miraba fijamente a mistress Badcock?

—No, no, daba la impresión de haberse olvidado completamente de mistress Badcock. Quiero decir que miraba fijamente con lo que yo llamo la mirada de la dama de Shalott, como si estuviese mirando algo terrible. Algo escalofriante, algo que le resultaba imposible creer que veía y que le resultaba intolerable.

—¿El maleficio ha caído sobre mí? —sugirió Dermot.

—Sí, eso es. Por eso lo llamé la mirada de la dama de Shalott.

—Pero, señora Bantry, ¿qué estaba mirando?

—Ojalá lo supiera.

—¿Dice usted que estaban en lo alto de la escalera?

—Marina miraba por encima de la cabeza de mistress Badcock, mejor dicho, por encima de un hombro.

—¿Directamente a la mitad de la escalera?

—Quizá un poco a un lado.

—¿Había otras personas que subían las escaleras?

—Sí, creo que unas cinco o seis personas.

—¿Miss Gregg miraba a una de esas personas en particular?

—No se lo puedo decir. Verá, yo no miraba en esa dirección. La miraba a ella. Estaba de espaldas a las escaleras. En mi opinión, miraba hacia uno de los cuadros.

—Pero debe de tenerlos muy vistos, dado que vive en la casa.

—Sí, sí, por supuesto. No, supongo que estaría mirando a una de las personas que subían. Me pregunto a cuál de ellas.

—Es algo que debemos averiguar. ¿Recuerda quiénes eran?

—Sé que una de ellas era el alcalde, acompañado de su esposa. Había alguien que, si no recuerdo mal, era un reportero, un pelirrojo, porque me lo presentaron, pero no recuerdo su nombre. Nunca presto atención a los nombres. Galbraith o algo así. También había un gigantón muy negro. No me refiero a un negro de verdad, quiero decir que era un hombre impresionante y muy sombrío. Le acompañaba una actriz. Una rubia oxigenada con pinta de zorra. Y el viejo general Barnstaple, de Much Benham. El pobre está gagá. No creo que pueda ser la maldición de nadie. ¡Ah! Y los Grice, de la granja.

—¿Ésas son todas las personas que recuerda?

—Había varias más, pero ya sabe cómo son esas cosas. No me fijé en nadie en especial. Sé que el alcalde, el general Barnstaple y los norteamericanos llegaban en ese instante. También un par que hacían fotos. Creo que uno era alguien del pueblo, y una chica de Londres, con pinta de artista, pelo largo y una cámara enorme.

—¿Está convencida de que fue alguna de esas personas la que provocó la extraña mirada de Marina Gregg?

—En realidad no estoy convencida de nada —manifestó mistress Bantry con absoluta sinceridad—. Sólo me pregunté qué demonios podía haber provocado aquella mirada y luego me desentendí del tema. Pero después siempre se recuerdan esas cosas. Claro que —añadió con toda honestidad— es posible que sólo fueran imaginaciones mías.

Después de todo, quizá le dio un súbito dolor de muelas, se pinchó con un alfiler o sintió un violento retortijón de tripas. Con cualquiera de esas cosas, cuando te ocurren, intentas comportarte como siempre y no decir nada, pero no consigues evitar poner una expresión horrible.

El inspector Craddock se echó a reír.

—Me alegra comprobar que es usted una persona realista. Como usted dice, bien pudo ser alguna de esas cosas. Pero, desde luego, es un hecho muy interesante que puede acabar dándonos una pista.

Meneó la cabeza y se marchó para ir a presentar sus credenciales en Much Benham.

Capítulo 9

—¿Así que no ha conseguido sacar nada en limpio de la gente de por aquí? —comentó Craddock, ofreciéndole la pitillera a Frank Cornish.

—Nada de nada. No tenía enemigos, no discutía con la gente, se llevaba bien con su marido.

—¿Nada sobre otra mujer u otro hombre?

Cornish meneó la cabeza.

—Ni lo uno ni lo otro. No hay el menor indicio de un escándalo por ninguna parte. Ella no era lo que se llamaría una mujer sexi. Formaba parte de un montón de comités y cosas por el estilo, y había de por medio algunas pequeñas rivalidades locales, pero nada más allá.

—¿No había ninguna otra mujer a la que el marido le hubiera echado el ojo? ¿Nadie en la empresa donde trabaja?

—Está en Biddle & Russell, los agentes inmobiliarios y tasadores. Hay una tal Florrie West que es gangosa, y miss Grundle, que debe de rondar los cincuenta y está seca como un arenque. No hay mucho por allí para excitar a un hombre. Aunque, pese a todo, no me sorprendería si en cualquier momento se volviera a casar.

Craddock lo miró interesado.

—Una vecina —explicó Cornish—. Una viuda. El día que lo acompañé a su casa después de la vista la mujer estaba allí. Le había preparado el té y había dado un repaso a la casa. Él pareció sorprendido y le agradeció las molestias. Si quiere saber mi opinión, le diré que la viuda está decidida a casarse con él, pero él aún no lo sabe, pobre tipo.

—¿Cómo es ella?

—Bien parecida. No es joven, aunque tiene un físico agitanado que la hace parecer bastante guapa. Morena de ojos oscuros.

—¿Su nombre?

—Bain. Mistress Bain. Mary Bain. Es viuda.

—¿En qué trabajaba su esposo?

—No tengo ni idea. La mujer tiene un hijo que trabaja por aquí y vive con ella. Parece una mujer discreta y respetable. Sin embargo, tengo la sensación de que la he visto antes. —Miró su reloj—. Las doce menos diez. Le he concertado una cita en Gossington Hall a las doce. Será mejor que nos pongamos en marcha.

La mirada de Dermot Craddock, que siempre parecía un tanto distraída, no se perdía detalle de las características de Gossington Hall. El inspector Cornish lo había llevado hasta allí, le había dejado en manos de un joven llamado Hailey Preston y, después, se había retirado discretamente. Desde entonces, Craddock no había hecho más que asentir ante el incesante parloteo de míster Preston. Había llegado a la conclusión de que el personaje era el encargado de las relaciones públicas, el asistente personal o el secretario privado, o, más acertadamente, una mezcla de las tres cosas, de Jason Rudd. Hablaba libre y largamente sin mucha claridad, pero con la ventaja de no repetirse demasiado, algo que era de agradecer. Era un joven amable, que parecía tener la idea de que sus opiniones, parecidas a las del doctor Pangloss de que todo era para bien en el mejor de los mundos posibles, debía compartirlas con su interlocutor. Manifestó varias veces y de diferentes maneras lo desgraciado que había sido el episodio, la preocupación que habían sentido todos, lo mucho que había trastornado a Marina Gregg, la inquietud de míster Rudd, y que cómo era posible que hubiera ocurrido algo así. Pensaba que lo más probable era que hubiese sido la consecuencia de una alergia a algún tipo de sustancia. Sencillamente proponía la idea, pues las alergias eran algo curioso. El inspector Craddock podía contar incondicionalmente desde ahora con toda la cooperación de los Estudios Hellingforth y de su personal. Podía formular cuantas preguntas quisiera y tenía todas las puertas abiertas. Si estaba en sus manos ayudarle, le ayudarían. Todos habían sentido un gran respeto por mistress Badcock y apreciaban su enorme conciencia social y el valioso trabajo realizado en pro de la asociación de ambulancias de St. John.

Luego empezó otra vez con el mismo discurso, no con las mismas palabras, pero sí con los mismos temas. Nadie podía mostrar tantos deseos de colaborar. Al mismo tiempo, hizo todo lo posible para transmitir la impresión de que no había nada más transparente que el cristal de los estudios, y que míster Jason Rudd y miss Marina Gregg, o cualquiera de las personas de la casa, harían lo que fuese para colaborar con la policía. A continuación, asintió unas cuarenta veces. Craddock aprovechó la pausa.

—Muchísimas gracias.

Lo dijo sin alzar la voz, pero con un tono que acabó con la verborrea de míster Hailey Preston.

—Usted dirá —manifestó el joven, y esperó.

—¿Dice usted que puedo formular preguntas?

—Por supuesto. Pregunte.

—¿Es éste el lugar donde murió?

—¿Mistress Badcock?

—Mistress Badcock. ¿Es éste el lugar?

—Sí, en efecto. Aquí mismo. Si quiere puedo mostrarle la silla que ocupaba cuando murió.

Se encontraban en lo alto de las escaleras. Hailey Preston caminó unos pasos por el corredor y señaló una silla de roble que era una mala imitación de una silla clásica.

—Estaba sentada aquí mismo. Dijo que no se sentía bien. No sé quién fue a buscarle algo, y entonces ella murió sin más.

—Comprendo.

—No sé si mistress Badcock había visitado a un médico en los últimos tiempos, si le habían avisado de que tenía alguna afección cardíaca o algo así.

—No padecía enfermedad alguna. Era una mujer sana. Murió como consecuencia de haber ingerido seis veces la dosis normal de un medicamento cuyo nombre oficial no intentaré repetir, pero que tengo entendido que se conoce como Calmo.

—Lo sé, lo sé. Yo también lo tomo de cuando en cuando.

—Caramba. Eso es muy interesante. ¿Es eficaz?

—Fantástico. Absolutamente maravilloso. Te estimula y al mismo tiempo te tranquiliza, no sé si me entiende. Naturalmente, hay que tomarlo en las dosis adecuadas.

—¿Hay una provisión de ese medicamento en la casa?

Sabía la respuesta, pero planteó la pregunta como si no lo supiera. Halley Preston respondió con toda franqueza.

—Diría que todo un cargamento. Si no me equivoco, encontrará un frasco en cada uno de los botiquines de los baños.

—Algo que desde luego no facilita mucho nuestra tarea.

—Cabe la posibilidad de que ella consumiera el medicamento, tomara una dosis y muriera como consecuencia de una reacción alérgica.

La expresión de Craddock fue suficiente como para que Preston suspirase con resignación y añadiera:

—¿Está usted bien seguro sobre la dosis?

—Desde luego. Fue una dosis mortal y mistress Badcock no consumía esa clase de medicamentos. Por lo que sabemos, lo único que tomaba era bicarbonato o aspirinas.

—No hay duda de que eso nos plantea un problema —manifestó el joven, meneando la cabeza—. Sí, señor, menudo problema.

—Míster Rudd y miss Gregg, ¿dónde recibieron a los invitados?

—Aquí mismo. —El joven volvió a lo alto de las escaleras.

El inspector Craddock se situó a su lado. Miró la pared opuesta. En el centro había un cuadro de una madona italiana con el niño. Una buena copia de alguna obra muy conocida. La Virgen, vestida con una túnica azul, sostenía en alto al niño Jesús, y ambos sonreían. Pequeños grupos de personas aparecían a cada lado mirando a las figuras centrales. «Un cuadro realmente bonito», pensó Craddock. A la izquierda y a la derecha del cuadro había dos ventanas angostas. Todo el conjunto resultaba encantador y, a su juicio, allí no había nada capaz de provocar en una persona la expresión de la dama de Shalott al saberse víctima de la fatalidad.

—¿La gente subía por las escaleras? —preguntó.

—Sí. En grupos pequeños. Unas pocas personas a la vez. Ella Zielinsky, la secretaria de míster Rudd, y yo nos encargábamos de ir a buscarlas y de acompañarlas. Queríamos que todo resultara agradable e informal.

—¿Dónde estaba usted cuando subió mistress Badcock?

—Me avergüenza decirlo, inspector Craddock, pero no lo recuerdo. Tenía una lista de nombres. Salía de la casa, buscaba a los elegidos y los acompañaba al interior. Los presentaba, me ocupaba de que les sirvieran una copa y después iba a buscar al siguiente grupo. No conocía de vista a mistress Badcock y tampoco figuraba en mi lista.

—¿Qué me dice de una tal mistress Bantry?

—Ah, sí, ella era la anterior propietaria de esta casa, ¿no

es así? Creo que ella, mistress Badcock y su marido subieron más o menos al mismo tiempo. —Hizo una pausa—. También el alcalde. Llevaba el símbolo del cargo y le acompañaba su esposa, una mujer con el pelo amarillo, vestida de color azul vivo con volantes. Los recuerdo muy bien. No les serví las copas porque tuve que bajar a recoger al siguiente grupo.

—¿Quién les sirvió las copas?

—No le puedo contestar a ciencia cierta. Éramos tres o cuatro los que estábamos de servicio. Sé que bajaba las escaleras en el momento en que subía el alcalde.

—¿Recuerda quién más estaba en las escaleras cuando bajaba?

—Jim Galbraith, uno de los reporteros que cubría la información de la fiesta, y otros tres o cuatro que no conozco. Había un par de fotógrafos: uno local, no recuerdo el nombre, y una muchacha de Londres especializada en hacer fotos desde ángulos poco habituales. Había montado la cámara en aquel rincón para poder fotografiar a miss Gregg cuando saludaba a los invitados. Ah, espere un momento, déjeme recordar, creo que fue entonces cuando llegó Ardwyck Fenn.

—¿Quién es Ardwyck Fenn?

En el rostro de Preston apareció una expresión de asombro.

—Es uno de los jefazos, inspector. Un tipo importantísimo en el mundo del cine y la televisión. Ni siquiera sabíamos que se encontraba en el país.

—¿Su presencia fue una sorpresa?

—Yo diría que sí. Fue muy amable por su parte presentarse cuando nadie lo esperaba.

—¿Es un viejo amigo de miss Gregg y de míster Rudd?

—Es un viejo amigo de miss Gregg desde hace muchos años, de cuando ella estaba casada con su segundo marido. Pero no le puedo decir nada sobre su amistad con Jason.

—En cualquier caso, ¿su visita fue una agradable sorpresa?

—Por supuesto. Todos estábamos encantados.

Craddock asintió. Luego pasó a ocuparse de otros temas. Planteó una serie de meticulosas preguntas sobre las bebidas, los ingredientes, cómo las sirvieron, quiénes las sirvieron y quiénes eran los criados de la casa y los eventuales que habían estado de servicio. Todas las respuestas parecían indicar, como ya le había insinuado el inspector Cornish que sucedería, que si bien cualquiera de las treinta personas presentes podía haber envenenado a Heather Badcock con la mayor facilidad, cualquier otra de ellas podría haberla visto hacerlo. Craddock consideró que era un riesgo muy grande.

—Muchas gracias. Ahora, si es posible, me gustaría hablar con miss Marina Gregg.

Hailey Preston meneó la cabeza.

—Lo siento. Le juro que lo siento en el alma, pero eso no podrá ser.

El inspector le miró enarcando las cejas.

—¡Caramba!

—Está postrada. Está muy afectada. Su médico personal está aquí para atenderla. Me ha extendido un certificado. Aquí lo tengo. Se lo mostraré.

Craddock aceptó el papel que le tendió el joven y lo leyó.

—Comprendo. ¿Marina Gregg siempre tiene a un médico cerca?

—Todos estos actores y actrices son personas muy nerviosas. La vida que llevan les produce una gran tensión. Por lo general, se considera una medida aconsejable que las grandes estrellas tengan un médico de cabecera que conozca su constitución y sus nervios. Maurice Gilchrist disfruta de una notable reputación. Lleva varios años atendiendo a miss Gregg. No sé si está usted enterado, pero durante los últimos cuatro años ha tenido graves problemas de salud. Permaneció hospitalizada una larga temporada. Hace poco más de un año que ha recuperado la energía y la salud.

—Comprendo.

Hailey Preston pareció respirar más tranquilo al ver que el policía no ponía pegas ante la negativa.

—¿Quiere ver al señor Rudd? Llegará de los estudios —consultó su reloj— dentro de unos diez minutos. ¿Le parece bien?

—Perfecto. ¿El doctor Gilchrist está en la casa?

—Sí, está aquí.

—Me gustaría hablar con él, si está disponible.

—Faltaría más. Ahora mismo voy a buscarlo.

El joven se alejó presuroso. Dermot permaneció donde estaba en actitud pensativa. Desde luego, la expresión congelada que le había descrito mistress Bantry bien podía tratarse de un producto de la imaginación de la buena señora. Tenía la idea de que era una mujer dada a sacar conclusiones apresuradas, pero, al mismo tiempo, le pareció que en esta ocasión había acertado. Sin llegar al extremo de parecerse a la dama de Shalott, que ve la maldición caer sobre ella, era posible que Marina Gregg hubiera visto algo mortificante o enojoso, alguien que había subido por esas escaleras, quizá alguien a quien se podía describir como un visitante inesperado... ¿Un invitado no grato?

Se volvió al oír las pisadas. Hailey Preston estaba de regreso y, con él, el doctor Maurice Gilchrist, quien no se parecía en nada a la imagen que se había hecho Craddock. No era el típico médico empalagoso, ni tampoco un tipo estrafalario. Tenía todo el aspecto de un hombre campechano y práctico poco dado a las tonterías. Vestía una chaqueta de *tweed* que resultaba un tanto recargada para el gusto inglés. Tenía el pelo castaño y ojos oscuros de mirada penetrante.

—¿El doctor Gilchrist? Soy el inspector jefe Dermot Craddock. ¿Podríamos hablar un momento en privado?

El médico asintió. Se alejaron juntos por el pasillo. Casi al fondo, Gilchrist abrió una puerta y le invitó a pasar.

—Aquí no nos molestará nadie.

Era obvio que se trataba del dormitorio del médico, una habitación muy bien arreglada. Gilchrist le señaló una silla al visitante mientras se sentaba.

—Tengo entendido —dijo Dermot— que miss Marina Gregg, según su dictamen, no puede ser entrevistada. ¿Cuál es el problema, doctor?

Gilchrist se encogió de hombros muy levemente.

—Nervios. Si la interroga usted ahora, dentro de diez minutos estará histérica perdida. No puedo permitirlo. Si quiere enviarme a un médico forense, le comentaré mi diagnóstico. Por la misma razón, no pudo estar presente en la vista.

—¿Cuánto tiempo calcula que puede continuar en ese estado?

El doctor Gilchrist lo miró sonriente. Tenía una sonrisa agradable.

—Si quiere saber mi opinión, me refiero desde un punto de vista personal, no médico, en cualquier momento, dentro de las próximas cuarenta y ocho horas, no sólo estará dispuesta, sino que estará reclamando hablar con usted. Querrá hacerle preguntas. Estará preparada para responder a las suyas. ¡Ellos son así! —Se inclinó hacia delante—. A ver si puedo explicarle por qué estas personas actúan de esa forma. La vida de la gente del cine es una vida de constante tensión y, cuanto más éxito tienes, y cuanto más triunfas, mayor es la tensión. Siempre vives, todo el día, de cara al público. Cuando estás en el estudio, cuando estás trabajando, resulta un trabajo arduo y monótono de horas y más horas. Llegas allí por la mañana, te sientas y esperas. Interpretas un papel, una escena que ruedas una y otra vez. Si estás ensayando en un escenario, lo más probable es que ensayes todo un acto, o por lo menos parte de un acto. Es una secuencia más o menos creíble y humana. Sin embargo, cuando se trata de rodar una película, todo está fuera de contexto. Es un asunto pesado y muy exigente. Acabas agotado. Desde luego, llevas una vida lujosa, tomas tranquilizantes, tomas baños relajantes, utilizas cremas y polvos, y dispones de una atención médica constante, tienes entretenimientos, fiestas y amigos, pero siempre estás sometido a la mirada pública. Nunca te puedes divertir de una forma privada. En realidad, nunca tienes ocasión de relajarte.

—Eso es algo que se comprende perfectamente.

—Además, hay otra cuestión. Si te dedicas a esta profesión, y sobre todo si eres bueno, eso significa que eres un determinado tipo de persona. Si eres una persona, y me refiero a lo que sé por mi experiencia, con la piel demasiado fina, entonces eres alguien que siempre vive consumido por las dudas. Un terrible sentimiento de ser poco adecuado, el miedo de no poder cumplir con lo que se te pide. La gente dice que los actores son vanidosos. Eso no es verdad. No es que sean unos engreídos, sino que están obsesionados consigo mismos, aunque al mismo tiempo necesitan que los animen continuamente. Pregúnteselo a Jason Rudd. Le dirá lo mismo. Hay que hacerles sentir que lo pueden hacer, asegurarles que lo pueden hacer, conseguir que repitan una y otra vez lo mismo hasta que logren el efecto que se desea. Pero siempre están dudando de sí mismos. Eso es algo que los convierte, para decirlo con una palabra poco profesional aunque humana, en personas nerviosas. ¡Nerviosísimas! Un manojo de nervios. Lo peor de todo el asunto es que cuanto más nerviosos son, mejor trabajan.

—Eso es interesante. Muy interesante. Aunque no acabo de ver por qué usted...

—Estoy intentando que comprenda a Marina Gregg —le interrumpió Gilchrist—. Supongo que habrá visto usted sus películas.

—Es una actriz maravillosa, fantástica. Tiene belleza, personalidad y simpatía.

—Sí, tiene todos esos atributos, y debe trabajar como una fiera para conseguir los efectos que consigue. En el proceso se ha destrozado los nervios, y ahora ya no es una mujer físicamente fuerte. No tiene la fuerza que hace falta. Tiene uno de esos temperamentos que basculan entre la desesperación y la euforia. No puede evitarlo. Está hecha así. Ha sufrido muchísimo en su vida. Ella es responsable de una notable parte de ese sufrimiento, pero hay una parte que no es culpa suya. Ninguno de sus matrimonios ha sido feliz, excepto este último. Se ha casado con un hombre que la adora y que la ama desde hace años. Ella se refugia en su amor y se siente feliz. Al menos, de momento. Nadie sabe cuánto le puede durar. El problema con ella es que cree que por fin ha alcanzado el lugar o el momento de su vida en el que todo es como un cuento de hadas hecho realidad, que nada saldrá mal, que será feliz por siempre jamás, o bien se hunde en la más negra de las depresiones, se convierte en una mujer cuya vida está arruinada, que nunca ha conocido el amor y la felicidad, y que nunca llegará a conocerlos. Si algún día se detuviera entre los dos extremos, sería maravilloso para ella... Y el mundo perdería a una gran actriz.

Después de la larga parrafada, el médico permaneció en silencio. Craddock no abrió la boca. Se preguntaba por qué Gilchrist se había explayado tanto. ¿A qué venía este detallado análisis de la personalidad de Marina Gregg? Gilchrist le observaba. Era como si estuviese esperando que Dermot le hiciera una pregunta para la que tenía la respuesta preparada. El policía se preguntó cuál sería la pregunta que debía formular. Por fin, preguntó con la precaución de quien reconoce el terreno:

—¿Se ha sentido muy trastornada con la tragedia?

—Sí. Muy trastornada.

—¿Hasta un extremo poco natural?

—Eso depende.

—¿De qué depende?

—De sus razones para sentirse muy trastornada.

—Supongo que será por el *shock* de una muerte súbita en plena fiesta. —No vio ninguna reacción en el rostro del médico, así que probó otro frente—. ¿Podría ser algo más que eso?

—Desde luego, nunca se sabe cómo reaccionarán las personas. No se puede decir, por muy bien que las conozcas. Siempre te pueden sorprender. Marina podría haber reaccionado de una forma más normal. Es una mujer de corazón tierno. Podría haber dicho: «¡Oh, pobre mujer! ¡Qué tragedia! Me pregunto cómo pudo suceder». Podría haberse mostrado compasiva, sin darle más importancia. Después de todo, también ha habido ocasiones en que ha muerto alguien en una fiesta de los estudios. También podría, de no haber nada más interesante, haber elegido, de una manera inconsciente, convertirlo en un drama. Podría haber decidido montar una escena, o quizá efectivamente pueda haber otra razón muy distinta.

Dermot decidió coger el toro por los cuernos.

—Desearía que me dijera lo que cree usted de verdad.

—No lo sé. Me faltan elementos de juicio para estar seguro. Además, está la ética profesional, la relación entre el médico y el paciente.

—¿Ella le ha dicho algo?

—No creo que deba responder a su pregunta.

—¿Marina Gregg conocía a esa mujer, Heather Badcock? ¿La había visto antes?

—No creo que la conociera de nada. No, ése no es el problema. Si me lo pregunta, le diré que no tiene nada que ver con la muerta.

—Ese calmante, Calmo, ¿Marina Gregg lo tomaba?

—Prácticamente es su alimento. Lo mismo pasa con todos los demás que rondan por aquí. Ella Zielinsky lo toma, Hailey Preston lo toma, la mitad de la servidumbre lo toma. Es la moda. Todas estas sustancias son más o menos lo mismo. La gente se cansa de una y prueba otra nueva que acaba de salir, creen que es maravillosa y eso es lo que marca la diferencia.

—¿Es verdad que marca la diferencia?

—Yo diría que sí. Funciona. Te tranquiliza o te anima, te hace sentir capaz de hacer cosas que de otra manera no harías. Lo receto sólo si es necesario, pero no es peligroso si se toman las dosis indicadas. Ayuda a las personas que son incapaces de ayudarse a sí mismas.

—Ojalá supiera lo que está intentando decirme.

—Estoy intentando decidir cuál es mi deber. Hay dos deberes. Está el deber del médico con el paciente. Lo que el paciente le dice es confidencial, y debe seguir siéndolo. Pero hay otro punto de vista. Puedes pensar que el paciente está en peligro. En ese caso, debes adoptar las medidas necesarias para evitar ese peligro.

Se interrumpió. Craddock esperaba sin quitarle la vista de encima.

—Sí —prosiguió el doctor Gilchrist—. Creo que ya sé lo que debo hacer. Debo pedirle, inspector Craddock, que considere confidencial lo que le diré. No le pido que se lo oculte a sus colegas, naturalmente, pero sí en lo que respecta al mundo exterior y, en particular, a las personas que viven en esta casa. ¿Está de acuerdo?

—No puedo comprometerme. No sé lo que puede surgir en el futuro, pero en términos generales acepto. Quiero decir que, en la medida de lo posible, mantendré la información limitada a mí y a mis colegas.

—Ahora escúcheme bien, quizá esto no signifique nada en absoluto. Las mujeres dicen cualquier cosa cuando atraviesan una crisis nerviosa como la que está pasando Marina Gregg. Le repetiré lo que ella me dijo. Tal vez no tenga la menor importancia.

—¿Qué le dijo?

—Se vino abajo después de lo sucedido. Me mandó llamar. Le di un sedante. Me quedé con ella para consolarla, le dije que se tranquilizara, que todo iría bien. Entonces, un segundo antes de dormirse, dijo: «Estaba destinado a mí, doctor».

—¿Eso dijo? —Craddock le miró fijamente—. ¿Qué dijo a la mañana siguiente?

—No volvió a mencionarlo. Saqué el tema y me respondió con una evasiva: «Seguramente está usted en un error. No recuerdo haber dicho nunca nada parecido. Supongo que el sedante me afectó».

—Sin embargo, usted cree que lo dijo en serio.

—Claro que lo dijo en serio. Pero eso no equivale a que sea la verdad —advirtió—. No sé si el veneno estaba destinado a ella o a Heather Badcock. Probablemente usted es el más indicado para averiguarlo a ciencia cierta. Lo único que digo es que Marina Gregg cree que ella era la destinataria de la dosis mortal.

—Muchas gracias, doctor Gilchrist —manifestó Craddock después de una breve pausa—. Aprecio lo que me ha dicho y comprendo sus motivos. Si lo que Marina Gregg le dijo tiene algún fundamento, entonces es probable que todavía esté en peligro.

—Ésa es precisamente la cuestión.

—¿Tiene usted alguna razón para creer que sea cierto?

—No, no la tengo.

—¿Tampoco tiene alguna idea de por qué lo cree?

—No.

—Muchas gracias. Sólo una cosa más, doctor. ¿Sabe si ella le dijo lo mismo a su marido?

Gilchrist meneó la cabeza lentamente.

—No, estoy seguro de que no. No se lo dijo a su marido.

Su mirada se cruzó con la del policía durante un segundo.

—¿Necesita algo más de mí? Muy bien. Voy a ver a mi paciente. Le prometo que hablará con usted en cuanto le sea posible.

Salió de la habitación y Craddock frunció los labios antes de soltar un silbido apenas audible.

Capítulo 10

—Jason ya está aquí —dijo Hailey Preston—. ¿Quiere tener la bondad de venir conmigo, inspector? Lo acompañaré a su despacho.

La habitación que Jason Rudd utilizaba como despacho y sala de recibir se encontraba en el primer piso. Estaba amueblada con todo lo necesario, aunque sin lujos. Era una habitación con poca personalidad y sin mayores indicaciones sobre los gustos personales o las preferencias de su propietario. Jason Rudd se levantó del sillón que estaba detrás del escritorio y fue al encuentro de Dermot. El policía pensó que no era necesario que la habitación tuviera una personalidad propia; bastaba con la del usuario. Si Hailey Preston era un eficiente y amable parlanchín, Rudd tenía energía y magnetismo. Dermot comprendió que se encontraba ante un hombre que sería difícil de calibrar. En el transcurso de su carrera, Craddock había conocido y calibrado a muchísimas personas. Ahora era un auténtico experto en calcular las posibilidades y, a menudo, en leer los pensamientos de la mayoría de las personas con quienes se encontraba. Sin embargo, tenía muy claro que sólo podría saber de Jason Rudd lo que él le permitiera saber. Los ojos, muy hundidos y de expresión pensativa, miraban pero no dejaban ver. La cabeza, fea y casi deforme, hablaba de una notable capacidad intelectual. El rostro de payaso podía agradar o repeler. «Aquí —pensó Craddock— es cuando me siento, escucho y tomo buena nota de todo.»

—Lamento que haya tenido que esperarme, inspector. Me han demorado unas complicaciones de última hora en los estudios. ¿Puedo ofrecerle una copa?

—Ahora no, gracias, señor Rudd.

En el rostro de payaso apareció una expresión risueña.

—¿Está pensando en que no es la casa más adecuada para tomar una copa?

—Si quiere saber la verdad, eso es algo que no me preocupa.

—No, supongo que no. Bien, dígame, ¿qué quiere usted saber? ¿Qué le puedo contar?

—Míster Preston ha respondido perfectamente a todas las preguntas que le he formulado.

—¿Eso le ha ayudado en algo?

—No tanto como yo esperaba.

Jason Rudd lo miró con curiosidad.

—También he hablado con el doctor Gilchrist. Me ha informado de que su esposa no está en condiciones de responder a mis preguntas, al menos de momento.

—Marina es muy sensible. Con toda sinceridad, le diré que sufre de lo que podríamos llamar ataques de nervios. Coincidirá usted conmigo en que encontrarse a bocajarro con un asesinato es causa suficiente para provocar un ataque de nervios.

—No es una experiencia agradable —admitió Craddock con un tono seco.

—En cualquier caso, dudo mucho que mi esposa pueda facilitarle cualquier información que no pueda darle yo mismo. Me encontraba a su lado cuando ocurrió el incidente y, francamente, soy mucho mejor observador.

—La primera pregunta, y sin duda es una pregunta que quizá ya ha contestado pero que deseo formularle de todos modos, es si usted o su esposa habían tenido ocasión de conocer a Heather Badcock antes de la fiesta.

Jason Rudd meneó la cabeza.

—Ninguna en absoluto. Yo, desde luego, no había visto antes a esa mujer en toda mi vida. Recibí de ella dos cartas que me envió en nombre de la asociación de ambulancias de St. John, pero no la conocí personalmente hasta cinco minutos antes de su muerte.

—Sin embargo, ella decía haber conocido a su esposa.

—Sí, hará unos doce o trece años —asintió el cineasta—. En Bermuda. Creo que en una gran fiesta a beneficio de la asociación. Marina actuó como madrina del evento y, si mal no recuerdo, mistress Badcock, en cuanto saludó a mi esposa, comenzó a contarle una historia interminable sobre cómo, a pesar de que estaba en cama con gripe, se había levantado para asistir a la fiesta y había conseguido que mi esposa le firmara un autógrafo.

Una vez más apareció una expresión irónica en su rostro.

—Ésa es —añadió— una aspiración muy común, inspector. La gente hace colas larguísimas para conseguir un autógrafo de mi esposa, y lo atesora y recuerda. Algo muy comprensible, es un hecho importante en sus vidas. También es muy comprensible que mi esposa no recuerde a un coleccionista de autógrafos entre un millar. Le juro que ella no recuerda haber visto antes a mistress Badcock.

—Eso es algo que comprendo perfectamente. Una de las personas presentes me ha dicho, señor Rudd, que su esposa se mostró distraída durante los pocos momentos en que Heather Badcock estuvo hablando con ella. ¿Está usted de acuerdo con esa afirmación?

—Es posible. Marina no es especialmente fuerte. Desde luego, está acostumbrada a realizar lo que llamaría su trabajo social público, y es muy capaz de hacerlo de una manera casi automática. Pero al final de un día muy largo es lógico que flaqueara un poco. Esto podría explicar perfectamente ese lapsus momentáneo. Sin embargo, no vi nada extraño. No, espere un segundo, no es del todo cierto. Recuerdo que se mostró algo lenta en sus respuestas a mistress Badcock. Incluso creo recordar que le di con el codo en las costillas muy suavemente, como una llamada de atención.

—¿Quizá algo había distraído su atención?

—Es posible, aunque también pudo haber sido un lapsus momentáneo debido a la fatiga.

Dermot Craddock permaneció en silencio durante dos o tres minutos. A través de la ventana contempló el paisaje del sombrío bosque que rodeaba Gossington Hall. Miró los cuadros que adornaban la habitación y, finalmente, miró a Jason Rudd. La expresión del hombre era atenta, pero nada más. No aportaba ninguna pista sobre sus sentimientos. En apariencia se mostraba cortés y muy tranquilo, pero quizá, pensó Dermot, no era así. Se enfrentaba a un hombre de una extraordinaria capacidad intelectual. No conseguiría sacarle nada que no estuviera dispuesto a decir, a menos que se pusieran las cartas sobre la mesa. El policía tomó una decisión. Mostraría sus cartas.

—¿Se le ha ocurrido pensar, señor Rudd, que el envenenamiento de Heather Badcock pudiera haber sido completamente accidental? ¿Que el objetivo fuera su esposa?

Se produjo un silencio. El rostro de Jason Rudd no varió de expresión. Dermot esperó. Por fin, Rudd exhaló un suspiro y pareció relajarse.

—Sí —respondió en voz baja—, acierta usted, inspector. He estado convencido de que así era desde el primer instante.

—Sin embargo, no ha mencionado el tema para nada. No lo mencionó en la vista ni tampoco se lo comentó al inspector Cornish. ¿Por qué motivo, señor Rudd?

—Podría responderle diciendo que fue sólo un convencimiento por mi parte, aunque sin ningún tipo de prueba.

111

Los hechos que me llevaron a dicha conclusión eran hechos que también estaban en conocimiento de la policía, la cual, sin duda, estaba mucho mejor capacitada para decidir si era verdad. No sabía nada de mistress Badcock como persona. Podía tener enemigos, quizá alguien había decidido administrarle una dosis mortal aprovechando la celebración de la fiesta, si bien eso se podría considerar algo muy rebuscado y traído por los pelos. Pero también podría haber sido elegida porque en una fiesta pública habría muchísima más gente, y la confusión general hubiera hecho más difícil ver actuar al criminal. Todo esto es verdad, aunque seré sincero con usted, inspector. Ése no fue el motivo de mi silencio. Le diré cuál fue mi motivo: no quería que mi esposa sospechara ni por un instante que se había salvado por los pelos de morir envenenada.

—Muchas gracias por su franqueza, aunque sigo sin entender su motivo para guardar silencio.

—¿No? Quizá resulte algo difícil de explicar. Tendría que conocer a Marina para comprenderlo. Es una persona muy necesitada de cariño y seguridad. Ha triunfado en el aspecto material. Goza de un enorme prestigio internacional como artista, pero en su vida privada ha sido muy infeliz. Una y otra vez ha creído que había encontrado la felicidad y se ha sentido transportada al paraíso, para después ver cómo todo se hundía. Es incapaz, señor Craddock, de tener una visión racional y prudente de la vida. En sus anteriores matrimonios ha creído, como un niño que lee un cuento de hadas, que viviría feliz para siempre.

Una vez más, la sonrisa irónica borró la fealdad del rostro de payaso para infundirle una extraña dulzura.

—Pero el matrimonio no es eso, inspector. El enamoramiento y la pasión no duran indefinidamente. Somos muy afortunados si conseguimos una relación estable, afectuosa, tranquila y feliz sin exagerar. ¿Está usted casado, señor Craddock?

El inspector meneó la cabeza.

—Hasta ahora no he tenido esa buena o mala fortuna.

—En nuestro mundo, en el mundo del cine, el matrimonio es un riesgo laboral. Las estrellas se casan como todo el mundo. A veces, los matrimonios son felices; otras son un desastre, pero casi nunca son duraderos. En ese aspecto, yo diría que Marina no tiene muchas razones para quejarse. Sin embargo, a alguien de su temperamento, ese tipo de cosas le afectan muy profundamente. Se imbuye a sí misma la idea de que tiene mala suerte, de que nunca le saldrán bien las cosas. Siempre está buscando desesperadamente lo mismo: amor, felicidad, afecto, seguridad. Estaba desesperada por tener hijos. Según la opinión de algunos médicos, la fuerza de su ansiedad frustró su objetivo. Un médico muy famoso le aconsejó la adopción. Dijo que en muchas ocasiones el desmesurado deseo de ser madre se aplaca con la adopción de un niño, y que entonces es probable que nazca un hijo propio. Marina adoptó nada menos que a tres niños. Durante un tiempo, fue feliz y vivió serena, pero no era lo mismo Ya se puede imaginar su alegría cuando hace unos once años descubrió que iba a tener un hijo. Su placer y su felicidad no tenían límites. Gozaba de buena salud y los médicos le aseguraron que todo iría sobre ruedas. No sé si está usted enterado, pero el resultado fue una tragedia. El niño nació disminuido mental. Las consecuencias fueron desastrosas. Marina sufrió una profunda depresión y permaneció encerrada en un sanatorio durante años. Tardó mucho en recuperarse, pero finalmente le dieron el alta. Poco después de aquello nos casamos. Comenzó a interesarse otra vez por la vida y a abrigar la esperanza de que podría ser feliz. Al principio, le costó mucho conseguir que la contrataran para hacer una película. Todo el mundo desconfiaba de que su salud pudiera resistir el esfuerzo. Me costó Dios y ayuda conseguirlo, pero lo logré. Hemos comenzado a rodar una película. En el entretanto, compramos esta casa y la reformamos. No hace más de dos semanas que Marina me comentó lo feliz que se sentía, que los malos tiempos habían pasado y que ahora comenzaría una idílica vida hogareña. Yo me sentí un tanto nervioso porque, como siempre, sus expectativas eran demasiado optimistas. Pero no había ninguna duda de que era feliz. Desaparecieron los síntomas nerviosos, mostraba una serenidad y una paz espiritual que eran totalmente desconocidas para mí. Todo iba de maravilla —hizo una pausa y su voz adoptó un tono amargo— hasta que ocurrió esto. ¡Esa mujer tuvo que morirse aquí! Eso en sí mismo fue una conmoción tremenda. No podía jugármela, estaba dispuesto a no correr el riesgo de que Marina supiera que alguien había intentado atentar contra su vida. Eso hubiera significado un segundo *shock*, quizá de consecuencias mortales. Podría haber precipitado otro colapso mental. —Miró directamente a Dermot—. ¿Lo comprende ahora?

—Comprendo su punto de vista, pero, perdóneme, ¿no está olvidando un aspecto? Usted acaba de manifestar su convencimiento de que se produjo un intento de envenenar a su esposa. ¿No continúa en pie ese peligro? Si el asesino fracasó, ¿no es probable que pretenda repetir el intento?

—Claro que lo he considerado, pero confío en que, estando sobre aviso, podré tomar todas las precauciones razonables para la seguridad de mi esposa. Me ocuparé de vigilarla y encargaré a otros que la vigilen. Considero que lo más importante es procurar que no se entere de la amenaza contra su vida.

—¿Usted cree que ella no lo sabe? —preguntó Craddock cautelosamente.

—Por supuesto que no. No tiene la menor idea.

—¿Está usted seguro?

—Segurísimo. A ella nunca se le ocurriría algo así.

—Sin embargo, se le ocurrió a usted.

—Eso es algo muy diferente. Era la única conclusión lógica. Pero mi esposa no es una persona lógica y, para empezar, nunca se le ocurriría pensar que alguien tuviera el deseo de matarla. Es una posibilidad que no se le pasaría por la cabeza.

—Quizá tenga usted razón —manifestó Dermot con voz pausada—, pero eso nos plantea unas cuantas preguntas más. Permítame que vaya directamente al grano... ¿De quién sospecha?

—No se lo puedo decir.

—Perdón, señor Rudd, ¿quiere decir que no puede o que no quiere?

—No puedo —replicó el otro en el acto—. A mí me parece tan imposible como a ella que alguien la deteste de ese modo, que tenga tal ánimo de venganza como para llegar al asesinato. Por otro lado, a la vista de los hechos materiales, eso es exactamente lo que ha sucedido.

—¿Tendría la bondad de detallarme los hechos tal como los ve?

—Por supuesto. Las circunstancias son bien claras. Serví dos daiquiris de una jarra preparada anteriormente. Le llevé las copas a Marina y a mistress Badcock. No sé lo que hizo mistress Badcock. Supongo que fue a hablar con algún conocido. Mi esposa tenía la copa en la mano. En aquel momento, se acercaron el alcalde y su mujer. Marina dejó la copa sin probarla y los saludó. Después llegaron otros invitados: un viejo amigo al que no veíamos desde hacía años, otras personas del pueblo y un par de personas de los estudios. Durante ese tiempo, la copa con el cóctel permaneció en la mesa, que en aquel momento estaba detrás de nosotros porque nos habíamos acercado a las escaleras. Sacaron una o dos fotos de mi esposa hablando con el alcalde, a petición de los reporteros del periódico local. Mientras pasaba todo esto, fui a buscar más bebidas para varios de los recién llegados. Fue durante esos minutos cuando tuvieron que echar el veneno en la copa de mi esposa. No me pregunte cómo lo hicieron, porque no tuvo que ser nada fácil. Por otro lado, resulta extraordinario que si alguien tuvo el coraje de hacerlo abiertamente, nadie llegara a verlo. Usted me pregunta si tengo sospechas; lo único que puedo decirle es que por lo menos una entre unas veinte personas pudo hacerlo. Los invitados se movían en pequeños grupos, conversaban, de vez en cuando iban a echar una ojeada a los cambios hechos en la casa. Había un continuo movimiento. Lo he pensado y repensado, me he exprimido el cerebro, pero no hay nada, absolutamente nada, que me lleve a concentrar mis sospechas hacia una persona en concreto.

Se calló un segundo antes de suspirar indignado.

—Lo comprendo —dijo Dermot—. Continúe, por favor.

—Creo que la próxima parte ya la ha escuchado.

—Me gustaría escuchar su versión.

—Estaba otra vez junto a la escalera. Mi esposa se había vuelto hacia la mesa y acababa de recoger su copa. Se oyó una ligera exclamación de mistress Badcock. Alguien le había golpeado el brazo y la mujer había soltado la copa, que se rompió en el suelo. Marina se comportó como la perfecta anfitriona. La bebida le había salpicado el vestido. Insistió en que no era nada grave y utilizó su pañuelo para limpiar la falda de mistress Badcock e insistió en ofrecerle su copa. Si no recuerdo mal, le dijo: «Ya he bebido más de la cuenta». Eso fue todo. Pero sí le aseguro una cosa: la dosis mortal no la pudieron añadir después, porque mistress Badcock se bebió el cóctel inmediatamente. Como usted ya sabe, al cabo de cuatro o cinco minutos había muerto. Me he preguntado mil veces qué debió de sentir el asesino al ver que su plan había fracasado estrepitosamente.

—¿Pensó todo esto en aquel momento?

—Claro que no. En aquel momento llegué a la conclusión, la más natural, de que la mujer había sufrido un ataque. Quizá una trombosis coronaria o algo así. Ni se me pasó por la cabeza que fuera un envenenamiento. ¿Se le hubiera ocurrido a usted o a cualquiera?

—Probablemente no. Su relato es muy claro y parece muy seguro de los hechos. Dice usted que no sospecha de ninguna persona en particular. Eso es algo que no puedo aceptar.

—Le aseguro que es la verdad.

—Vamos a enfocarlo desde otro ángulo. ¿Quién pudo desearle mal a su esposa? Puede parecerle melodramático si se expresa así, pero ¿tiene enemigos?

—¿Enemigos? ¿Enemigos? Es muy difícil definir lo que uno entiende por enemigo. Hay muchísima envidia y celos en el mundo en el que mi esposa y yo nos movemos. Siempre hay personas que dicen cosas maliciosas, que inician una campaña de rumores, que son capaces de hacerle una mala jugada a la persona a la que envidian si se les presenta la oportunidad. Pero eso no significa que alguna de esas personas sea un asesino, o ni siquiera que sea capaz de un asesinato. ¿Está de acuerdo conmigo?

—Sí, comparto su opinión. Tiene que haber algo más importante que las pequeñas rencillas y las envidias. ¿Hay alguna persona a quien su esposa perjudicara en el pasado?

Esta vez la réplica de Jason Rudd se hizo esperar. Frunció el entrecejo.

—Francamente, no lo creo —respondió por fin—, y confieso que es un tema que he considerado a fondo.

—¿Alguna aventura amorosa, una relación con algún hombre?

—Desde luego que ha tenido aventuras de ese tipo. Supongo que quizá en alguna ocasión Marina trató mal a algún hombre. Pero no creo que en ningún caso fuese nada que justificara un rencor duradero.

—¿Qué me dice de las mujeres? ¿Alguna mujer que se la tuviera jurada a miss Gregg?

—Nunca se sabe de qué son capaces las mujeres. Sin embargo, no recuerdo a ninguna en particular ahora mismo.

—¿Quién se beneficiaría económicamente con el fallecimiento de su esposa?

—En su testamento aparecen varias personas, pero ninguna recibe una suma importante. Supongo que una de las personas que se beneficiarían económicamente, como usted dice, sería yo mismo, y otra, la estrella que pudiera reemplazarla en la película. Aunque, desde luego, se podría abandonar totalmente el proyecto. Nunca se sabe lo que puede pasar con estas cosas.

—Por ahora, afortunadamente, no hace falta llegar a eso.

—¿Tengo su compromiso de que no se le dirá a Marina que puede estar en peligro?

—Tendremos que tocar ese tema. Debo advertirle que está usted asumiendo un enorme riesgo. Sin embargo, no es algo urgente porque su esposa pasará varios días más bajo cuidados médicos. Hay algo más que quiero que haga: desearía que escribiera una lista lo más aproximada posible de todas y cada una de las personas que se encontraban en lo alto de las escaleras o de aquellos a los que vio subir en el momento del asesinato.

—Procuraré hacerlo lo mejor posible, aunque tengo mis dudas. Lo mejor sería que consultara usted a mi secretaria, Ella Zielinsky. Tiene una memoria fabulosa y, además, dispone de las listas de los invitados locales. Si usted quiere verla, puede hacerlo ahora mismo.

—Me encantaría hablar con miss Zielinsky.

Capítulo 11

Dermot Craddock pensó que Ella Zielinsky era demasiado perfecta como para ser verdad mientras la secretaria le observaba imperturbable a través de sus grandes gafas. Sin cambiar de expresión, cogió del escritorio una hoja escrita a máquina y se la entregó.

—Estoy casi completamente segura de que no hay omisiones —manifestó la joven—, aunque es posible que haya incluido uno o dos nombres, personas del pueblo, lógicamente, que no estuvieron allí, quizá porque se marcharon antes o no se las encontró para llevarlas a la recepción. En cualquier caso, creo que es correcta.

—Un trabajo muy concienzudo, si me permite decirlo.

—Muchas gracias.

—Supongo, aunque soy un ignorante en estos asuntos, que es usted una persona muy eficiente en su trabajo.

—Hay que hacer las cosas bien para que funcionen.

—¿Qué otros cometidos abarca su trabajo? ¿Es usted algo así como un oficial de enlace entre los estudios y Gossington Hall?

—No, en realidad no tengo nada que ver con los estudios, si bien, desde luego, recibo sus mensajes cuando llaman por teléfono o los llamo para darles algún recado. Mi trabajo consiste en ocuparme de la vida social de miss Gregg, sus compromisos públicos y privados, y supervisar, hasta cierto punto, el funcionamiento de la casa.

—¿Le gusta su trabajo?

—Está muy bien pagado y lo encuentro razonablemente interesante. Sin embargo, el asesinato no entra dentro de mis cometidos —señaló con un tono desabrido.

—¿Usted lo considera algo increíble?

—Tanto que iba a preguntarle si usted está plenamente convencido de que fue un asesinato.

—Seis veces la dosis normal de dietil etcétera, etcétera, difícilmente podría ser otra cosa.

—Podría tratarse de un accidente.

—¿Tiene usted alguna sugerencia sobre cómo pudo llegar a ocurrir ese accidente?

—Es mucho más fácil de lo que usted se imagina, dado que no conoce el escenario. Esta casa está llena hasta los topes de drogas de todas clases. No me refiero a estupefacientes cuando hablo de drogas. Me refiero a medicamentos recetados por un médico, pero, como ocurre con la mayoría de esos productos, lo que los laboratorios llaman, si no me equivoco, la dosis letal no está muy alejada de la dosis recomendada.

El inspector asintió.

—Las personas del teatro y el cine —añadió Ella— tienen algunos fallos de memoria que son muy curiosos. Algunas veces me parece que, cuanto más genio eres, menos sentido común tienes en la vida cotidiana.

—Es muy probable.

—Con todos esos frascos, sellos, polvos, cápsulas y cajitas que llevan encima, con tanto tomar un tranquilizante aquí, un tónico allá y un estimulante en cualquier otra parte, ¿no cree que acaban confundiéndose y se podrían preparar un combinado mortal?

—No veo cómo puede aplicarse a este caso.

—Nada más sencillo. Alguien, alguno de los invitados, quería tomar un sedante o un estimulante, y sacó el frasco que siempre llevaba encima y, como probablemente no recordaba la dosis debido a que no la tomaba desde hacía algún tiempo, echó más de la cuenta en la copa. Luego se distrajo, dejó la copa sobre una de las mesas y se fue a hablar con alguien, y entonces aparece mistress no sé cuántos, cree que es su copa, la coge y se la bebe. Sin duda es una idea mucho más lógica que algunas otras, ¿no le parece?

—¿Cree que no se han considerado todas esas posibilidades?

—No, en realidad no. Pero había muchísima gente y muchas copas llenas aquí y allá. Ocurre bastante a menudo que uno coge la copa equivocada y se la bebe.

—Entonces, ¿usted no cree que Heather Badcock fuera asesinada deliberadamente? ¿Cree que se bebió la copa de algún otro?

—Para mí sigue siendo la explicación más plausible.

—En ese caso —señaló Dermot con mucha cautela—, se trataría de la copa de Marina Gregg. ¿Se da cuenta? Marina le dio su copa.

—O la copa que creía que era la suya —le corrigió Ella—. Todavía no ha hablado con Marina, ¿verdad? Es muy distraída. Coge la primera copa que encuentra, convencida de que es la suya, y se la bebe. Se lo he visto hacer infinidad de veces.

—¿Ella toma Calmo?

—Desde luego, todos lo tomamos.

—¿Usted también, señorita Zielinsky?

—A veces sí. Estas cosas se contagian.

—Me alegraré mucho cuando pueda hablar con miss Gregg. Al parecer, tendrá que permanecer en cama bastantes días.

—No le pasa nada, es su carácter temperamental. De cualquier eventualidad monta un drama. No es capaz de tomarse las cosas como vienen.

—¿Tal como hace usted, señorita Zielinsky?

—Cuando todos los que te rodean viven en un estado de agitación permanente —replicó la secretaria con un tono seco—, sientes la necesidad de hacer justamente lo contrario.

—¿Se siente orgullosa de que no se le mueva ni un pelo cuando ocurre alguna terrible tragedia?

—Quizá no sea un rasgo muy agradable —reconoció Ella después de una breve pausa—, pero creo que si no aprendes a comportarte así, lo más probable es que acabes loca.

—¿Resulta difícil trabajar con una persona como miss Gregg?

Era una pregunta un tanto personal, pero el policía la consideró como una prueba. Si Ella Zielinsky enarcaba las cejas como interrogación tácita sobre qué relación tenía eso con el asesinato de mistress Badcock, se veía forzado a admitir que no tenía ninguna. Pero se preguntaba si la secretaria disfrutaría contándole lo que pensaba de Marina Gregg.

—Es una gran artista —respondió Ella—. Tiene un magnetismo personal que se transmite a través de la pantalla de una forma extraordinaria. Ésa es la razón por la que se puede considerar un privilegio trabajar a sus órdenes. Desde el punto de vista estrictamente personal, es insoportable.

—¡Caramba!

—Verá, no tiene idea de lo que es la moderación. En un momento dado está por las nubes y al siguiente, hundida en el foso. Todo es siempre exagerado. Cambia de opinión como de vestido, y hay una larguísima lista de cosas que nunca se deben mencionar o aludir porque la trastornan.

—¿Como cuáles?

—Depresiones nerviosas, naturalmente, o sanatorios psiquiátricos. Creo que hasta cierto punto es comprensible que la perturben. Tampoco se puede mencionar nada relacionado con niños.

—¿Niños? ¿En qué sentido?

—Le trastorna muchísimo ver niños, o enterarse de que la gente es feliz con sus hijos. Si oye que alguien va a tener un bebé o acaba de tenerlo, de inmediato cae en una depresión nerviosa. No puede tener más hijos, y el único que tuvo es disminuido. ¿Lo sabía?

—Algo había oído decir. Un caso muy triste y desgraciado. Pero después de tantos años tendría que haberlo superado, aunque sólo fuera un poco.

—No lo ha superado. Se ha convertido en una obsesión.

—¿Qué opina mister Rudd al respecto?

—No era hijo suyo. Era el hijo de su anterior marido, Isidore Wright.

—Ah, sí, el anterior marido. ¿Dónde está ahora?

—Se ha vuelto a casar y vive en Florida —respondió la secretaria en el acto.

—¿Diría usted que Marina Gregg se ha ganado muchos enemigos en el transcurso de su vida?

—No más que la mayoría de sus colegas. Siempre hay discusiones por cuestiones de otros hombres o mujeres, contratos, envidias, ya sabe, esa clase de cosas.

—Hasta donde usted sepa, ¿tiene miedo de alguien?

—¿Marina? ¿Miedo de alguien? No lo creo. ¿Por qué? ¿Debería tenerlo?

—No lo sé. —El inspector recogió la lista de nombres—. Muchas gracias, señorita Zielinsky. Si hay algo más que necesite saber, ya volveré. ¿Le parece bien?

—Faltaría más. Estoy dispuesta, todos estamos dispuestos a ayudar en todo lo posible.

—Bien, Tom, ¿qué me tiene usted preparado?

El sargento detective Tiddler sonrió complacido. Su

nombre no era Tom sino William, pero la combinación de Tom Tiddler* siempre había resultado irresistible para sus colegas.

—¿Cuánto oro y plata ha recogido para mí? —añadió Dermot.

Estaban alojados en el Blue Boar, y Tiddler acababa de entrar después de pasarse todo el día en los estudios.

—La cantidad de oro es muy pequeña —contestó el sargento—. Unos pocos cotilleos. Ningún rumor espectacular. Un par de sugerencias de suicidio.

—¿Por qué de suicidio?

—Creen que quizá ella tuvo una discusión con su marido y pretendía hacerlo sentir culpable dándole un buen susto, aunque sin duda no quería llegar tan lejos como para acabar muerta.

—No veo que eso pueda ayudarnos mucho.

—No, por supuesto que no. Lo que pasa es que no saben nada de nada. No conocen otra cosa aparte de su trabajo. Todo es muy técnico y hay una actitud general de que «la función debe continuar», o mejor dicho, de que debe continuar la película o seguir el rodaje. No sé cuál es el término correcto. Lo único que les preocupa es saber cuándo volverá Marina Gregg al estudio. Se ve que en el pasado tuvieron que abandonar un par de películas por culpa de sus depresiones nerviosas.

—¿Cuál es la opinión general?

—Diría que la consideran como un auténtico incordio, pero al mismo tiempo se sienten fascinados cuando ella está con ánimo de fascinarlos. Por cierto, el marido está hechizado con su mujer.

—¿Qué opinan de Rudd?

—Creen que es el mejor director o productor que ha habido en el mundo del cine.

* Personaje de un cuento infantil. *(N. del T.)*

—¿No hay ningún rumor de que él tenga algún lío amoroso con otra estrella o alguna mujer en particular?

—No, ni una sola palabra —respondió Tiddler mirando a su superior un tanto asombrado—. ¿Por qué? ¿Cree que hay algo de eso?

—Me lo preguntaba. Marina Gregg está convencida de que ella era la destinataria de la dosis mortal.

—¿Eso cree? ¿Tiene razón?

—Creo que está en lo cierto. Pero ésa no es la cuestión. El tema es que no se lo ha dicho a su marido, sólo al médico.

—¿Cree usted que se lo hubiera dicho si...?

—Sólo me preguntaba si a ella no le baila por la cabeza que su marido es el responsable. La actitud del médico me resultó un tanto peculiar. Quizá sólo sea una impresión, aunque no lo creo.

—En cualquier caso, no hay rumores de nada de eso en el estudio. Son cosas que corren enseguida.

—¿Ella tampoco ha tenido alguna aventurilla?

—No, parece enamoradísima de Rudd.

—¿Ningún chisme sabroso sobre su pasado?

—Nada que no pueda leer en cualquier revista de cine o de cotilleos —respondió el sargento con una sonrisa.

—Creo que tendré que leer algunas para ambientarme.

—¡Ya verá las cosas que dicen e insinúan!

—Me pregunto —manifestó Craddock pensativo— si Miss Marple leerá revistas de cine.

—¿Se refiere a la anciana señora que vive en la casa junto a la iglesia?

—Eso es.

—Dicen que es muy lista, que no hay nada por aquí que Miss Marple no sepa. Quizá no esté muy enterada de los asuntos de la gente del cine, pero sin duda le podrá hacer un perfil de los Badcock.

—Ya no es tan sencillo como antes. Aquí está surgiendo una estructura social muy distinta. Las nuevas urbanizaciones y las fábricas. Los Badcock son unos recién llegados, por decirlo de alguna manera, y viven en la urbanización.

—La verdad es que no sé demasiado de la gente del pueblo. Me he dedicado a la vida amorosa de las estrellas y poco más.

—Tampoco ha conseguida gran cosa —protestó Dermot—. ¿Qué me dice del pasado de Marina Gregg? ¿Algo interesante?

—Se ha casado varias veces, pero no más que la mayoría. Dicen que a su primer marido no le gustaba ir a la iglesia y que era un tipo bastante vulgar. Trabajaba como corredor de fincas. ¿Qué es un corredor?

—Creo que alguien que tiene que ver con la compraventa de propiedades inmobiliarias.

—La cuestión es que el tipo no dio la talla, así que ella se lo quitó de encima y se casó con un conde o príncipe extranjero. El matrimonio duró muy poco, pero no parece que llegaran a tirarse los trastos a la cabeza. Se divorció para casarse con el número tres, el actor Robert Truscott. Se dijo que era un matrimonio por amor. La anterior esposa de Truscott no quería concederle el divorcio, pero al final acabó aceptándolo. Recibió una pensión considerable. Deduzco que todos tienen ciertos apuros porque deben pagar unas pensiones tremendas a sus exesposas.

—¿Ese matrimonio también fracasó?

—Sí, y ella fue la que acabó con el corazón destrozado. Pero al cabo de un par de años surgió otro gran romance. Isidore no sé cuántos, un autor teatral.

—Es una vida exótica. Bueno, ya está bien por hoy. Mañana nos espera una jornada dura.

—¿Qué haremos?

—Tenemos que comprobar a los que aparecen en esta lista. Son unos veintitantos, y deberemos hacer un proceso de eliminación. Entre los que queden, tendría que aparecer míster X.

—¿Alguna idea de quién puede ser?

—Ninguna en absoluto. A menos que resulte ser Jason Rudd. —Craddock sonrió con ironía antes de añadir—: Iré a ver a Miss Marple para que me ponga al día sobre los asuntos locales.

Capítulo 12

Miss Marple continuaba con sus propios métodos de investigación.

—Es usted muy amable, mistress Jameson, muy amable, desde luego. No sé cómo expresarle mi agradecimiento.

—No tiene ninguna importancia, Miss Marple. Me encanta poder ayudarla. Supongo que querrá usted los últimos...

—No, no es necesario. Incluso creo que preferiría llevarme los más viejos.

—Muy bien, aquí los tiene. Es un buen lote y le aseguro que no lo echaremos en falta. Se lo puede quedar todo el tiempo que haga falta. Vaya, me parece que pesa demasiado para usted. Jenny, ¿qué tal va tu permanente?

—Ya está casi acabada. Le he lavado la cabeza a la señora y ahora está en el secador.

—En ese caso, querida, acompaña a Miss Marple y llévale estas revistas. No, de verdad, Miss Marple, no es ninguna molestia. Encantada como siempre de hacer lo que podamos por usted.

«Qué buena es la gente —pensó Miss Marple—, sobre todo cuando te conocen de toda la vida.» Mistress Jameson, después de muchos años de llevar una peluquería, se había preparado para avanzar lo suficiente por la senda del progreso como para decidirse a cambiar el rótulo del negocio y llamarlo: «DIANE. ESTILISTA». A todos los demás efectos el negocio continuaba siendo el mismo de antes, y atendía las necesidades de las clientas igual que siempre. Las permanentes eran firmes; había asumido la tarea de modelar y cortar el pelo a las nuevas generaciones y la mezcla resultante había sido aceptada sin demasiadas protestas. Pero el grueso de la clientela estaba formado por un grupo de señoras de mediana edad a quienes les resultaba extremadamente difícil conseguir que las peinaran como querían en cualquier otra parte.

—Bueno, que me cuelguen —exclamó Cherry a la mañana siguiente, mientras se disponía a pasar una ruidosa aspiradora por la sala—. ¿Qué es todo esto?

—Intento instruirme un poco sobre el mundo del cine —respondió Miss Marple, dejando a un lado el ejemplar de *Movie News* y cogiendo el de *Amongst the Stars*—. En realidad es muy interesante. Me recuerda tantas cosas.

—Llevan una vida fantástica.

—Vidas especializadas. Muy especializadas. Me recuerda mucho lo que solía contarme una amiga. Era enfermera. La misma simplicidad en los puntos de vista, los chismes y los rumores. Por no hablar de los estragos que provocaban los médicos bien plantados.

—Es un tanto repentino este interés, ¿no?

—Cada día me resulta más difícil hacer calceta. Claro que la letra de estas revistas es algo pequeña, pero siempre se puede usar una lupa.

La joven la miró con una expresión de curiosidad.

—Nunca deja de sorprenderme. Hay que ver las cosas que le interesan.

—Me interesa todo.

—Me refiero a interesarse por cosas nuevas a su edad.

Miss Marple meneó la cabeza.

—La verdad es que no dicen nada nuevo. A mí lo que me interesa es la naturaleza humana, y es prácticamente la misma, se trate de estrellas de cine, enfermeras, la gente de St. Mary Mead o las personas que viven en la urbanización.

—No veo que mi vida se parezca en nada a la de una estrella de cine —dijo Cherry riéndose—. Es una lástima. Supongo que este repentino interés se debe a que Marina Gregg y su marido han venido a vivir a Gossington Hall.

—Eso y el muy lamentable suceso que ocurrió allí.

—¿Se refiere a mistress Badcock? Eso fue mala suerte.

—¿Qué opina usted de la...? —Miss Marple se interrumpió antes de soltar la «d» de *defunción*. Corrigió la pregunta—: ¿Qué opinan usted y sus amigas al respecto?

—Es un asunto muy raro. Tiene toda la pinta de ser un asesinato, aunque los polis no sueltan prenda. Sin embargo, eso es lo que parece, ¿no?

—No veo qué otra cosa podría ser.

—No puede ser un suicidio. No tratándose de Heather Badcock.

—¿La conocía bien?

—No, la verdad es que no. Apenas. Era bastante pesada. Siempre estaba incordiando para que participaras en esto o lo otro, o para que asistieras a alguna reunión. Demasiada energía. Creo que el marido estaba un poco harto.

—Al parecer, no tenía enemigos.

—Algunas veces la gente terminaba hasta las narices de ella. El tema es que no veo quién pudo asesinarla, a menos que fuese el marido. Es un tipo muy dócil. Sin embargo, nunca se sabe lo que pueden hacer esos tipos que parecen incapaces de matar a una mosca. Siempre he escuchado decir que Crippen era encantador, y que aquel hombre, Haigh, el que las disolvía en ácido, era una bellísima persona.

—Pobre señor Badcock.

—La gente dice que lo vieron muy inquieto y nervioso durante la fiesta, quiero decir antes de que ocurriera, pero la gente siempre dice esas cosas después. Si quiere saber mi opinión, ahora se le ve mucho mejor que antes. Parece tener algo más de ánimo y de energía.

—¿Sí?

—En realidad nadie cree que él lo hiciera. Sólo que si él no fue, ¿quién lo hizo? No dejo de pensar que tuvo que ser un accidente. Ocurren con frecuencia. Crees que conoces todas las setas, vas al bosque y coges algunas. Entonces se te cuela algún hongo y ya está, caes al suelo envenenado. Y suerte tienes si el médico te pilla a tiempo.

—Los cócteles y las copas de jerez no son causa probable de accidentes.

—No lo sé, qué quiere que le diga. Quizá alguien confundió una botella con otra. Recuerdo que unos amigos se bebieron una vez un matarratas concentrado. Estuvieron a punto de morir.

—Un accidente —repitió Miss Marple pensativa—. Sí, desde luego parece la mejor solución. Reconozco que me niego a creer que, en el caso de Heather Badcock, se trate de un asesinato deliberado. No digo que sea imposible. Nada es imposible, pero no lo parece. No, creo que la verdad está en alguna otra parte.

Rebuscó entre el montón de revistas y cogió otra.

—¿Quiere decir que está buscando una historia especial sobre alguien?

No. Sólo estoy buscando referencias sobre personas con un estilo de vida y algo..., algo insignificante que pueda ayudar. —Volvió a enfrascarse en la lectura y Cherry se llevó la aspiradora a la planta superior. El rostro de Miss Marple mostraba un leve rubor mientras leía. Ahora padecía una leve sordera y, por ese motivo, no oyó las pisadas que se aproximaban por el sendero del jardín en dirección a la ventana. Sólo cuando una sombra cayó sobre la página de la revista alzó la mirada. Dermot Craddock le sonreía desde el otro lado.

—Veo que está haciendo los deberes.

—Inspector Craddock, qué agradable es volver a verle. Es muy amable por su parte encontrar tiempo para venir a visitarme. ¿Quiere una taza de café o prefiere una copa de jerez?

—Un jerez a esta hora sería magnífico. No se mueva. Lo pediré al entrar.

Se alejó en busca de la puerta lateral y, al cabo de un minuto, se reunió con Miss Marple.

—¿Qué tal? ¿Toda esa morralla le da alguna idea?

—Creo que demasiadas. No me sorprendo muy a menudo, pero esto me ha sorprendido un poco.

—¿Qué? ¿La vida privada de las estrellas de cine?

—¡No, eso no! Resulta de lo más natural dadas las circunstancias, el dinero que hay por medio y las oportunidades para la promiscuidad. No, todo eso es muy natural. Me refiero a la manera como está escrito. Soy un tanto chapada a la antigua y me parece que no tendría que estar permitido.

—Son noticia, y se pueden decir cosas muy desagradables disfrazándolas de comentarios.

—Lo sé. Es algo que a veces me pone muy furiosa. Supongo que me considerará una tonta por leer estas revistas. Pero quiero estar al corriente de lo que ocurre y, sentada aquí en casa, no tengo demasiadas ocasiones para averiguar tanto como querría.

—Eso es precisamente lo que pensaba, y he venido para hablar de cómo van las cosas.

—Mi querido muchacho, ¿cree que sus superiores lo aprobarían?

—No veo por qué no. Mire, tengo una lista en la que figuran todas las personas que estaban en el rellano desde la llegada de Heather Badcock hasta su muerte. Hemos descartado a varias, quizá precipitadamente, aunque yo no lo creo. Hemos eliminado al alcalde y a su esposa, y a muchos otros de los residentes locales. No obstante, hemos conservado al marido. Si no recuerdo mal, usted siempre sospecha de los maridos.

—A menudo son los sospechosos obvios —manifestó Miss Marple con un leve tono de disculpa—, y lo obvio con frecuencia es lo correcto.

—Coincido plenamente con usted.

—Pero, mi querido muchacho, ¿a qué esposo se refiere?

—¿Usted qué cree? —replicó Dermot mirándola fijamente.

Miss Marple le devolvió la mirada.

—¿Jason Rudd?

—¡Ah! Veo que su mente funciona como la mía. No creo que fuera Arthur Badcock, porque, verá, no creo que Heather Badcock fuese la víctima elegida. Creo que Marina Gregg era el objetivo.

—Eso es casi obvio, ¿no le parece?

—Por lo tanto, como ambos estamos de acuerdo, el campo se amplía. Si le digo quiénes estaban allí aquel día, lo que vieron o dijeron que vieron, y dónde estaban o dijeron que estaban, eso es algo que usted podría haber visto personalmente de haber estado allí. O sea que mis superiores, como los llama, no tendrían ningún motivo para oponerse a que discutiera el tema con usted, ¿no le parece?

—Muy bien dicho, mi querido muchacho.

—Le haré un breve resumen de lo que me contaron y después nos ocuparemos de la lista.

El inspector le relató el resultado de las entrevistas y a continuación sacó la lista.

—Tiene que ser uno de éstos. Mi padrino, sir Henry Clithering, me dijo que ustedes habían formado un club llamado el Club de los Martes. Cenaban sucesivamente en casa de cada uno y luego se planteaba un caso, un hecho de la vida real que había acabado en un misterio y cuya solución sólo conocía el relator. Usted, de acuerdo con mi padrino, acertó con la solución en todos los casos. Así que se me ha ocurrido pasarme por aquí y pedirle que esta mañana acierte para mí.

—Creo que es una forma de plantearlo bastante frívola —señaló Miss Marple con un tono de reproche—, pero hay una pregunta que deseo hacerle antes de entrar en cualquier tipo de deducciones.

—¿De qué se trata?

—¿Qué hay de los niños?

—¿Los niños? Sólo hay uno. Un disminuido psíquico ingresado en un sanatorio de Estados Unidos. ¿Es a él a quien se refiere?

—No, no me refería a ese niño. Aunque es algo muy triste, desde luego. Una de esas tragedias que ocurren y de la que nadie es responsable. No, me refiero a los niños que aparecen mencionados en algunos artículos. —Puso una mano sobre las revistas—. Los niños a quienes adoptó Marina Gregg. Si no me equivoco, dos niños y una niña. En uno de los casos, una madre con muchos hijos y sin medios económicos para criarlos en este país le escribió para rogarle si podría hacerse cargo de uno de sus hijos. Se escribieron muchos artículos sensibleros sobre el tema, destacando el desinterés de la madre y el hogar, la educación y el maravilloso futuro que tendría el niño. No he encontrado gran cosa sobre los otros dos. Creo que uno era un refugiado extranjero y el otro un niño norteamericano. Marina Gregg los adoptó en diferentes épocas. Me gustaría saber qué fue de esos niños.

Dermot Craddock la miró con una expresión de curiosidad.

—Es extraño que haya pensado en eso. Yo también me he preguntado qué habría sido de esos niños. ¿Qué relación tienen con el caso?

—Tengo entendido, por lo que me han dicho y lo que han publicado en las revistas, que ninguno de ellos vive ahora con miss Gregg.

—Supongo que no les faltará de nada. De hecho, creo

que las leyes de adopción son muy estrictas en ese sentido. Probablemente a todos ellos se les habrá asignado un capital en fideicomiso.

—O sea que, cuando ella se cansó de los niños, los dejó de lado —afirmó Miss Marple, con una leve pausa antes de la palabra *cansó*—. Después de criarlos rodeados de lujos y de todas las ventajas, ¿no es así?

—Seguramente. No lo sé con exactitud —respondió Craddock sin dejar de mirarla con curiosidad.

—Los niños son muy sensibles —manifestó Miss Marple, asintiendo—. Sienten de una manera que muchas de las personas que los rodean son incapaces de imaginar. La sensación de rechazo, de no pertenecer, de sentirse herido. Son cosas que no se superan sólo porque tengas unas ventajas. La educación no las sustituye, ni tampoco una vida cómoda, una renta asegurada o una profesión. Es la clase de cosas que pueden crear un rencor enquistado.

—Sí, pero de todos modos resulta un tanto traído por los pelos creer que..., ¿qué es exactamente lo que cree?

—Todavía no he llegado tan lejos. Sólo me preguntaba dónde estarán ahora y la edad que deben de tener. Deduzco, por lo que he leído, que ya serán mayores.

—Podría averiguarlo —dijo el inspector sin mucho entusiasmo.

—No quiero molestarle de ninguna manera, ni tampoco sugerir que mi pequeña idea pueda tener algún valor.

—No perderemos nada comprobándola. —Tomó nota en su libreta—. ¿Quiere ver ahora mi lista?

—No creo que pueda serle de mucha utilidad. No conozco quiénes son todas esas personas.

—Yo puedo hacerle un breve comentario. Vamos a ver quién es el primero. Jason Rudd, marido (los maridos siempre son los principales sospechosos). Todo el mundo dice que Jason Rudd la adora. Eso ya es sospechoso, ¿no le parece?

—No necesariamente —replicó la anciana muy digna.

—Ha hecho lo imposible para ocultar el hecho de que su esposa era el objetivo del ataque. No le hizo el menor comentario de sus sospechas a la policía. No sé por qué cree que somos tan burros como para no deducirlo por nuestra cuenta. Fue lo primero que pensamos. Pero, en cualquier caso, ésa es su historia. Tenía miedo de que su esposa llegara a enterarse y sufriese un ataque de nervios.

—¿Es la clase de mujer que sufre ataques de pánico?

—Sí, es neurasténica, dada a las rabietas, sufre crisis nerviosas, se pone frenética.

—Eso no implica falta de coraje —protestó Miss Marple.

—Por otro lado, si ella tiene bien claro que era el objetivo del asesino, es posible que sepa de quién se trata.

—¿Quiere decir que ella sabe quién lo hizo pero se lo calla?

—Sólo digo que es una posibilidad y, en ese caso, uno se pregunta ¿por qué no? Es como si no quisiera que su marido se enterara del motivo, de la raíz de todo el asunto.

—Ésa, sin duda, es una idea muy interesante.

—Aquí tenemos más nombres: Ella Zielinsky, la secretaria. Una joven muy capacitada y eficiente.

—¿Cree que está enamorada del marido?

—Yo afirmaría que sí, pero ¿por qué lo cree?

—Es algo muy frecuente. Por lo tanto, no le debe de tener mucho cariño a la pobre Marina Gregg, ¿verdad?

—En consecuencia, podría ser alguien con un posible motivo.

—Hay muchísimas secretarias y empleadas que están enamoradas de los maridos de sus jefas, pero muy pocas, poquísimas, intentan envenenarlas.

—Siempre hay que tener en cuenta las excepciones. Después había dos fotógrafos locales y uno de Londres, además de un par de reporteros. Ninguno de ellos parece un probable sospechoso, pero los investigaremos. Había una mujer que estuvo casada con el segundo o tercer marido de Marina Gregg. Al parecer, le sentó muy mal que Marina le arrebatara al marido, pero eso ocurrió hará unos once o doce años. Parece muy poco probable que viniera hasta aquí para ajustarle las cuentas envenenándola. También aparece un hombre llamado Ardwyck Fenn. En una época, fue amigo íntimo de miss Gregg. No se veían desde hacía años. Nadie estaba enterado de que estuviera en el país, y fue una gran sorpresa para todos que se presentara en la fiesta.

—Ella seguramente se sorprendería al verle, ¿no?

—Es muy probable.

—Sorprendida. Y posiblemente asustada.

—«La maldición ha caído sobre mí.» Ésa es la idea. Nos queda el joven Hailey Preston, que aquel día iba de aquí para allá haciendo su trabajo de relaciones públicas. Habla por los codos, pero no oyó nada, no vio nada y no sabe nada. No paraba de repetirlo. ¿Alguien le dispara alguna alarma?

—No del todo, aunque se plantean muchas posibilidades interesantes. En cualquier caso, todavía quiero saber algo más sobre los niños.

—Tiene la mosca detrás de la oreja, ¿no? Muy bien, se lo averiguaré.

Capítulo 13

—¿Supongo que no hay ninguna posibilidad de que fuera el alcalde? —preguntó el inspector Cornish pensativo.

Dio unos golpecitos con el lápiz sobre la lista. Dermot Craddock sonrió.

—Eso es lo que usted querría, ¿eh?

—Ya lo puede usted decir. ¡Es un viejo hipócrita y presuntuoso! La gente del pueblo está harta de él. Abusa de los privilegios. Se vanagloria de su honestidad y está metido hasta el cuello en todos los negocios sucios.

—¿No ha podido pillarlo?

—No. Es demasiado hábil. Siempre se mantiene del lado de la ley —respondió Cornish con cierta amargura.

—Comprendo que resulte tentador, pero creo que tendrá que olvidarse de esa escena idílica, Frank.

—Lo sé, lo sé. Es uno de los posibles candidatos, pero bastante improbable. ¿A quién más tenemos?

Los dos hombres volvieron a repasar la lista. Todavía quedaban ocho nombres.

—¿Estamos absolutamente seguros de que no falta nadie?

—Creo que podemos estar seguros de que están todos —contestó Cornish—. Después de mistress Bantry llegó el vicario, y a continuación los Badcock. Había ocho personas en las escaleras en aquel momento. El alcalde y su esposa,

138

Joshua Grice y su mujer, de Lower Farm. Donald McNeil, del *Herald & Argus* de Much Benham. Ardwyck Fenn, de Estados Unidos, y miss Lola Brewster, estrella de cine, también norteamericana. Ya lo ve. Además, había una fotógrafa artística de Londres que había instalado una cámara en un rincón de las escaleras. Si, como usted dice, la historia de mistress Bantry sobre que Marina Gregg tenía una «expresión congelada» se debió a alguien que subía las escaleras, entonces tendrá que escoger entre este grupo. Lamentablemente, el alcalde está descartado. Los Grice también; diría que nunca han salido de St. Mary Mead. Nos quedan cuatro. No es lógico suponer que fueran los periodistas locales. La fotógrafa llevaba allí más de media hora, así que ¿por qué iba a sorprenderse Marina Gregg? ¿Qué nos queda?

—Los siniestros extranjeros de Estados Unidos —señaló Craddock con una leve sonrisa.

—Usted lo ha dicho.

—Es evidente que parecen ser los principales sospechosos. Se presentaron inesperadamente. Ardwyck Fenn era un viejo amor de Marina a quien ella no veía desde hacía años. Lola Brewster estuvo casada con el tercer marido de miss Gregg, que se divorció de ella para casarse con Marina. Según me han dicho, no fue un divorcio de mutuo acuerdo.

—Yo la calificaría de sospechosa número uno.

—¿Usted cree, Frank? ¿Después de quince años y teniendo en cuenta que ella se ha casado ya otras dos veces desde entonces?

Cornish opinó que se podía esperar cualquier cosa de las mujeres. Dermot aceptó esta opinión generalizada, pero comentó que como mínimo le resultaba extraña.

—Al menos acepta que puede estar entre estos dos, ¿no?

—Posiblemente. Pero no acabo de verlo claro. ¿Qué sabemos de los camareros contratados que sirvieron las bebidas?

—¿Descartamos la «expresión congelada» de la que tanto hemos oído hablar? Hemos hecho una comprobación de rutina. Una empresa local de Market Basing se encargó del servicio, me refiero al de la fiesta. Giuseppe, el mayordomo, se encargó de la recepción privada, con la ayuda de dos muchachas de la cantina de los estudios. Las conozco a las dos. No son muy inteligentes, pero son inofensivas.

—Me devuelve la pelota, ¿eh? Iré a hablar con el reportero. Quizá viera algo que nos pueda ayudar. Después a Londres. Ardwyck Fenn, Lola Brewster y la fotógrafa, ¿cómo se llama? Margot Bence. Tal vez ella también vio algo.

—Lola Brewster es para mí la que tiene todos los números. —Miró a Craddock, intrigado—. No parece estar muy convencido.

—Pienso en las dificultades —respondió Craddock pensativo.

—¿Dificultades?

—Para echar el veneno en la copa de Marina sin que ninguno de los presentes la viera.

—Lo mismo vale para todos los demás, ¿no es así? Fue una auténtica locura.

—Estoy de acuerdo en que fue una locura, pero es mucha mayor locura en el caso de Lola Brewster que en el de todos los demás.

—¿Por qué?

—Porque era una invitada de campanillas. Es una celebridad, es famosa. Todos la estarían mirando.

—Muy cierto.

—La gente del pueblo no dejaría de darse codazos, de cuchichear y de comérsela con la mirada. Además, después de saludar a Marina Gregg y Jason Rudd, los secretarios se ocuparían de ella. No sería fácil, Frank. Por mucho cuidado que pusiera, no podía estar segura de que nadie la viese hacerlo. Ése es el inconveniente, y es un inconveniente muy grande.

—Insisto en que el inconveniente es el mismo para todos.

—No, desde luego que no. Al contrario. Consideremos un momento a Giuseppe. Está ocupado en preparar las bebidas, servir las copas y distribuirlas. Podría haber echado el veneno en la copa con mucha mayor facilidad que cualquier otro.

—¿Giuseppe? —Cornish pensó un segundo—. ¿Cree que él lo hizo?

—No tengo ningún motivo para creerlo, pero podríamos encontrar una razón, algún motivo bien sólido. Sí, pudo hacerlo. O alguno de los camareros de la empresa, aunque ninguno estaba en el rellano. Una verdadera pena.

—Quizá alguien se las ingenió para que le contrataran y tener ocasión de envenenar la bebida.

—¿Quiere decir que alguien llegó a ese extremo de premeditación?

—No lo sabemos —manifestó Craddock irritado—. No sabemos ni por dónde empezar. Al menos, hasta que consigamos que Marina Gregg o su marido nos digan lo que queremos saber. Ellos deben saber o sospechar algo, pero no sueltan prenda, y nosotros no sabemos por qué no lo quieren decir. Nos queda por delante mucho camino. Si descontamos la «expresión congelada» —añadió, tras una brevísima pausa—, que pudo ser una mera coincidencia, hay otras personas que pudieron hacerlo sin muchas dificultades. La secretaria, Ella Zielinsky, también estuvo trajinando con las copas y sirviendo a la gente. Nadie se fijaría en ella con una atención especial. Lo mismo podríamos afirmar de ese joven flacucho, me he olvidado de su nombre. Hailey no sé qué. ¿Hailey Preston? Eso es. Ambos dispusieron de buenas oportunidades. De hecho, si cualquiera de los dos hubiera deseado cargarse a Marina Gregg, la mejor ocasión y la más segura habría sido durante la fiesta.

—¿Alguien más?

—Siempre nos queda el marido.

—Otra vez los maridos. —Esta vez le tocó sonreír a Cornish—. Todos creíamos que había sido ese pobre desgraciado de Badcock hasta que nos dimos cuenta de que el objetivo del atentado era Marina Gregg. Ahora hemos trasladado nuestras sospechas a Jason Rudd, aunque parece adorar el suelo que pisa su mujer.

—Tiene fama de eso, pero nunca se sabe.

—Si pretendía librarse de ella, ¿no hubiese sido el divorcio una vía más fácil?

—Indudablemente sería el camino habitual, pero en este asunto hay muchas circunstancias que desconocemos.

Sonó el teléfono. Cornish atendió la llamada.

—¿Diga? ¿Sí? Pásemela. Sí, está aquí. —Escuchó unos segundos más, tapó el auricular con la mano y miró a Dermot—. Miss Marina Gregg se encuentra mucho mejor. Está dispuesta a ser interrogada.

—Será mejor que vaya corriendo antes de que cambie de opinión.

Ella Zielinsky recibió a Dermot en la puerta de Gossington Hall.

—Miss Gregg le está esperando, señor Craddock.

Dermot la observó con interés. Desde el principio le había intrigado. Se había dicho: «Una auténtica cara de póquer». Ella había respondido a todas sus preguntas sin poner ninguna pega. Le había dado la impresión de que no se había reservado nada, pero seguía sin saber qué era lo que realmente pensaba, sentía o sabía de todo el asunto. No parecía haber ninguna grieta en la brillante armadura que le proporcionaba su eficiencia. Quizá sabía más de lo que decía; quizá sabía muchísimo más. Lo único de lo que estaba seguro —y debía admitir que no tenía ninguna prueba concreta para respaldar su convencimiento— era que ella estaba enamorada de Jason Rudd. Se trataba, como había comentado, de un rasgo típico de las secretarias. Probablemente no tenía ninguna importancia. Pero el hecho al menos sugería un motivo, y él estaba seguro, muy seguro, de que ocultaba algo. Podía ser amor o también odio. Claro que podía ser sencillamente un sentimiento de culpa. Tal vez aquella tarde había aprovechado la oportunidad, o quizá había planeado deliberadamente lo que haría. No veía problemas en lo referente a la ejecución: unos movimientos tranquilos pero sin pausa, mientras iba de aquí para allá ocupada con los invitados, sirviendo las bebidas, retirando copas, mientras vigilaba la copa que Marina había dejado sobre la mesa. Entonces, quizá en el momento en que Marina saludaba con besos y abrazos a los visitantes de Estados Unidos y todas las miradas se centraban en el grupo, Ella había echado la dosis letal en la copa sin que nadie se diera cuenta. Hacían falta sangre fría, audacia y rapidez, y a ella no le faltaba ninguna de las tres cosas. Estaba seguro de que no hubiese mostrado una expresión culpable mientras lo hacía. Habría sido un crimen sencillo y brillante, un atentado que no podía fallar. Sólo el azar lo había impedido. En medio de los apretujones, alguien había golpeado el codo de Heather Badcock. Se le había derramado la bebida y Marina, con su amabilidad natural, se había apresurado a ofrecerle la copa que no había probado y que estaba sobre la mesa. En consecuencia, había muerto la mujer equivocada.

Mucha teoría y, posiblemente, descabellada, se dijo Craddock mientras conversaba con la secretaria.

—Quería preguntarle algo, señorita Zielinsky. El servicio de la fiesta lo hizo una empresa de Market Basing, ¿verdad?

—Sí.

—¿Por qué se la escogió?

—No lo sé. No es una de mis obligaciones. Sé que míster Rudd consideró que sería diplomático contratar a alguien local en lugar de una empresa de Londres. En realidad era una fiesta relativamente pequeña desde nuestro punto de vista.

—Comprendo. —La observó mientras ella permanecía en silencio con el entrecejo fruncido y la mirada baja. La frente despejada, la barbilla decidida, una figura que podía ser voluptuosa, una boca de expresión dura. ¿Los ojos? Los miró sorprendido. Estaban enrojecidos. ¿Había estado llorando? Eso parecía. Sin embargo, no era de esas jóvenes dadas a los lloriqueos. Ella miró a Craddock y, como si le hubiera leído el pensamiento, sacó un pañuelo y se sonó ruidosamente—. ¿Está resfriada?

—No es un resfriado. Fiebre del heno. En realidad, es una alergia. Siempre me afecta en esta época del año.

Sonó un zumbido bajo. Había dos teléfonos en la habitación, uno sobre el escritorio y otro en una mesa del rincón. Era este último el que sonaba. Ella atendió la llamada.

—Sí, está aquí. Ahora mismo le acompaño. —Colgó el auricular—. Marina le espera.

Marina Gregg recibió a Craddock en una habitación del primer piso que, evidentemente, era una sala privada y tenía comunicación con su dormitorio. Después de escuchar tantas historias sobre estancias hospitalarias y depresiones nerviosas, Dermot había esperado encontrarse con prácticamente una inválida. Sin embargo, a pesar de que Marina estaba sentada en un sofá con una pose lánguida, la voz era vigorosa y la mirada, brillante. Apenas llevaba maquillaje, pero aun así no demostraba su edad, y él se sintió muy impresionado por la plácida belleza de la mujer. La hermosura se debía a la exquisitez de los trazos de la mejilla y el mentón, y la manera en que la caída natural del pelo enmarcaba el rostro. El color verde mar de los ojos, el trazo de las cejas sutilmente delineadas y la calidez y dulzura de la sonrisa ayudaban a la magia.

—¿Inspector Craddock? Me he comportado de una forma abominable. Le pido disculpas. Me dejé hundir después de ese episodio tan terrible. Podría haberme recuperado, pero no lo hice. Me siento avergonzada. —Una sonrisa dulce y apenada apareció en el rostro de la actriz. Le ofreció la mano y Craddock se la estrechó.

—Es natural que se sintiera usted trastornada.

—También lo estaban todos los demás. No tenía derecho a convertirlo en un drama personal.

—¿No?

Marina le observó durante un momento para después asentir.

—Sí, veo que es usted muy perceptivo. Sí, estaba en mi derecho. —Desvió la mirada y pasó un dedo por el brazo del sofá como si acariciara el cuero. Era un gesto que él le había visto hacer en sus películas. Era un gesto automático, pero parecía lleno de contenido. Transmitía una sensación de nostalgia—. Soy una cobarde —manifestó sin mirar al policía—. Alguien quiso matarme y no quiero morir.

—¿Por qué cree que alguien quiso matarla?

Esta vez, la mujer lo miró con los ojos bien abiertos.

—Porque el veneno estaba en mi copa. Alguien la manipuló. Fue sólo un error que aquella pobre y estúpida mujer se la bebiera. Eso es lo que lo convierte en algo tan horrible y trágico. Además...

—¿Sí, señorita Gregg?

Vaciló como si dudara de la conveniencia de decir algo más.

—¿Tiene algunas otras razones para creer que usted era la víctima señalada?

145

La actriz asintió.

—¿Cuáles son esas razones, señorita Gregg?

—Jason dice que debo contárselo todo —respondió después de una larga pausa.

—¿Se lo ha contado a su esposo?

—Sí. Al principio no quería, pero el doctor Gilchrist me dijo que debía hacerlo. Entonces descubrí que él también lo sospechaba desde el primer instante y resulta ciertamente curioso —una vez más la sonrisa triste apareció en su rostro— que no quisiera decírmelo por miedo a asustarme. ¡Menuda idea! —Marina se irguió con un súbito y enérgico movimiento—. ¡Mi querido Jinks! ¿Acaso cree que soy tonta?

—Todavía no me ha dicho, señorita Gregg, por qué cree que alguien quiere asesinarla.

La mujer permaneció en silencio un instante y después, con un brusco ademán, cogió el bolso, lo abrió, sacó un trozo de papel y lo puso en la mano del inspector. Dermot leyó la frase escrita a máquina:

No crea que la próxima vez se librará.

—¿Cuándo lo ha recibido? —preguntó el policía con un tono incisivo.

—Estaba en mi tocador cuando salí del baño.

—¿Cree que lo ha dejado alguien de la casa?

—No necesariamente. Alguien pudo trepar hasta el balcón del cuarto y dejarlo ahí. Creo que lo hizo con la intención de asustarme todavía más, pero no lo consiguió. Me puse muy furiosa y mandé que le llamaran.

—Un resultado un tanto inesperado para el autor —opinó Dermot con una sonrisa—. ¿Es la primera vez que recibe un anónimo?

—No, no lo es —contestó la actriz, después de una breve pausa.

—¿Puede decirme algo de los anteriores?

—Fue hará unas tres semanas, cuando llegamos aquí. Lo enviaron a los estudios. Algo bastante ridículo. Una nota escrita a mano y en letras mayúsculas. Decía: «Prepárate para morir». —Marina soltó una carcajada. Había una nota histérica muy leve en la risa, pero la burla era real—. Era algo tan ridículo. Es algo común que recibamos mensajes de algún loco, amenazas y cosas por el estilo. Supuse que era obra de algún fanático religioso, alguien que odia a las artistas de cine. Rompí la nota y la tiré a la papelera.

—¿Se lo dijo a alguien, señorita Gregg?

Marina meneó la cabeza.

—No, no se lo mencione a nadie. En aquel momento teníamos problemas con el rodaje de una escena y no estaba como para pensar en otras cuestiones. En cualquier caso, como le he dicho, creí que era una broma estúpida o la obra de algún chiflado religioso que odia a las actrices.

—¿Cuándo recibió el siguiente?

—El día de la fiesta. Creo que me lo trajo uno de los jardineros. Dijo que alguien había dejado una nota para mí y preguntó si había respuesta. Supuse que tendría algo que ver con los preparativos. Decía así: «Hoy será su último día en este mundo». Hice una bola con la nota y le respondí: «No hay respuesta». Después le pregunté quién le había dado la nota. Me contestó que un hombre con gafas que montaba una bicicleta. ¿Qué se puede pensar de algo así? Creí que era otra tontería más. Ni por un instante lo consideré una amenaza real.

—¿Dónde está la nota, señorita Gregg?

—No tengo ni la más remota idea. Llevaba una de esas chaquetas de seda italiana y, si no recuerdo mal, metí la bola de papel en un bolsillo. Pero ahora no está allí. Probablemente se cayó.

—¿No tiene ninguna sospecha sobre el autor de esos ridículos anónimos, señorita Gregg? ¿Ni siquiera ahora?

147

Marina abrió mucho los ojos con una expresión de absoluta inocencia que el inspector admiró por su valor artístico, pero que no se creyó en lo más mínimo.

—¿Cómo puedo decirle algo que no sé?

—Creo que usted tiene una idea bastante clara, señorita Gregg.

—No, no, le aseguro que se equivoca.

—Usted es una persona muy famosa. Sus películas han sido grandes éxitos. Ha triunfado en su profesión y en su vida personal. Los hombres se han enamorado de usted, han deseado casarse con usted y se casaron. Ha sido objeto de los celos y las envidias de las mujeres. Hay hombres que la adoraron y usted los rechazó. Es un campo muy amplio, lo sé, pero creo que usted debe de tener alguna sospecha sobre quién es el autor de esas notas.

—Pudo haber sido cualquiera.

—No, señorita Gregg, no pudo haber sido cualquiera. Tuvo que ser alguien de entre un grupo de gente. Pudo ser alguien muy humilde: una modista, un electricista, un criado; o pudo ser alguien de su grupo de amigos, o supuestos amigos. Pero usted debe de tener alguna idea. Algún nombre, o quizá más de uno.

Se abrió la puerta y apareció Jason Rudd. Marina se volvió hacia su marido y extendió un brazo en demanda de ayuda.

—Jinks, querido, míster Craddock insiste en que debo de saber quién escribió esas notas horribles. No lo sé. ¿Tú lo sabes? Ninguno de los dos lo sabemos. No tenemos ni idea.

«Vaya manera de insistir —pensó Craddock—. Demasiada desesperación. ¿Tendrá miedo de lo que su marido pueda decir?»

Jason Rudd, con una mirada de profundo cansancio y una expresión más hosca de lo habitual, se acercó. Cogió la mano de su esposa.

—Sé que le parecerá imposible, inspector —dijo—, pero

le juro que ninguno de los dos sabemos nada de todo este asunto.

—¿Debo creer que no tienen enemigos? —La ironía en la voz de Dermot fue más que evidente.

En el rostro de Rudd apareció un leve rubor.

—¿Enemigos? Ésa es una palabra muy bíblica, inspector. En ese sentido, le aseguro que carecemos de enemigos. Hay personas que te tienen antipatía, que quieren sacarte alguna ventaja, que te harían una mala pasada si pudieran; eso no lo niego. Pero de ahí a echar veneno en tu copa hay un buen trecho.

—Ahora mismo, mientras hablaba con su esposa, le he preguntado quién podía haber escrito o haber inspirado los anónimos. Ha dicho que no lo sabía, pero cuando llegamos al hecho, se reduce el número de posibles autores. Alguien echó el veneno en la copa, y eso limita el campo a un puñado de personas.

—Yo no vi nada —manifestó Rudd.

—Yo tampoco —dijo Marina—. Quiero decir que si hubiera visto a alguien echar cualquier cosa en la copa, no me la habría bebido.

—Lo lamento, pero creo que usted sabe algo más de lo que me ha dicho —insistió Craddock con amabilidad.

—No es verdad. Dile que no es verdad, Jason.

—Le aseguro que estoy absolutamente despistado. Todo el tema es increíble. Quisiera creer que se trató de una broma que salió mal, que resultó ser peligrosa, hecha por una persona que nunca creyó que sería mortal. —Lo dijo con un leve tono de interrogación. Después meneó la cabeza—. No, veo que la explicación no le convence.

—Hay algo más que quiero preguntarle, señorita Gregg. Sin duda recuerda el momento de la llegada de mistress Badcock y su marido. Subieron las escaleras inmediatamente después del vicario. Usted los saludó con la misma gentileza y encanto que a los demás invitados. Pero un testigo ocular me dijo que, inmediatamente después de saludarlos, usted miró por encima del hombro de mistress Badcock y que vio algo que la alarmó. ¿Es verdad? Y si lo es, ¿qué fue?

—Por supuesto que no es verdad —replicó Marina en el acto—. ¿Alarmarme? ¿Por qué iba a alarmarme?

—Eso es lo que queremos saber —señaló Dermot pacientemente—. Mi testigo es muy firme en ese punto.

—¿Quién es su testigo? ¿Qué le dijo que vio?

—Usted miraba las escaleras. Varias personas subían en ese instante. Un periodista; míster Grice y su esposa, que son antiguos residentes del pueblo; míster Ardwyck Fenn, quien acababa de llegar de Estados Unidos, y miss Lola Brewster. ¿Fue ver a alguna de esas personas lo que la trastornó, señorita Gregg?

—Le digo que no estaba trastornada. —Las palabras sonaron casi como un ladrido.

—Sin embargo, la distrajo de sus atenciones para con mistress Badcock. Ella le dijo algo que usted dejó sin respuesta porque estaba mirando por encima del hombro de su invitada.

Marina Gregg recuperó el control y esta vez respondió sin vacilaciones y con un tono convincente:

—Se lo puedo explicar. Si sabe usted algo sobre la interpretación artística lo entenderá fácilmente. Llega un momento, incluso cuando te sabes el papel a la perfección, sobre todo cuando te lo sabes de carrerilla, en que lo haces de una forma mecánica. Sonríes, haces los movimientos y los gestos adecuados, y das a las palabras las entonaciones correctas. Pero tu mente no está por la labor. Entonces, de pronto, se produce un terrible momento en el que no sabes dónde estás, a qué parte de la obra has llegado y cuáles son las frases que debes decir. ¡Nosotros lo llamamos quedarnos en blanco! Bueno, eso es lo que me pasó. No soy muy fuerte, mi esposo se lo podrá decir. Llevaba unos días de mucho trajín y estaba muy nerviosa con todo el tema de la película. Deseaba que la fiesta fuera un éxito y mostrarme agradable y encantadora con todo el mundo. Pero repites las mismas cosas una y otra vez, automáticamente, a personas que siempre te dicen lo mismo. Las ganas que tenían de conocerte, que en una ocasión te vieron en la entrada de un cine en San Francisco o que viajaron en el mismo avión. Es algo ciertamente ridículo, pero hay que ser amable y decir cosas. Como le decía, es algo que haces sin darte cuenta. No hace falta pensar lo que debes decir porque lo has dicho un millón de veces. Creo que de golpe me afectó el cansancio. Me quedé en blanco. Entonces fui consciente de que mistress Badcock me había contado una larguísima historia que yo no había escuchado en absoluto, y que me miraba ansiosa porque no le había respondido. Sólo fue el cansancio.

—Sólo fue el cansancio —repitió Dermot lentamente—. ¿Insiste en que fue el único motivo, señorita Gregg?

Así es. No entiendo por qué no quiere creerme.

El inspector se volvió hacia Jason Rudd.

—Creo que usted entenderá mejor lo que voy a decir. Estoy muy preocupado por la seguridad de su esposa. Se produjo un atentado contra su vida, se recibieron anónimos. Eso significa que fue una de las personas que estuvo aquí el día de la fiesta y que, probablemente, todavía está aquí; alguien que está en estrecho contacto con la casa y con lo que sucede en ella. Esa persona, la que sea, puede estar trastornada. Ya no es una cuestión de amenazas. Los hombres amenazados suelen vivir muchos años. Lo mismo se aplica a las mujeres. Pero esta persona no tuvo suficiente con las amenazas. Hubo un intento deliberado de envenenar a miss Gregg. ¿No se da cuenta de que, tal como están las cosas, es muy posible que intente repetir el atentado? Sólo hay una manera de conseguir la plena seguridad: proporcionarme todas las pistas posibles. No digo que usted sepa quién es esa persona, pero creo que puede darme una idea. ¿No quiere decirme la verdad? O si usted no sabe la verdad, algo que es posible, ¿por qué no le pide a su esposa que la diga? Es en beneficio de su seguridad.

—Acabas de oír lo que dice el inspector Craddock, Marina. Es posible que tú sepas algo que yo desconozco. Si es así, por favor, no hagas tonterías. Si tienes la más mínima sospecha de alguien, dilo ahora.

—No sé nada. —La voz de Marina sonó muy aguda—. Debes creerme.

—¿De quién tuvo miedo aquel día? —preguntó Dermot.

—Nadie me asustó.

—Escuche, señorita Gregg: entre las personas que subían, había dos amigos cuya presencia sin duda le sorprendió porque hacía años que no los veía y ni siquiera sabía que se encontraban en el país. Míster Ardwyck Fenn y miss Brewster. ¿Sintió algo especial cuando aparecieron? Usted no sabía que vendrían, ¿no es así?

—No, ni siquiera sabíamos que estuviesen en Inglaterra —manifestó Rudd.

—Estuve encantada —dijo Marina—. ¡Absolutamente encantada!

—¿Le encantó ver a miss Brewster?

Marina iba a responderle, pero se contuvo mientras lo miraba con cierta suspicacia.

—Si no me equivoco —añadió Dermot—, Lola Brewster fue esposa de su tercer marido, Robert Truscott.

—Sí, efectivamente.

—Truscott se divorció de ella para casarse con usted.

—Eso lo sabe todo el mundo —señaló Marina impaciente—. No crea que es algo que usted ha descubierto. Se armó un poco de jaleo durante la tramitación, pero al final acabamos tan amigos.

—¿Miss Brewster profirió amenazas contra usted?

—Sí, pero eso depende de cómo se mire. Ojalá pudiera explicárselo. Nadie se tomó esas amenazas en serio. Fue durante una fiesta, y ella había bebido demasiado. Creo que me hubiera disparado de haber tenido un revólver. Pero afortunadamente no lo tenía. ¡Todo eso ocurrió hace una eternidad! ¡Esas cosas, las emociones, nunca duran! De verdad que no. ¿No es así, Jason?

—Es muy cierto, y le aseguro, señor Craddock, que Lola Brewster no tuvo ninguna oportunidad de envenenar la bebida de mi esposa el día de la fiesta. Estuve a su lado o muy cerca de ella durante casi todo el tiempo. La idea de que Lola apareciera en Inglaterra como llovida del cielo, después de un largo período de amistad, y se presentara en nuestra casa con el único propósito de envenenar la copa de mi esposa es totalmente absurda.

—Comprendo su punto de vista, señor Rudd.

—No es sólo una opinión, es un hecho real. En ningún momento estuvo cerca de la copa de Marina.

—¿Qué me dice del otro visitante, Ardwyck Fenn?

Rudd vaciló una fracción de segundo antes de responder, o al menos eso pensó Craddock.

—Es un viejo y buen amigo nuestro. Hacía varios años que no le veíamos, aunque de vez en cuando nos escribimos. Es una personalidad muy importante de la televisión norteamericana.

—¿También era un viejo amigo suyo? —le preguntó a Marina.

—Sí, sí —contestó la actriz con la respiración agitada—. Somos amigos de toda la vida, aunque no nos veíamos desde hacía años. Si cree —añadió hablando atropelladamente— que me asusté cuando vi a Ardwyck, se equivoca. ¿Por qué iba a asustarme? ¿Qué razones podría tener? Somos grandes amigos. Me sentí muy pero que muy complacida cuando alcé la mirada y le vi. Fue una encantadora sorpresa. —Miró al policía con expresión desafiante.

—Muchas gracias, señorita Gregg. Si en cualquier otro momento se siente dispuesta a dispensarme un poco más de su confianza, le recomiendo que me llame sin demora.

Capítulo 14

Mistress Bantry estaba de rodillas. Era un día perfecto para arrancar los hierbajos. La tierra estaba en su punto. Pero escardar no era suficiente. Los cardos y el diente de león eran un incordio. Se ocupó vigorosamente de acabar con esas plagas.

Se irguió, cansada pero triunfante, y miró hacia la carretera por encima del seto. Le sorprendió ver a la secretaria de pelo oscuro, cuyo nombre no recordaba, salir de la cabina de teléfono ubicada en la acera opuesta junto a la parada del autobús.

¿Cómo se llamaba? ¿Comenzaba con una B o era una R? No, se llamaba Zielinsky, ése era el nombre. Mistress Bantry lo recordó justo a tiempo mientras Ella cruzaba la carretera para tomar el camino particular que pasaba por delante del pabellón.

—Buenos días, señorita. Zielinsky —dijo con un tono amistoso.

Ella Zielinsky dio un salto. No fue exactamente un salto, sino que reculó como un caballo espantado. Mistress Bantry se sorprendió.

—Buenos días —respondió la joven, y se apresuró a añadir—: He venido a telefonear desde esa cabina. Al parecer, tenemos la línea averiada.

La sorpresa de mistress Bantry aumentó mientras se preguntaba por qué Ella se molestaba en explicar sus acciones.

—Menudo incordio —manifestó amablemente—. Puede venir a mi casa y llamar cuantas veces sea necesario.

—Muchas gracias... —Miss Zielinsky se interrumpió porque sufrió un ataque de estornudos.

—Eso debe de ser la fiebre del heno —diagnosticó la anciana en el acto—. Pruebe con un poco de bicarbonato disuelto en agua.

—Oh, no es nada. Tengo un medicamento muy bueno para estos casos. Gracias de todos modos.

Volvió a estornudar mientras se alejaba con paso enérgico.

Mistress Bantry la contempló alejarse. Luego volvió a mirar el jardín con expresión de disgusto. No había ni un hierbajo a la vista.

—Se ha terminado la diversión —murmuró para sí misma—. Cualquiera pensará que soy una entrometida, pero me gustaría saber si es verdad.

Después de unos instantes de duda, decidió ceder a la tentación. Se comportaría como una entrometida y al demonio con todo lo demás. Entró en la casa, cogió el teléfono y marcó el número de la mansión. Una voz con acento norteamericano atendió la llamada.

—Gossington Hall.

—Soy mistress Bantry, del pabellón este.

—Ah, buenos días, señora Bantry. Soy Hailey Preston. Nos conocimos el día de la fiesta. ¿En qué puedo servirla?

—Al contrario, soy yo quien quiere hacer algo por ustedes. Si su teléfono está averiado...

El joven la interrumpió con una voz de asombro.

—¿Averiado nuestro teléfono? No le pasa nada a la línea. ¿Por qué cree que tiene una avería?

—Seguramente me he equivocado. Muchas veces no escucho bien —explicó sin la menor vergüenza.

Colgó el auricular, esperó un momento y volvió a marcar.

—¿Jane? Soy Dolly.

—Hola, Dolly. ¿Qué pasa?

—Verás, me parece un tanto extraño. La secretaria de Marina Gregg estaba llamando hace un rato desde la cabina que hay en la carretera. Se ha tomado la molestia de explicarme, sin que viniera a cuento, que había llamado desde la cabina porque la línea de Gossington Hall tenía una avería. Sin embargo, acabo de llamar a la mansión y no está averiada.

Hizo una pausa y esperó la sesuda opinión de su amiga.

—Vaya —respondió Miss Marple pensativa—. Interesante.

—¿Por qué?

—Es evidente que no quería que nadie la escuchara.

—Exacto.

—Hay mil razones para justificarlo.

—Sí.

—Interesante —repitió Miss Marple.

Nadie había más dispuesto a charlar que Dormid McNeil. Era un joven pelirrojo de expresión campechana. Saludó a Craddock con un placer no exento de curiosidad.

—¿Cómo van las cosas? —preguntó alegremente—. ¿Viene a traerme alguna exclusiva?

—Todavía no. Quizá más adelante.

—Ustedes son todos iguales. Siempre escurriendo el bulto. ¿Todavía no ha llegado a la etapa de invitar a alguien a «colaborar en las investigaciones»?

—He venido a verle —replicó el policía sonriente.

—¿Hay algún desagradable doble sentido en esa respuesta? ¿De verdad sospecha que asesiné a Heather Badcock y cree que lo hice al confundirla con Marina Gregg, o que sencillamente quería asesinar a Heather Badcock?

—No he dicho nada de eso.

—No, no, desde luego que no lo dirá. Siempre tan correctos. Muy bien. Vamos allá. Yo estaba presente. Tuve la oportunidad, pero ¿tenía algún motivo? Ah, eso es lo que usted querría saber. ¿Cuál es mi móvil?

—Hasta el momento no he conseguido descubrir ninguno.

—Eso es muy gratificante. Me siento más tranquilo.

—Sólo me interesa saber lo que quizá vio aquel día.

—Eso ya lo tiene sobre la mesa. La policía local escuchó mi declaración en cuanto ocurrieron los hechos. Es humillante. Yo estaba en la escena del crimen. Prácticamente vi cómo se cometía el asesinato, tuve que verlo y, sin embargo, no tengo idea de quién lo hizo. Me da vergüenza confesar que sólo me enteré cuando vi a la pobre mujer sentada en una silla intentando respirar y que la diñaba al cabo de un momento. Desde luego, me comporté como un excelente testigo ocular. Fue una suerte para mí a la hora de escribir la crónica y todo eso. Pero le confieso que me siento humillado por no saber nada más. Tendría que saberlo, y usted no me puede engañar con la historia de que el veneno era para Heather Badcock. Era una buena mujer que hablaba demasiado, pero a nadie la matan por ser una charlatana, a menos, desde luego, que desvele secretos. Aunque no creo que nadie le haya confiado nunca un secreto a Heather Badcock. No era la clase de mujer que se interesaba por los secretos de los demás. En mi opinión, era una persona que siempre hablaba de sí misma.

—Ésa parece ser la opinión unánime.

—Por lo tanto, llegamos a la famosa Marina Gregg. Estoy seguro de que existen montañas de magníficos motivos para asesinarla. Rencores, envidias, líos amorosos, todos los ingredientes de un drama. Pero ¿quién lo hizo? Algún chiflado. ¡Ya está! Acaba de escuchar mi valiosa opinión. ¿Es eso lo que quería?

—Hay algo más. Me han dicho que usted subió las escaleras casi al mismo tiempo que el vicario y el alcalde.

—Así es. Pero no era la primera vez que las subía. Había estado antes en el rellano.

—No lo sabía.

—Sí. Tenía que cubrir la información de la fiesta en el jardín y en la recepción privada. Tenía un fotógrafo conmigo. Bajamos para sacar unas fotos de la llegada del alcalde y de su participación en algunos de los juegos organizados. Después volví a subir, pero no por cuestiones de trabajo, sino para tomarme un par de copas. La bebida no estaba nada mal.

—¿Recuerda quién más estaba en las escaleras cuando subió?

—Vi a Margot Bence, de Londres, con su cámara.

—¿La conoce bien?

—Me cruzo con ella bastante a menudo. Es una chica inteligente que ha tenido éxito con sus fotos. Es la fotógrafa habitual en los grandes acontecimientos sociales: noches de gala, presentaciones... Se ha especializado en fotos desde ángulos curiosos, ¡muy artístico! Estaba en un rincón del descansillo, en una ubicación excelente para encuadrar a todos los que subían y captar los recibimientos en el rellano. Lola Brewster iba justo por delante de mí. Al principio no la reconocí. Ahora lleva el pelo teñido de un color rojo óxido. El último estilo islas Fiyi está de moda. La última vez que la vi llevaba el pelo largo y ondulado de un bonito color cobre. La acompañaba un tipo impresionante. Un norteamericano. No sé quién sería, pero parecía importante.

—¿En algún momento se fijó en miss Gregg mientras subía?

—Claro, por supuesto.

—¿Le pareció inquieta, conmocionada o asustada?

—Resulta extraño que lo comente. Por un instante, creí que estaba a punto de desmayarse.

—Caramba —exclamó Craddock pensativo—. Muchas gracias. ¿Hay algo más que quiera decirme?

McNeil le observó con una expresión de inocencia.

—¿Tiene que haberlo?

—No confío en usted.

—Parecía usted muy seguro de que yo no soy sospechoso. Vaya desilusión. A lo mejor resulta que soy su primer marido. Nadie sabe nada de ese hombre, excepto que era tan insignificante que hasta se han olvidado del nombre.

Dermot sonrió.

—¿Se casaron en el parvulario? No, supongo que todavía llevaba pañales. Debo darme prisa. Tengo que coger el tren.

Había una pila de papeles bien ordenados sobre el escritorio de Craddock en su despacho en New Scotland Yard. Les echó una ojeada sin darles mucha importancia y preguntó por encima del hombro:

—¿Dónde se aloja Lola Brewster?

—En el Savoy, señor. Habitación 1800. Le está esperando.

—¿Y Ardwyck Fenn?

—En el Dorchester, habitación 190.

—Bien.

Cogió los telegramas y los leyó antes de guardárselos en el bolsillo. Una fugaz sonrisa apareció en su rostro cuando leyó el último. «No podrá decir que no sé hacer mi trabajo, abuela», murmuró. Abandonó el despacho y se dirigió al Savoy.

Lola Brewster le dispensó una cordialísima acogida. Con el informe que acababa de leer fresco en la memoria, Craddock la observó atentamente. Conservaba gran parte de su belleza voluptuosa, quizá algo rellenita para el gusto moderno, aunque todavía había muchos que las preferían así. Desde luego, un tipo muy diferente al de Marina Gregg. Acabadas las presentaciones, Lola se echó para atrás el pelo estilo Fiyi e hizo un provocativo mohín con sus labios pintados con una generosa capa de carmín. Los párpados maquillados de un color azul claro contrastaban con los grandes ojos de color castaño.

—¿Viene usted a hacer otro montón de preguntas horribles como aquel inspector pueblerino?

—Confío en que no serán tan horribles, señorita Brewster.

—No me cabe duda de que lo serán, y estoy segura de que todo ese asunto no fue más que una terrible equivocación.

—¿Lo cree de verdad?

—Sí. Es una tontería de principio a fin. ¿Cree sinceramente que alguien intentó envenenar a Marina? ¿Quién demonios querría envenenar a Marina? Es un encanto. Todo el mundo la adora.

—¿Incluida usted?

—Siempre he querido muchísimo a Marina.

—Venga, señorita Brewster, ¿no tuvieron un problemilla hace cosa de unos once o doce años?

—Ah, aquello. —Lola lo descartó con un ademán—. Yo estaba muy nerviosa y desesperada, y Rob y yo no hacíamos más que pelearnos todo el día. No se puede decir que nos comportáramos como personas normales. Marina se enamoró locamente y él se dejó conquistar, pobrecillo.

—¿Le afectó mucho?

—Yo diría que sí, inspector. Desde luego, ahora comprendo que fue una de las mejores cosas que me han pasado en la vida. Estaba preocupadísima por los niños. Deshacer el hogar. Creo que ya me había dado cuenta de que Rob y yo éramos incompatibles. Supongo que estará enterado de que me casé con Eddie Groves en cuanto nos concedieron el divorcio, ¿no? La verdad es que llevaba años enamorada de Eddie, pero, por supuesto, no quería deshacer mi matrimonio por el bien de los niños. Es muy importante que los niños tengan un hogar.

—Sin embargo, dicen que estaba usted fuera de sí.

—La gente siempre dice cosas —manifestó Lola vagamente.

—Usted dijo muchas cosas, señorita Brewster. Llegó a decir que dispararía a Marina Gregg. Eso es lo que tengo entendido.

—Ya le he dicho que una dice cosas. Se espera que las digas. Claro que yo nunca dispararía contra nadie.

—¿A pesar de que disparó a Eddie Groves al cabo de unos años?

—Ah, aquello fue porque tuvimos una discusión. Perdí la cabeza.

—Sé de muy buena tinta, señorita Brewster, que usted dijo, y éstas son las palabras textuales, o al menos eso me han dicho —Craddock leyó el texto anotado en una página de su libreta—: «Que esa zorra no se crea que se saldrá con la suya. Si no la mato ahora será en algún otro momento. Me da lo mismo lo que tenga que esperar, aunque sean años, pero al final me las pagará».

—Estoy segura de que nunca dije nada parecido. —Lola se río.

—Estoy seguro, señorita Brewster, de que lo dijo.

—La gente exagera muchísimo. —Una sonrisa encantadora iluminó el rostro de Lola—. La furia sólo es una cosa momentánea —murmuró en un tono confidencial—. Una dice barbaridades cuando está furiosa con alguien. Pero no creerá que he esperado catorce años para venir a Inglaterra, buscar a Marina y echarle un veneno mortal en el cóctel a los tres minutos de volver a verla.

Dermot Craddock no lo creía. Le parecía fantástico.

—Sólo le señalo, señorita Brewster, que se formularon amenazas en el pasado y que Marina Gregg se mostró muy sorprendida y asustada al ver a una persona que subía las escaleras. Sería natural pensar que esa persona fuera usted.

—¡Pero si mi querida Marina estaba encantada de verme! Me dio un beso y comentó lo maravilloso que era volver a vernos. De veras, inspector, creo que se está comportando como un botarate, un auténtico botarate.

—¿Lo que quiere decir es que forman una gran familia feliz?

—Eso está mucho más cerca de la verdad que todas esas cosas que ha estado pensando.

—¿No tiene ninguna idea que pueda ayudarnos? ¿Ninguna idea de quién puede querer matarla?

—Le digo que a nadie se le ocurriría matar a Marina. De todos modos, es una mujer muy ridícula. Siempre parece que se está muriendo y nunca sabe lo que quiere. Primero esto, después lo otro y lo de más allá, y cuando lo tiene, entonces está insatisfecha. No me explico cómo la gente le puede tener tanto cariño. Jason siempre ha estado loco por ella, y hay que ver lo que tiene que aguantar el pobre. Pero así son las cosas. Todo el mundo se desvive por Marina, hacen lo imposible, y ella lo único que hace es sonreír con aire desmayado y darles las gracias. Aparentemente les hace sentir que ha valido la pena tomarse tantas molestias. No sé cómo lo hace. Será mejor que se olvide de una vez para siempre de que alguien desea matarla.

—Qué más quisiera —respondió Dermot—. Lamentablemente, no puedo olvidarlo porque ocurrió de verdad

—¿Qué quiere decir con eso de que ocurrió de verdad? No me diga que han matado a Marina.

—No, pero lo intentaron.

—¡No me lo creo! Creo que el criminal quería matar a la otra mujer desde el principio, a la que mataron. Quizá tenía dinero y alguien quería heredarlo.

—No tenía dinero, señorita Brewster.

—Entonces habrá algún otro motivo. En cualquier caso, yo en su lugar no me preocuparía por Marina. ¡Ella siempre está bien!

—¿De veras? No me ha parecido una mujer feliz.

—Ah, eso sólo es porque de todo hace una tragedia: amores desgraciados, no poder tener hijos...

—Adoptó a algunos niños, ¿no es así? —preguntó Dermot, recordando con toda claridad la urgencia en el tono de Miss Marple.

—Creo que sí. Tampoco fue un éxito en ello que digamos. Hace esas cosas llevada por algún impulso y después lo lamenta.

—¿Qué pasó con los niños adoptados?

—No tengo ni idea. Sencillamente se desvanecieron al cabo de un tiempo. Supongo que se cansó de ellos como de todo lo demás.

—Comprendo —aceptó el policía.

La próxima parada fue en el Dorchester, habitación 190.

—Usted dirá, inspector... —Ardwyck Fenn miró la tarjeta.

—Craddock.

—¿Qué puedo hacer por usted?

—Desearía formularle algunas preguntas, si no tiene inconveniente.

—En absoluto. ¿Es por ese asunto de Much Benham, no? ¿Cómo era el nombre de aquel lugar? ¿St. Mary Mead?

—Sí, eso es. Gossington Hall.

—No entiendo por qué Jason Rudd compró un lugar así. Hay muchas y muy buenas casas georgianas en Inglaterra, e incluso estilo Reina Ana. Pero Gossington Hall es una mansión típicamente victoriana. Me pregunto cuál puede ser su atractivo.

—Tienen su atractivo para algunas personas. Representa la estabilidad victoriana.

—¿Estabilidad? Bueno, quizá tenga usted razón, Marina siempre ha deseado estabilidad. Es algo que nunca ha tenido, pobre chica, así que supongo que es un antiguo deseo. Quizá ese lugar la satisfaga durante algún tiempo.

—¿La conoce usted bien, señor Fenn?

El hombre se encogió de hombros.

—¿Bien? No sé qué responderle. La conozco desde hace muchos años y nos hemos ido tratando.

Craddock le observó. Un hombre fuerte, con una mirada astuta detrás de los gruesos cristales de las gafas, mandíbula y mentón poderosos.

—Por lo que he deducido de las noticias publicadas, la tal no sé cuántos fue envenenada por error. La dosis mortal era para Marina. ¿Es eso correcto?

—Sí, efectivamente. El veneno estaba en el cóctel de Marina Gregg. Mistress Badcock derramó el suyo y Marina le dio su copa.

—Eso parece muy concluyente. Sin embargo, no se me ocurre quién querría envenenar a Marina, teniendo en cuenta que Lynette Brown no estaba presente.

—¿Lynette Brown? —repitió Craddock extrañado.

Fenn sonrió al ver la expresión del policía.

—Si Marina rompe este contrato, si abandona la película, Lynette será su sustituta, y eso es algo que significaría mucho para su carrera. En cualquier caso, dudo mucho que enviara a un emisario con el veneno. Es una idea demasiado melodramática.

—Suena un tanto rebuscada —opinó Dermot con un tono seco.

—Ah, se sorprendería usted de las cosas que pueden llegar a hacer las mujeres cuando son ambiciosas. Claro que quizá la muerte no era el objetivo. Tal vez sólo pretendían darle un susto. Lo suficiente para incapacitarla, nada más.

Craddock meneó la cabeza.

—No era una dosis mínima.

—La gente comete errores con las dosis, algunos muy grandes.

—¿Es ésa su teoría?

—No, no lo es. Sólo era una sugerencia. No tengo ninguna teoría. No soy más que un inocente espectador.

—¿Marina Gregg se sorprendió al verle aparecer?

—Sí, fue una sorpresa total. —Se rio de buena gana—. No podía creer lo que sucedía ante ella cuando me vio subir las escaleras. Debo decir que me dio una calurosa bienvenida.

—¿Hacía mucho que no se veían?

—Unos cuatro o cinco años.

—Creo que algunos años atrás usted y ella fueron amigos muy íntimos, ¿me equivoco?

—¿Insinúa usted algo en particular con ese comentario, inspector Craddock?

Hubo un cambio muy leve en la voz, algo que no había estado antes. Un toque de dureza, de amenaza. Dermot comprendió en el acto que su interlocutor podía ser un oponente despiadado.

—Sería prudente por su parte que precisara exactamente lo que ha querido decir.

—Estoy preparado para hacerlo, señor Fenn. Debo investigar las relaciones anteriores entre todos los que estuvieron aquel día y Marina Gregg. Al parecer, era del dominio público que hubo un tiempo en el que estuvo usted locamente enamorado de Marina Gregg.

Fenn se encogió de hombros.

—Todos tenemos arrebatos de esa clase, inspector. Afortunadamente, se superan.

—Se dice que ella le dio alas, que después lo plantó. Y que usted se mostró muy resentido.

—Se dice..., se dice... Supongo que lo habrá leído en *Confidential*.

—Me lo han dicho varias personas bien informadas y sensatas.

Ardwyck Fenn echó hacia atrás la cabeza y los músculos se marcaron en su cuello de toro.

—Sí, hubo un tiempo en que me sentí muy atraído por ella —admitió—. Era una mujer muy hermosa y sigue siéndolo. Decir que alguna vez la amenacé es ir un poco lejos. Nunca me han gustado las malas pasadas, y la mayoría de las personas que lo intentaron se han arrepentido. Pero ése es un principio que se aplica exclusivamente a mi actividad empresarial.

—Se comenta que usted utilizó sus influencias para que la sacaran de la película que estaba rodando.

Esta vez el interlocutor de Dermot hizo un gesto como si le quitara importancia al comentario.

—No era la adecuada para el papel. Había un conflicto entre ella y el director. Yo había invertido dinero en la producción y no quería ver en peligro mi inversión. Se trató, pura y exclusivamente, de una cuestión comercial.

—¿Quizá Marina Gregg no lo entendió así?

—Claro que no lo entendió. A su juicio, una decisión de ese tipo era una cuestión personal.

—Tengo entendido que llegó a comentarles a algunos amigos que le tenía miedo.

—¿Eso dijo? Una actitud muy infantil.

—¿Cree que no había ninguna razón para que le tuviera miedo?

—Por supuesto que no. Cualquier resentimiento personal que hubiese podido tener no tardó en quedar olvidado. Siempre he actuado, en lo que respecta a las mujeres, con la idea de que hay mucho más donde elegir.

—Un principio muy satisfactorio, señor Fenn.

—Sí, creo que lo es.

—¿Tiene usted un conocimiento profundo del mundo cinematográfico?

—Tengo intereses financieros en la industria del cine.

—¿O sea que lo conoce a fondo?

—Quizá.

—Usted es un hombre cuyas opiniones vale la pena escuchar. ¿Puede sugerirme el nombre de alguna persona que pudiera albergar un rencor tan profundo contra Marina Gregg como para llegar a atentar contra su vida?

—Por lo menos habrá una docena. Me refiero a que lo intentarían si no tuvieran que hacerlo personalmente. Si sólo se tratara de apretar un botón, creo que habría muchos dedos voluntarios.

—Usted estaba allí aquel día. La vio y habló con ella. ¿Cree que entre las personas que la rodeaban en aquel corto espacio de tiempo, desde el momento en que usted llegó hasta el fallecimiento de Heather Badcock, puede sugerir, y digo sólo sugerir, una que pudiera querer envenenarla?

—No me gustaría tener que decirlo.

—¿Eso significa que tiene usted alguna idea?

—Sólo significa que no tengo nada más que decir sobre el tema, inspector Craddock.

Capítulo 15

Dermot Craddock leyó el último nombre y la dirección que tenía apuntados en la libreta. Había hecho llamar varias veces al número de teléfono anotado sin conseguir respuesta. Lo volvió a intentar sin éxito. Se encogió de hombros, resignado, y decidió presentarse en el lugar.

El estudio de Margot Bence estaba en una callejuela sin salida que comenzaba en Tottenham Court Road. Aparte de la placa con el nombre de la joven, no había ninguna otra indicación ni cartel que anunciara su actividad. Craddock subió la empinada y angosta escalera hasta el primer piso. Aquí sí había un cartel que anunciaba: «MARGOT BENCE. FOTÓGRAFA. ENTRE SIN LLAMAR».

Craddock entró. Había una pequeña sala de espera, pero estaba vacía. Vaciló un momento y, después, carraspeó muy fuerte de una manera teatral. A la vista de que nadie le hacía caso, llamó:

—¿Hay alguien?

Oyó pasos de chancletas detrás de la cortina de terciopelo y, al cabo de un segundo, un joven de rostro sonrosado y el pelo hasta los hombros asomó la cabeza.

—Lo siento mucho, querido. No le oía. Se me acaba de ocurrir una idea absolutamente magnífica y la estaba probando.

Apartó la cortina y Craddock le siguió a otra habitación

mucho más grande. Allí estaba el estudio. Había cámaras, focos, arcos voltaicos, cortinajes y pantallas móviles.

—Todo es un gran desorden —manifestó el joven, que era casi tan larguirucho como Hailey Preston—, pero creo que resulta muy difícil trabajar si no estás en medio del caos. ¿Puedo preguntarle el motivo de su visita?

—Quiero ver a miss Margot Bence.

—Ah, Margot. Vaya, qué lástima. Si hubiese llegado media hora antes, la habría encontrado aquí. Se ha marchado para hacer las fotos de unos modelos para *Fashion Dream*. Tendría que haber llamado y pedir una cita. Estos días Margot está ocupadísima.

—He llamado varias veces. Nadie atendió el teléfono.

—Claro que no. Lo descolgamos. Ahora lo recuerdo. Nos molestaba. —Se alisó las solapas de la chaqueta color lila—. ¿Qué puedo hacer por usted? ¿Quiere una cita? Yo me encargo de la agenda. ¿Necesita una sesión fotográfica? ¿Privada o comercial?

—No es ninguna de las dos cosas —respondió Craddock dándole una de sus tarjetas.

—¡Ay, qué fabulosamente emocionante! ¡Investigación criminal! Creo que he visto fotos suyas. ¿Es usted uno de los Cuatro Grandes, los Cinco Grandes...? ¿O ya son los Seis Grandes? Hay tantos criminales que tienen que aumentar el número, ¿no le parece? Ay, querido, ¿le parezco irrespetuoso? Me temo que sí. No pretendía ser irrespetuoso en absoluto. ¿Para qué necesita a Margot? Espero que no sea para arrestarla, ¿verdad?

—Sólo deseo hacerle un par de preguntas.

—No hace fotografías indecentes ni nada parecido —explicó el joven con un tono de ansiedad—. Espero que nadie le haya ido a ver con esas historias porque no es verdad. Margot es una artista. Hace muchos trabajos de estudio, pero yo diría que sus fotos son terriblemente puras, casi mojigatas.

170

—Mi único interés es hablar con miss Bence. Hace poco fue testigo de un crimen ocurrido en un lugar cerca de Much Benham, en el pueblo de St. Mary Mead.

—¡Ah, sí, desde luego! Estoy enterado. Margot me lo contó absolutamente todo cuando regresó. Cicuta en los cócteles, ¿no? Algo así. ¡Sonaba tan horrible! Claro que estaba todo mezclado con las ambulancias de St. John y eso cambia algo las cosas, ¿Usted no interrogó ya a Margot o fue algún otro?

—Siempre surgen nuevas preguntas a medida que avanzan las investigaciones.

—¿Quiere decir a medida que se revelan nuevos detalles? Sí, lo entiendo. El asesinato se revela. Sí, como una fotografía, ¿no?

—Se parece mucho a una fotografía. Es una buena comparación.

—Es muy amable por su parte decirlo. En cuanto a Margot, ¿quiere hablar con ella ahora mismo?

—Si puede usted ayudarme, sí.

—Bueno, en este momento —dijo el joven consultando su reloj— está delante de la casa de Keats, en Hampstead Heath. Tengo el coche en la calle. ¿Quiere que le lleve?

—Sería muy amable por su parte, señor...

—Jethroe. Johnny Jethroe.

—¿Por qué la casa de Keats? —preguntó Dermot mientras bajaban las escaleras.

—Verá, no hacemos más fotos de las modelos en el estudio. Queremos que se vean naturales, azotadas por el viento y, si es posible, contra algún fondo que resalte el contraste. Un vestido de noche contra los muros de la prisión de Wandsworth o alguna cosa frívola delante de la casa de un poeta.

Míster Jethroe condujo el coche velozmente, aunque con enorme pericia, por Tottenham Court Road, atravesó Camden Town y entró en la zona de Hampstead Heath. En la acera delante de la casa de Keats se representaba una curiosa escena.

Una joven delgada vestida de diáfano organdí se sujetaba el enorme sombrero negro que llevaba encasquetado en la cabeza. Detrás de ella, otra joven, arrodillada en la acera, le cogía la falda y la tiraba hacia atrás para que se le pegara a las piernas. Una muchacha de voz ronca y con una cámara en la mano dirigía las operaciones.

—Por todos los santos, Jane, baja el trasero. Sobresale por detrás de tu rodilla derecha. Aplástalo. Eso es. No, más a la izquierda. Eso es. Ahora te tapa el seto. Muy bien. Aguanta. Haremos una más. Esta vez sujeta el sombrero por detrás con las dos manos. Levanta la cabeza. Bien, ahora gírate, Elsie. Agáchate. Más. ¡Agáchate! Tienes que coger la pitillera. Eso es. ¡Divino! Ahora muévete hacia la izquierda. La misma pose, sólo que vuelve un poco más la cabeza por encima el hombro. Así.

—No entiendo por qué tienes que sacarme fotos del trasero —protestó Elsie un tanto huraña.

—Tienes un trasero precioso, cariño. Es sensacional. Y cuando giras la cabeza, la barbilla se te levanta como la luna sobre la montaña. Creo que hemos terminado.

—Eh, hola, Margot —dijo míster Jethroe.

La joven volvió la cabeza.

—Ah, eres tú. ¿Qué haces aquí?

—Traigo conmigo a alguien que quiere verte. El inspector jefe Craddock, de la División de Investigación Criminal.

La mirada de la muchacha se volvió inmediatamente hacia el policía. A él le pareció ver una expresión alerta y desconfiada en el rostro de la joven, pero, como bien sabía, no era nada extraordinario. Se trataba de una reacción bastante común ante la presencia de la policía. Margot era una muchacha flacucha con una silueta atractiva. El pelo negro y lacio enmarcaba el rostro cetrino. Daba la impresión de sucia, pero Dermot comprendió que era una persona con mucho carácter.

—¿Hay algo que pueda hacer por usted, inspector Craddock? —preguntó Margot enarcando las cejas, muy depiladas.

—¿Cómo está usted, señorita Bence? Quería saber si tendría la amabilidad de responder a algunas preguntas sobre aquel desgraciado asunto de Gossington Hall, cerca de Much Benham. Si no recuerdo mal, usted estuvo allí por motivos profesionales.

—Desde luego, lo recuerdo muy bien. —Volvió a mirarlo con una expresión de intriga—. No lo vi allí. Sin duda tuvo que tratarse de otra persona. El inspector, el inspector...

—¿El inspector Cornish?

—Eso es.

—A nosotros nos llamaron más tarde.

—¿Usted pertenece a Scotland Yard?

—Sí.

—O sea que le han robado el asunto a la policía local.

—Bueno, no es cuestión de robarle nada a nadie. Es competencia de los jefes de policía de los condados decidir si quieren conservar el caso o si consideran necesaria nuestra intervención.

—¿De qué depende la decisión?

—Muy a menudo depende de si el caso es algo estrictamente local o si tiene ramificaciones más amplias; en ocasiones, incluso internacionales.

—En este caso decidió, por lo que se ve, que era internacional.

—Creo que *transatlántico* sería la palabra más acertada.

—Eso es lo que han estado insinuando en los periódicos, ¿no es así? La idea general es que el asesino, quien quiera que sea, iba a por Marina Gregg y que se cargó por error a una pobre vecina que no tenía nada que ver con la historia. ¿Es verdad o sólo es una parte de la campaña de publicidad de la película?

—Mucho me temo que no hay ninguna duda al respecto, señorita Bence.

—¿Qué quiere preguntarme? ¿Tengo que ir a Scotland Yard?

Craddock meneó la cabeza.

—No, a menos que usted lo desee. No tengo ningún inconveniente en hablar con usted en su estudio.

—De acuerdo, vamos para allá. Tengo el coche en la esquina.

La muchacha se alejó con paso rápido y Dermot la siguió.

—Adiós, querida —gritó Jethroe—. No voy a entrometerme. Estoy seguro de que tú y el inspector hablaréis de grandes secretos. —Se reunió con las dos modelos y comenzaron a hablar animadamente.

Margot subió al coche y abrió la puerta del pasajero. Dermot se sentó a su lado. La joven no dijo ni una palabra hasta que llegaron a Tottenham Court Road. Entró en el callejón y siguió hasta el final, donde había una entrada.

—Aquí tengo el aparcamiento. En realidad es un guardamuebles, pero me alquilan una plaza. Aparcar el coche es un auténtico problema en Londres, como usted sabrá muy bien, aunque supongo que no es algo de su competencia.

—No, no es uno de mis problemas.

—Creo que ocuparse de crímenes es mucho más entretenido.

Entraron en el estudio. Margot le señaló una silla, le ofreció un cigarrillo y se sentó en un puf. Después lo contempló con expresión sombría.

—Dispare, forastero.

—Usted estuvo tomando fotos de la recepción cuando se produjo el asesinato.

—Así es.

—¿La contrataron para hacer el trabajo?

—Sí. Querían a alguien que sacara unas fotos especiales. Tengo muchos encargos de ese tipo. Algunas veces trabajo para los estudios cinematográficos, pero en esta ocasión sólo debía sacar fotos de la fiesta y, después, de los invitados en el momento de saludar a Marina Gregg y Jason Rudd. Las autoridades locales y algunos famosos. Ese tipo de cosas.

—Sí, es lo que me han dicho. Usted instaló una cámara en el descansillo de las escaleras.

—Durante un rato. Tenía un ángulo muy bueno desde esa posición. Podía sacar a las personas que subían y después fotografiarlas cuando Marina Gregg les daba la mano. La posición me permitía sacar las fotos desde diversos ángulos sin tener que desplazar demasiado la cámara.

—Ya sé que respondió a las preguntas referentes a si había visto algo inusual o cualquier cosa que pudiera ayudar. Fueron preguntas de tipo general.

—¿Tiene usted algunas más específicas?

—Creo que sólo unas pocas más. ¿Veía bien a Marina Gregg desde su posición?

—Tenía una visión excelente.

—¿También a Jason Rudd?

—En algunos momentos, porque se movía bastante. Ofrecía las copas, presentaba a la gente... Lo habitual en las recepciones. No vi a la tal señora Baddeley.

—Badcock.

—Perdón, Badcock. No la vi beber el cóctel mortal, ni nada parecido. De hecho, creo que ni siquiera sé quién era.

—¿Recuerda la llegada del alcalde?

—Sí, la recuerdo perfectamente. El hombre apareció vestido con todos los atributos del cargo. Le hice un primer plano cuando subía las escaleras. Un perfil bastante cruel y, después, lo saqué mientras estrechaba la mano de Marina.

—Veo que ya tiene ubicado el momento. Mistress Badcock y su marido subieron las escaleras precisamente delante del alcalde.

La joven movió la cabeza.

—Lo siento. No la recuerdo.

—No se preocupe demasiado, no tiene mucha importancia. Supongo que estaba concentrada en Marina Gregg y que la mayor parte del tiempo la tenía en el objetivo de la cámara.

—Así es, casi todo el tiempo.

—¿Conoce de vista a un hombre llamado Ardwyck Fenn?

—Sí, lo conozco bastante bien. Trabaja en la tele y en el cine.

—¿Le sacó una foto?

—Sí. Lo tengo cuando subía con Lola Brewster.

—Eso sería inmediatamente después del alcalde.

—Sí, más o menos —asintió después de pensarlo un segundo.

—¿Se fijó usted en si en aquellos instantes miss Gregg pareció sufrir una súbita indisposición? ¿Notó alguna expresión extraña?

Margot Bence se inclinó hacia delante para abrir la caja de cigarrillos. Sacó uno y lo encendió. Dermot esperó la respuesta, preguntándose a qué le estaría dando vueltas en su cabeza.

—¿Por qué me lo pregunta? —replicó la joven con brusquedad.

—Porque es una pregunta cuya respuesta me interesa mucho. Busco una respuesta fiable.

—¿Cree que mi respuesta será fiable?

—Creo que sí. Usted está acostumbrada a observar muy atentamente los rostros de las personas para captar unas expresiones determinadas en el momento propicio.

La joven asintió en silencio.

—¿Vio algo así?

—Alguien más lo vio, ¿no es cierto?

—Sí. En realidad fueron varias personas, pero la describieron de diferentes maneras.

Margot meneó la cabeza lentamente.

—Uno dijo que le pareció sorprendida y otro la describió como «congelada».

—Congelada —repitió la joven, pensativa.

—¿Está usted de acuerdo con esta última afirmación?

—No lo sé. Quizá.

—También me la han descrito de una forma mucho más literaria. Con las palabras de Tennyson: «El espejo se rajó de lado a lado; "la maldición ha caído sobre mí", gritó la dama de Shalott».

—No había ningún espejo —dijo Margot—, pero si hubiese habido alguno, probablemente se habría rajado. —Se levantó con un movimiento brusco—. Haré algo mejor que describírselo. Se lo mostraré.

Apartó la cortina que había al fondo de la habitación y desapareció durante unos instantes. Craddock la oyó maldecir en voz baja.

—No hay nada peor que no encontrar algo cuando lo buscas —explicó la joven al volver—. Sin embargo, aquí está.

Le entregó a Craddock una foto. Él la miró. Se trataba de una magnífica foto de Marina Gregg. Estrechaba la mano de una mujer que estaba de cara a ella y, por lo tanto, de espaldas a la cámara. Pero la actriz no miraba a la mujer. Tampoco miraba directamente a la cámara, sino a un punto situado ligeramente a la izquierda. Lo más interesante para Craddock era que el rostro no expresaba absolutamente nada. No había miedo ni dolor. La mujer retratada miraba algo, veía algo, y la emoción que provocaba en ella era tan intensa que le era físicamente imposible mostrarla en una expresión facial. Dermot Craddock había visto una vez la cara de un hombre totalmente demudada, el rostro de un hombre a quien un segundo después habían matado de un disparo.

—¿Satisfecho?

—Sí, muchas gracias. —El inspector exhaló un sonoro suspiro—. Es difícil decidir si los testigos exageran, si se han imaginado las cosas que dicen. Pero en este caso no ha sido así. Había algo que ver y ella lo vio. ¿Puedo quedarme con la foto?

—Puede quedarse esa copia. Tengo el negativo.

—No la envió a los periódicos.

Margot Bence meneó la cabeza.

—Me gustaría saber por qué no. Después de todo, es una foto que impacta. Cualquier periódico le hubiera pagado un buen precio.

—No me interesaba. Cuando, por accidente, ves el alma de una persona, te da vergüenza ganar dinero a su costa.

—¿Conocía usted a Marina Gregg?

—No.

—¿Usted es de Estados Unidos, no?

—Nací en Inglaterra. Me crie y eduqué en Estados Unidos. Vine aquí hará unos tres años.

El policía asintió. Conocía las respuestas. Figuraban en los informes que estaban sobre el escritorio de su despacho. La muchacha parecía no tener nada que ocultar.

—¿Dónde estudió fotografía?

—En los Estudios Reingarden. Trabajé con Andrew Quilp durante una temporada. Me enseñó casi todo el oficio.

Los Estudios Reingarden y Andrew Quilp. Craddock se puso alerta. Los nombres le habían hecho recordar más cosas.

—Usted vivió en Seven Springs, ¿no es así?

La joven lo miró con expresión divertida.

—Parece saber muchos detalles sobre mí. ¿Me ha estado investigando, inspector?

—Usted es una fotógrafa de renombre, señorita Bence.

Se han publicado artículos sobre su trabajo y su carrera. ¿Por qué regresó a Inglaterra?

Margot se encogió de hombros.

—Me apetecía un cambio. Además, como le he dicho, nací en este país, aunque me marché a Estados Unidos siendo una niña.

—Creo que una niña muy pequeña.

—Tenía cinco años, si quiere saber la edad exacta.

—Me interesa. Creo, señorita Bence, que podría usted contarme mucho más de lo que me ha dicho.

La expresión de la joven se endureció. Lo miró alerta.

—¿Qué ha querido decir con eso?

Craddock la miró unos segundos y decidió arriesgarse. No tenía gran cosa. Los Estudios Reingarden, Andrew Quilp y el nombre de una ciudad. Pero tenía la sensación de que Miss Marple le estaba susurrando al oído que debía jugar su baza.

—Creo que conoce a Marina Gregg mucho mejor de lo que dice.

—Demuéstrelo. —Margot soltó una carcajada—. Ahora es usted quien se imagina cosas que no existen.

—¿Cree que son imaginaciones mías? Se equivoca, y podré demostrarlo con algo de tiempo. Venga, señorita Bence, ¿por qué no admite la verdad? Admita que Marina Gregg la adoptó cuando era usted una niña y que vivió con ella durante cinco años.

Se oyó un silbido cuando Margot inspiró profundamente.

—¡Maldito cabrón! —gritó.

Craddock se sorprendió, ante el tremendo contraste con el anterior comportamiento de la joven. Ella se levantó, sacudiendo la cabeza en un gesto de furia.

—¡Está bien, de acuerdo, es verdad! Sí, Marina Gregg me llevó con ella a Estados Unidos. Mi madre tenía ocho hijos. Vivía en alguna chabola de por ahí. No era más que una entre centenares de personas que escriben a cualquier estrella de cine que han visto en una película para contarles sus desgracias y suplicarles que adopten a sus hijos, a los que no pueden ni alimentar. Es una historia realmente repugnante.

—Eran tres —señaló Craddock—. Tres niños adoptados en años y lugares diferentes.

—Efectivamente. Éramos Rod, Angus y yo. Angus era el mayor y Rod, casi un bebé. Tuvimos una vida maravillosa, sí, señor, una vida de fábula. ¡Todas las ventajas! —La mofa sonó claramente en la voz de la joven—. Ropa, coches, una preciosa casa donde vivir, personas que nos cuidaban, buenas escuelas y comidas deliciosas. ¡Era una Navidad permanente! Y ella era nuestra «mamá», una mamá entre comillas, que interpretaba su papel, se fotografiaba con nosotros y se le caía la baba. ¡Unas fotos tan conmovedoras!

—Pero ella quería de verdad tener niños. Era un hecho real, ¿no es cierto? No era un vulgar truco publicitario.

—Quizá. Sí, creo que era verdad. Quería niños, pero no nos quería a nosotros, eso se lo aseguro. No era más que una magnífica representación. «Mi familia.» «Es tan hermoso tener una familia propia.» Izzy la dejaba hacer. Tendría que haber sido más listo.

—¿Izzy era Isidore Wright?

—Sí, su tercer marido, o el cuarto, lo he olvidado. Era un hombre maravilloso. Creo que la comprendía y, algunas veces, hasta se preocupaba por nosotros. Era bondadoso, pero no pretendía ser nuestro padre. No se veía haciendo de padre. Lo único que le interesaba eran sus obras. He leído algunas. Son sórdidas y un tanto crueles, aunque tienen fuerza. Creo que algún día la gente lo considerará un gran escritor.

—¿Hasta cuándo duró todo aquello?

La sonrisa de Margot desapareció bruscamente.

—Hasta que se hartó de hacer el papel de madraza. No, eso no es del todo cierto. Fue cuando supo que tendría un hijo propio. —La joven rio con amargura—. Entonces se acabó. Ya no nos necesitaba. Habíamos cumplido perfectamente con nuestra parte como consoladores, pero no le importábamos lo más mínimo. Desde luego, nos solucionó la vida. A todos nos buscó un hogar, nuevos padres, dinero para nuestra educación y un buen capital para ayudarnos en nuestros comienzos. Nadie podrá decir nunca que no se comportó correcta y generosamente. Pero nunca nos quiso; lo único que quería era tener un hijo propio.

—No la puede culpar por eso —señaló Dermot con suavidad.

—¡No la culpo por querer un hijo propio, no! Pero ¿qué me dice de nosotros? Nos separó de nuestros padres, del lugar al que pertenecíamos. Mi madre me vendió por un plato de lentejas, si usted quiere, pero no me vendió para beneficiarse. Me vendió porque era una mujer estúpida e ignorante que deseaba lo mejor para mí, que tuviera «ventajas», «educación» y una «vida maravillosa». Creyó que me hacía un bien. ¿Un bien? Si la pobre supiera.

—Veo que sigue usted muy amargada.

—No, ya no estoy amargada. Lo he superado. Estoy amargada ahora porque, al recordarlo, he vuelto a sentir lo que sentía entonces. Todos estábamos muy amargados.

—¿Todos?

—Bueno, Rod no. A Rod nunca le importaba nada. Además era muy pequeño. Pero Angus sentía lo mismo que yo, aunque creo que era más rencoroso. Dijo que cuando fuera mayor mataría al bebé.

—¿Sabían ustedes lo del bebé?

—Claro que lo sabíamos. También supimos lo que pasó. Ella estaba que no cabía en sí de gozo y, cuando lo tuvo, resultó ser disminuido mental. Se lo tuvo merecido. Pero la cuestión es que, merecido o no, ya no nos quiso a su lado.

—Usted la odió mucho.

—¿Por qué no iba a odiarla? Hizo conmigo lo peor que se le puede hacer a una persona. Dejar que crea que es deseada y querida, y después demostrarle que todo era una farsa.

—¿Qué fue de sus dos hermanos, si me permite llamarlos así?

—Más tarde acabamos por separarnos. Rod tiene una granja por el Medio Oeste. Es un buen chico y es feliz. ¿Angus? No lo sé. Le perdí de vista.

—¿Continuó con los mismos ánimos de venganza?

—No lo creo. No puedes vivir alimentando un rencor eternamente. La última vez que lo vi, me comentó que pensaba iniciar una carrera teatral. No sé si lo hizo.

—Usted no lo ha olvidado.

—No, no lo he olvidado.

—¿Marina Gregg se sorprendió al verla allí aquel día, o fue ella la que pidió que la contrataran como fotógrafa como una atención?

—¿Ella? —La muchacha sonrió despreciativamente—. Ella no sabía absolutamente nada sobre el asunto. Quería volver a verla, así que moví unos cuantos hilos para conseguir el trabajo. Como le dije, tengo cierta influencia entre la gente de los estudios. Deseaba ver qué aspecto tenía ahora. —Margot pasó la mano suavemente por la superficie de la mesa—. Ni siquiera me reconoció. ¿Qué le parece? Estuve con ella durante cuatro años. Desde los cinco hasta los nueve, y ella no me reconoció.

—Los niños cambian hasta tal punto que apenas si los reconoces. El otro día estuve con una sobrina a la que no habría reconocido si llego a encontrármela por la calle.

—¿Lo dice para que me sienta mejor? La verdad es que no me importa. No, qué demonios, digamos la verdad, sí que me importa. ¡Marina tiene magia! Una magia maravillosa que te domina. Puedes odiar a una persona sin que por eso deje de importarte.

—¿No le dijo quién era?

—No, no se lo dije. —La joven meneó la cabeza—. No se lo hubiera dicho por nada del mundo.

—¿Intentó envenenarla, señorita Bence?

La joven cambió de humor. Se puso de pie y soltó una carcajada.

—¡Hace usted unas preguntas a cuál más ridícula! Supongo que es su obligación, parte de su trabajo. No, le aseguro que yo no la maté.

—No es eso lo que le he preguntado, señorita Bence.

Margot frunció el entrecejo y lo miró intrigada.

—Marina Gregg —añadió Craddock— está viva.

—¿Por cuánto tiempo más?

—¿Qué quiere decir con eso?

—¿No le parece, inspector, que lo más probable es que alguien vuelva a intentarlo, y esta vez quizá lo consiga?

—Se tomarán precauciones.

—De eso no me cabe ninguna duda. El marido enamorado se ocupará de vigilarla y moverá cielo y tierra para evitarle cualquier mal.

Craddock prestó mucha atención al tono de burla.

—¿Qué me ha querido decir con eso de que no me lo había preguntado? —le espetó Margot.

—Le he preguntado si usted intentó matarla. Me ha replicado que no la mató. Eso es muy cierto, pero alguien murió, alguien fue asesinado.

—¿Pretende decir que intenté matar a Marina y que en cambio maté a mistress no sé cuántos? Si quiere que se lo diga con todas las letras, yo no intenté matar a Marina y no envenené a mistress Badcock.

—Pero ¿quizá sabe quién lo hizo?

—No sé nada de nada, inspector, se lo aseguro.

—¿No tiene alguna idea?

—Una siempre tiene ideas. —La muchacha le sonrió con una expresión burlona—. Entre tantas personas como había allí, bien pudo ser esa autómata de pelo negro que hace de secretaria, el elegante Hailey Preston, los criados, las doncellas, el masajista, el peluquero, alguien de los estudios... Son muchas personas, y quizá una de ellas no sea lo que parece.

El inspector, en un acto inconsciente, avanzó un paso hacia ella, y Margot se apresuró a añadir:

—Tranquilo, inspector. Sólo era una broma. Alguien parece muy decidido a cargarse a Marina, pero no tengo ni idea de quién puede, ser. Se lo juro, no tengo ni la más remota idea.

Capítulo 16

La joven señora Baker hablaba con su marido, Jim, un gigante rubio y muy apuesto que estaba montando la maqueta de un avión en la mesa de la cocina de su casa, en el número 16 de Aubrey Close.

—¡Vecinos! —exclamó Cherry. Sacudió violentamente la larga melena negra—. ¡Vecinos! —repitió con inquina.

Retiró con cuidado la sartén que estaba en uno de los fuegos de la cocina, repartió su contenido en dos platos, uno más lleno que el otro, y sirvió el más lleno a su marido.

—Parrillada mixta —anunció.

Jim levantó la cabeza y olió el exquisito aroma de la carne.

—¡Vaya plato! ¿Qué celebramos hoy? ¿Mi cumpleaños?

—Tienes que estar bien alimentado.

Cherry estaba muy bonita con su delantal a rayas rojas y blancas y volantes. Jim apartó las piezas de la maqueta del avión para hacer sitio a su comida.

—¿Quién lo dice? —preguntó con una sonrisa.

—¡Lo dice Miss Marple! —respondió mientras se sentaba—. Y ya puestos, te diré que a ella tampoco le vendría nada mal alimentarse mejor. Esa vieja que tiene en la casa no le da otra cosa que hidratos de carbono. ¡Es lo único que sabe preparar! Macarrones gratinados, pasteles de esto y lo otro. Además, no calla ni un momento. No para de darle a la lengua.

—Supongo que es la dieta adecuada para una inválida —señaló su marido sin mucha convicción.

—¡Inválida! ¡Y un cuerno! —Cherry soltó un bufido—. Miss Marple no es una inválida, sólo es vieja. Además es una entrometida.

—¿Quién?, ¿Miss Marple?

—No. Esa miss Knight. ¡No deja de decirme cosas! ¡Incluso ha tenido la cara de pretender enseñarme a cocinar! Sé cocinar mucho mejor que ella.

—Tú eres una excelente cocinera —afirmó Jim, complacido.

—Hay que tener mano para la cocina. Tienes que cocinar cosas a las que les puedas hincar el diente.

—Esta parrillada reclama que le hinquen el diente ahora mismo. ¿Se puede saber por qué Miss Marple cree que necesito alimentarme mejor? ¿Acaso el otro día cuando fui a su casa para arreglarle el estante del baño me vio con pinta de desnutrido?

Cherry soltó una sonora carcajada.

—Te diré lo que me dijo: «Tiene un marido muy guapo, querida, muy guapo. Pero asegúrese de alimentarlo como es debido. Los hombres necesitan comer bien y en abundancia. Platos bien cocinados».

—Confío en que estuvieras de acuerdo —dijo Jim sonriendo.

—Le dije que no estabas mal del todo.

—¡Vaya! Ésa no es una opinión muy halagadora.

—Entonces añadió que debía hacerte pescado, y nada de comprar comidas preparadas de esas que se calientan en el horno. No es algo que haga con frecuencia —añadió Cherry, virtuosa.

—Ya puedes dejar de comprarlas. No tienen el mismo gusto.

—No las compraré cuando te des cuenta de lo que comes y no estés como siempre ocupado con las maquetas. Y no me vengas ahora con que compraste este modelo como regalo de Navidad para tu sobrino Michael. Lo compraste para poder jugar tú mismo.

—Michael todavía no tiene edad para jugar con estas maquetas —se disculpó Jim.

—Estoy segura de que te quedarás montándola hasta la hora de irse a dormir. ¿Por qué no escuchamos un poco de música? ¿Has comprado el nuevo disco?

—Sí, la *Obertura 1812* de Chaikovski.

—Es esa tan ruidosa de los cañonazos, ¿no? —Cherry hizo una mueca—. ¡Cómo se pondrá mistress Hartwell! ¡Vecinos! Estoy hasta las narices de los vecinos. No hacen más que chismorrear y quejarse. No sé quiénes son peores. Si los Hartwell o los Barnaby. Los Hartwell comienzan a golpear la pared en cuanto pasan de las diez y media. ¡Eso es pasarse un poco! Después de todo, incluso la tele y la BBC transmiten hasta más tarde. ¿Por qué no podemos escuchar música si nos apetece? Además, siempre están pidiendo que bajemos el volumen.

—No se puede bajar el volumen —señaló Jim con la autoridad de un experto—. No consigues el tono si no tienes volumen. Todo el mundo lo sabe, es algo aceptado en los círculos musicales. En cambio, nosotros nunca nos quejamos de su gato, que no deja de meterse en nuestro jardín y escarba las plantas cuando más bonitas están.

—Te diré una cosa, Jim: estoy harta de este lugar.

—Sin embargo, en Huddersfield no te molestaban los vecinos —le recordó su marido.

—Allí no era lo mismo. Quiero decir que éramos independientes. Si tenías un problema, alguien te echaba una mano y tú hacías otro tanto. Pero no interferías en la vida ajena. Hay algo en una urbanización nueva como ésta que hace que la gente mire de reojo a los vecinos. Supongo que será porque todos somos nuevos. ¡Lo que me tiene harta son los cotilleos, las rencillas, las quejas al ayuntamiento y todo lo demás! La gente en las ciudades no tiene tiempo para esas tonterías.

—En eso sí que te doy toda la razón, chica.

—¿A ti te gusta estar aquí, Jim?

—El trabajo no está nada mal. Por otro lado, la casa es nueva. Me gustaría disponer de algo más de espacio y no sentirme tan apretado. Sería magnífico tener espacio para un taller.

—Al principio me parecía encantador —señaló Cherry—, pero ya no estoy tan segura. La casa no está mal, me gusta la pintura azul y el cuarto de baño es bonito, pero no me gustan las personas ni el ambiente que hay por aquí. ¿Te he contado que Lily Price y su novio, el tal Harry, han roto? Al parecer, fue por aquello que pasó en la casa que fueron a ver. Ya sabes que ella estuvo a punto de caerse por la ventana. Lily me dijo que Harry se quedó tan tranquilo y no movió ni un dedo para ayudarla.

—Me alegro de que Lily haya roto. Es un mal bicho.

—No sirve de nada casarse con un tipo sólo porque tengas un hijo que está en camino —opinó Cherry—. Además, él tampoco quería casarse. No es un sujeto muy agradable. Miss Marple ya me lo dijo —añadió pensativa—. Se lo comentó a Lily, y Lily pensó que era una vieja chalada.

—¿Miss Marple? No sabía que la conociera.

—Sí, paseaba por aquí el día que se cayó. Mistress Badcock la ayudó a levantarse y la llevó a su casa. ¿Crees que Arthur y mistress Bain acabarán casándose?

Jim frunció el entrecejo mientras cogía una de las piezas y consultaba el plano de montaje.

—Me gustaría que me escucharas cuando te hablo.

—¿Qué decías?

—Arthur Badcock y Mary Bain.

—¡Por todos los santos, Cherry, su esposa acaba de morir! ¡Cómo sois las mujeres! Me han dicho que el pobre está hecho un manojo de nervios. Salta en cuanto le dices una palabra.

—Me pregunto por qué. Nunca hubiese dicho que se lo tomaría tan a la tremenda.

—¿Podrías despejar esta parte de la mesa? —dijo Jim, despreocupándose totalmente de los problemas de sus vecinos—. Así podré ordenar mejor las piezas.

Cherry suspiró irritada.

—Para conseguir que en esta casa te presten atención tienes que ser un superavión de combate o el último modelo de turbohélice —comentó con amargura—. ¡Tú y tus maquetas!

Cargó los platos, las copas y los cubiertos en una bandeja y los llevó al fregadero. Decidió no lavarlos, era un trabajo que retrasaba todo lo posible. Así que los metió en el fregadero, cogió la chaqueta de pana y salió de la casa.

—Salgo un segundo para ir a ver a Gladys Dixon —gritó por encima del hombro—. Quiero pedirle prestado un patrón de *Vogue*.

—De acuerdo —respondió Jim, ocupado con la maqueta.

Cherry lanzó una mirada venenosa al pasar por delante de la casa de su vecina y dobló la esquina de Blenheim Close. Se detuvo en el número 16. La puerta estaba abierta. Llamó y después entró en el vestíbulo.

—¿Está Gladys?

—¿Eres tú, Cherry? —Mistress Dixon asomó la cabeza por la puerta de la cocina—. Está arriba, cosiendo en su habitación.

—Muy bien. Subiré.

Cherry subió las escaleras y entró en un pequeño dormitorio donde Gladys, una muchacha regordeta y poco agraciada, estaba de rodillas en el suelo, con el rostro arrebolado y unos cuantos alfileres en la boca, enganchando las piezas del patrón de un vestido sobre un corte de tela.

—Hola, Cherry. Mira qué corte de tela más bonito conseguí en las rebajas de Harper's en Much Benham. Voy a usar el mismo patrón que utilicé para hacerme aquel vestido con volantes.

—Quedará muy bonito.

Gladys se levantó. Le costaba respirar.

—Ahora tengo indigestión.

—No tendrías que ponerte a trabajar inmediatamente después de cenar —opinó Cherry—. Tienes que agacharte demasiado.

—Quizá tendría que adelgazar un poco. —Gladys se sentó en el borde de la cama.

—¿Alguna noticia nueva de los estudios? —preguntó Cherry, siempre ávida de noticias del cine.

—Nada importante. Todavía siguen hablando de aquello. Marina Gregg se presentó ayer en el rodaje, y menudo escándalo montó.

—¿Por qué?

—No le gustó el sabor del café. Ya sabes que a media mañana toman café. Probó un sorbo y dijo que estaba malo. Una soberbia tontería, por supuesto. Es imposible que estuviera malo. Lo traen en una cafetera directamente de la cantina. Yo siempre se lo sirvo en su taza de porcelana, que es distinta a todas las demás, pero es el mismo café para todos. Así que no podía estar malo, ¿no?

—Supongo que serán los nervios. ¿Qué pasó?

—Nada. Míster Rudd se encargó de tranquilizar a todo el mundo. Lo sabe hacer muy bien. Cogió la taza de café de su mujer y la vació en el fregadero.

—Eso me parece algo un tanto estúpido —comentó Cherry en un tono pensativo.

—¿Por qué? ¿Qué quieres decir?

—Si había algo malo en el café, ahora nadie podrá saber si era verdad o no.

—¿Crees que alguien le había echado algo? —Gladys parecía asustada.

—No sé. —Cherry se encogió de hombros—. Pero si había algo malo en su cóctel el día de la fiesta, ¿por qué no también en el café? Si a la primera no consigues salirte con la tuya, lo vuelves a intentar una y otra vez.

Gladys se estremeció.

—No me gusta nada, Cherry. Está visto que alguien se la tiene jurada. Recibió más cartas, ¿sabes?, cartas amenazadoras, y después todo aquello del busto el otro día.

—¿Qué asunto del busto?

—Un busto de mármol. En el plató. En una esquina de la sala de un palacio austríaco o algo así, con un nombre de lo más ridículo. Lleno de cuadros, porcelanas y bustos de mármol. Éste estaba en una peana; supongo que no lo habían puesto bastante atrás. La cuestión es que pasó un camión enorme por la carretera y las vibraciones lo sacudieron tanto que cayó directamente sobre la silla donde Marina se sienta para la gran escena con el conde no sé cuántos. ¡La hizo astillas! Suerte que no estaban rodando. Míster Rudd nos ordenó que no dijéramos ni una palabra y mandó poner otra silla. Ayer, en cuanto entró en el plató, ella preguntó por qué le habían cambiado la silla, y míster Rudd le respondió que la otra silla no era de la época correcta y que además la nueva daba mejor ángulo para la cámara. Pero te juro que a él no le gustó nada.

Las dos jóvenes intercambiaron una mirada.

—Hasta cierto punto es emocionante —dijo Cherry con voz pausada—, pero al mismo tiempo no lo es.

—Creo que dejaré el trabajo en la cantina de los estudios.

—¿Por qué? No creo que nadie quiera envenenarte o hacer que te aplaste un busto de mármol.

—Ya lo sé. Pero no siempre es la víctima elegida la que acaba muerta. Puede ser algún otro. Mira lo que le pasó a Heather Badcock el otro día.

—Eso es muy cierto.

—¿Sabes qué? He estado pensando. Yo estaba aquel día en la casa, ayudando. Me encontraba muy cerca de ellos en aquel momento.

—¿Cuando murió Heather?

—No, cuando ella derramó el cóctel. Encima del vestido. Por cierto que era un vestido precioso de tafetán azul. Se lo había hecho para la fiesta. Fue curioso.

—¿Qué fue curioso?

—No se me ocurrió en aquel instante. Pero sí que me pareció curioso cuando me puse a pensarlo.

Cherry la miró expectante. Aceptaba el adjetivo *curioso* en el sentido que ella le daba. Tenía un significado de «anormal».

—Por amor de Dios, ¿qué fue curioso?

—Estoy casi segura de que ella lo hizo con toda intención.

—¿Derramó el cóctel intencionadamente?

—Sí, y creo que eso fue lo curioso, ¿no crees?

—¿En un vestido nuevo? No creo que sea normal.

—Ahora que hablamos de vestido, ¿qué crees que hará Arthur con la ropa de Heather? Aquel vestido se puede limpiar perfectamente bien. También le podría cortar el busto y hacerme una falda entera preciosa. ¿Crees que Arthur se lo tomaría muy a mal si le digo que me lo venda? Apenas si tendría que hacerle algún arreglo y es una tela buenísima.

—¿A ti no te daría reparo? —preguntó Cherry.

—¿Reparo por qué?

—Por llevar el vestido que usaba al morir, quiero decir, cuando murió de esa manera.

Gladys la miró perpleja.

—No se me había ocurrido. —Lo pensó durante un momento. Luego recuperó la alegría—. No creo que eso tenga mucha importancia. Después de todo, cada vez que compras alguna prenda usada suele ser ropa de alguien fallecido.

—Sí, pero no es lo mismo.

—Creo que imaginas demasiadas cosas. Es un tono de azul precioso, y la tela es muy cara. En cuanto al otro asunto —añadió con expresión pensativa—, creo que mañana me acercaré a la mansión de camino al trabajo y lo discutiré con el señor Giuseppe.

—¿El mayordomo italiano?

—Sí. Es muy guapo. Unos ojos divinos. Tiene un temperamento terrible. Cuando fuimos a ayudar en la fiesta, nos tenía a todas corriendo de aquí para allá. —Soltó una risita—. Pero a ninguna de nosotras nos importó. A veces es encantador. En cualquier caso, creo que se lo contaré a él y le preguntaré qué debo hacer.

—No veo por qué tienes que contarle nada.

—Es que fue curioso —insistió Gladys, dispuesta a no abandonar su adjetivo favorito.

—A mí me parece que lo que quieres es una excusa para ir a ver al señor Giuseppe, y más te vale ir con cuidado, muchacha. ¡Ya sabes cómo las gastan los italianos! Son tipos de sangre caliente y muy apasionados.

Gladys suspiró, extasiada ante la perspectiva.

Cherry miró el rostro regordete y poco agraciado de su amiga, y decidió que sus advertencias eran innecesarias. El señor Giuseppe, se dijo, tendría mejores aguas en las que pescar.

—¡Ajá! —exclamó el doctor Haydock—. Veo que está destejiendo.

Miró a Miss Marple y luego el montón de lana blanca desovillada que había sobre una silla.

—Usted me recomendó destejer ya que no podía hacer otra cosa.

—Por lo que puedo ver, ha seguido el consejo al pie de la letra.

—Cometí un error en el dibujo apenas empezar. Eso hizo que todo quedara desproporcionado, así que tuve que destejerlo. Es un dibujo muy complicado.

—¿Qué son los dibujos complicados para usted? Una minucia.

—Creo que lo mejor será, dada la pérdida de vista, atenerme a cosas lisas, sin complicaciones.

—Le resultará muy aburrido. Bien, me halaga que haya decidido seguir mi consejo.

—¿No lo hago siempre, doctor Haydock?

—Lo hace cuando le conviene.

—Dígame una cosa, doctor: ¿pensaba de verdad en mis labores cuando me dio aquel consejo?

Haydock vio la expresión de picardía en la mirada de la anciana y se la correspondió.

—¿Cómo lleva eso de destejer un asesinato?

—Mucho me temo que mis facultades ya no son las de antes —contestó Miss Marple, meneando la cabeza en un gesto compungido.

—Tonterías. No me diga usted que no ha llegado a alguna conclusión sobre el asunto.

—Claro que he sacado mis conclusiones. Algunas muy claras.

—¿Cuáles? —preguntó Haydock, interesado.

—Si aquel día manipularon la copa con el cóctel, no acabo de ver cómo se pudo hacer...

—Quizá tenían preparado el veneno en un cuentagotas —le interrumpió Haydock.

—Usted es tan profesional —afirmó Miss Marple con admiración—. Pero incluso en ese caso, me parece muy peculiar que nadie lo viera.

—El asesinato no sólo tiene que cometerse, sino que también hay que verlo cometer. ¿Es eso?

—Usted sabe perfectamente bien lo que quiero decir.

—Era un riesgo que el asesino debía correr.

—Desde luego. Eso no lo he puesto en duda en ningún momento. Pero, por lo que he podido averiguar y después de unas cuantas sumas, calculo que allí había entre dieciocho y veinte personas. A mí me parece que, entre veinte personas, al menos tendría que haber una que viera cuándo se cometía la acción.

El doctor Haydock asintió, conforme con el razonamiento.

—Eso es lo que cualquiera creería. Pero, por lo que sabemos, es evidente que no es éste el caso.

—No sé qué decirle —señaló Miss Marple pensativa.

—¿Qué es lo que le baila por la cabeza?

—Verá, hay tres posibilidades. Doy por hecho que al menos una persona vio algo. Una entre veinte. Considero que es una probabilidad razonable.

—Me parece que está esperando que le haga una pregunta, y ya me veo venir uno de esos horrorosos ejercicios de probabilidades en los que hay seis hombres con sombreros blancos y otros seis con sombreros negros, y tienes que resolver matemáticamente las combinaciones que se pueden hacer y las proporciones. Si comienza a pensar en cosas por el estilo, le aseguro que acabará mochales.

¡En ningún instante se me ha ocurrido pensar nada semejante! —protestó la anciana—. Sólo me preguntaba si no sería probable que...

—Sí —replicó el médico—, usted es muy buena en esos juegos. Siempre lo ha sido.

—Es muy probable —insistió la anciana— que, entre veinte personas, haya una que sea observadora.

—Me rindo. Explíqueme de una vez las tres posibilidades.

—Me temo que la explicación será algo esquemática. No las he analizado a fondo. El inspector Craddock, y probablemente Frank Cornish antes que él, interrogaron a todos los presentes, así que lo natural sería que, si alguien vio algo, se lo dijera de inmediato.

—¿Ésa es una de las posibilidades?

—No, claro que no, porque no ha ocurrido. Lo que nos interesa, si una persona vio algo, es averiguar por qué no lo dijo.

—La escucho.

—Posibilidad número uno —dijo Miss Marple con las mejillas rosadas por el entusiasmo—. La persona que vio la acción no se dio cuenta de lo que veía. Eso significaría, por supuesto, que tendría que ser una persona bastante estúpida. Alguien, digamos, capaz de utilizar los ojos, pero no el cerebro. La clase de persona que, si se le pregunta «¿Vio a alguien echar algo en la copa de Marina Gregg?», responderá «Oh, no» pero, si se le pregunta «¿Vio a alguien poner la mano sobre la copa de Marina Gregg?», dirá «Sí, desde luego».

El doctor Haydock celebró la explicación con una carcajada.

—Reconozco que nunca pensamos en los idiotas que nos rodean. De acuerdo, le admito la posibilidad número uno. El idiota lo vio, el idiota no captó el significado de la acción. ¿Cuál es la segunda posibilidad?

—Ésta es algo más rebuscada, pero creo que podría ser válida. Puede haber sido una persona cuya acción de echar algo en una copa resultara natural.

—Un momento, no corra tanto. Explíquemelo un poco más claro.

—A mí me parece que, en la actualidad, las personas siempre están añadiendo cosas a lo que comen y beben. En mi juventud, se consideraba de muy mala educación tomar medicamentos durante las comidas. Era equiparable a sonarse la nariz en la mesa. Sencillamente no se hacía. Si tenías que tomar una píldora, una cápsula o una cucharadita de algo, salías del comedor para hacerlo. Ahora ya no es así. Recuerdo que, durante mi estancia en la casa de mi sobrino Raymond, me fijé en que varios de sus invitados venían provistos de todo un botiquín. Tomaban píldoras y pastillas con la comida, antes de las comidas o después de las comidas. Llevaban aspirinas y otros medicamentos en los bolsos y en los bolsillos, y los tomaban continuamente, con el té o con el café después de cenar. ¿Entiende lo que quiero decir?

—Sí, lo entiendo perfectamente y me parece interesante. Quiere decir que alguien... —Se interrumpió—. Será mejor que me lo diga usted con sus propias palabras.

—Quiero decir que sería posible, arriesgado pero posible, que alguien cogiera una copa, que en su mano todo el mundo daría por hecho que era la suya, y añadiera lo que quisiera sin necesidad de ocultarse. En ese caso, la gente no le daría más vueltas.

—Sin embargo, la persona no podría estar segura de que no le hubieran visto —señaló Haydock.

—No, sería un riesgo, aunque bastante calculado —admitió la anciana—. Todavía nos queda la tercera posibilidad.

—Posibilidad número uno: un idiota. Posibilidad número dos: un temerario. ¿Cuál es la número tres?

—Alguien vio lo que pasó y prefirió callárselo.

Haydock frunció el entrecejo.

—¿Por qué motivo? ¿Insinúa un chantaje? En ese caso...

—En ese caso —le interrumpió Miss Marple—, es un juego muy peligroso.

—Sí, desde luego. —Haydock miró fijamente a la plácida anciana con el montón de lana sobre el regazo—. ¿Considera la tercera posibilidad como la más probable?

—No. No llego a tal extremo. Por ahora, no dispongo de elementos suficientes. A menos —añadió lentamente— que asesinen a alguien más.

—¿Cree usted que habrá una segunda víctima?

—Espero que no. Confío y rezo para que no la haya. Pero es algo que ocurre con mucha frecuencia, doctor Haydock. Eso es lo más triste y terrible de todo. Ocurre con mucha frecuencia.

Capítulo 17

Ella colgó el teléfono, sonrió para sus adentros y salió de la cabina. Estaba muy satisfecha consigo misma. «El inspector jefe Dios Todopoderoso Craddock se cree muy listo, pero yo soy el doble de buena», pensó. Variaciones sobre el tema «¡Huid, todo se ha descubierto!».

Se imaginó con indescriptible deleite las reacciones que acababa de sufrir su interlocutor. El susurro cargado de amenaza: «Yo lo vi».

Rio en silencio y las comisuras de sus labios se curvaron hacia arriba en una cruel mueca felina. Cualquier estudiante de Psicología la habría observado con interés. Nunca hasta los últimos días había experimentado esta sensación de poder. Apenas si era consciente del grado en que la había afectado.

Maldita sea esa vieja, pensó Ella al notar la mirada de mistress Bantry, que la seguía mientras se dirigía hacia la casa.

Una frase le pasó por la mente sin ningún motivo especial.

«Tanto va el cántaro a la fuente...»

Tonterías. Nadie sospecharía nunca que ella había pronunciado aquellas palabras amenazadoras.

Soltó un estornudo.

—Condenada alergia —masculló.

Jason Rudd se encontraba junto a la ventana cuando la joven entró en el despacho. Su jefe se volvió en el acto.

—¿Dónde demonios estaba?

—Tuve que ir a hablar con el jardinero. Había unas...
—Se interrumpió al ver la expresión de Rudd. Preguntó alarmada—: ¿Qué ha pasado?

Los ojos del hombre parecían hundidos más que nunca en las órbitas. Se había esfumado toda la alegría del payaso. Era una persona sometida a una tremenda tensión. Ella lo había visto en otras situaciones muy tensas, pero nunca le habían afectado hasta este extremo.

—¿Qué ha pasado? —repitió.

—Éste es el resultado del análisis del café —respondió Rudd entregándole una hoja de papel—. El café que Marina encontró amargo y no quiso beber.

—¿Lo envió a analizar? —La secretaria pareció sorprendida—. Pero si yo misma le vi echarlo en el fregadero.

En el rostro de Rudd apareció una sonrisa.

—Soy bastante hábil con los juegos de manos, Ella. No lo sabía, ¿verdad? Sí, lo volqué casi todo, pero reservé un poco y lo llevé a que lo analizaran.

Miss Zielinsky leyó el informe del laboratorio.

—¿Arsénico? —exclamó con un tono de incredulidad.

—Sí, arsénico.

—¿Así que Marina tenía razón en lo del sabor amargo?

—No, en eso se equivocó. El arsénico es insípido, pero el instinto no le falló.

—Y pensar que nosotros la tachamos de histérica.

—¡Está histérica! ¿Quién no lo estaría? Vio cómo una mujer caía muerta prácticamente a su lado. Recibe anónimos con amenazas, uno detrás de otro. Por cierto, ¿ha llegado hoy alguno?

Ella respondió meneando la cabeza.

—¿Quién traerá las malditas notas? Supongo que será algo bastante sencillo. Cualquiera puede colarse en la casa con tantos ventanales abiertos.

—¿Quiere decir que lo mejor sería cerrar puertas y ventanas? Con este calor sería insoportable. Además, hay un guardia que vigila en el jardín.

—Sí, y tampoco quiero asustarla más de lo que está. Los anónimos me importan un pimiento, pero el arsénico, Ella, el arsénico es otra cosa muy distinta.

—Nadie puede manipular la comida en la casa.

—¿Cree que no, Ella? ¿De veras lo cree?

—No sin ser visto. Nadie no autorizado...

—Hay personas que harían cualquier cosa por dinero —le interrumpió Jason.

—¡No creo que lleguen al asesinato!

—Incluso al asesinato. Claro que cabe la posibilidad de que no se den cuenta. Sería el caso de los sirvientes.

—Los sirvientes son de confianza.

—No lo sé. Yo no confiaría mucho en Giuseppe cuando hay dinero de por medio. Lleva tiempo con nosotros, pero aun así... —No acabó la frase.

—¿Es necesario que se torture de esta forma, Jason?

El hombre se sentó pesadamente en una silla. Se inclinó hacia delante y dejó colgar los brazos entre las piernas.

—¿Qué puedo hacer? —preguntó en voz baja—. Dios mío, ¿qué puedo hacer?

Ella no respondió mientras se sentaba. Contempló a su jefe.

—Marina era feliz aquí —continuó Jason casi para sí mismo, con la mirada fija en la alfombra. Si hubiera levantado la cabeza, quizá le habría sorprendido ver la expresión de su secretaria—. Era feliz aquí —repitió—. Tenía muchísimas esperanzas de ser feliz y lo había conseguido. Ella misma lo dijo el otro día, el día que mistress... ¿Cómo se llama?

—¿Bantry?

—Sí, el día que mistress Bantry vino a tomar el té. Le comentó que era «tan idílico». Dijo que por fin había encontrado el lugar donde aposentarse, ser feliz y sentirse segura. Menuda broma, ¡segura!

—¿Feliz para siempre? —En la voz de Ella apareció un deje de ironía—. Sí, dicho así suena como un cuento de hadas.

—En cualquier caso, ella lo creía.

—Usted no. Nunca pensó que sería verdad.

Jason sonrió ante la observación de la secretaria.

—No, no me tragué la historia, aunque sí creí que durante un tiempo, uno o dos años, podríamos disfrutar de un período de calma y felicidad. Podría haberse convertido en otra mujer. Le hubiera dado confianza en sí misma. Puede ser feliz si se le da la oportunidad. Cuando es feliz, se comporta como una niña, ni más ni menos. Pero ahora ha tenido que ocurrirle esto.

—A todos nos pasan cosas —replicó la joven con brusquedad. Se movió incómoda en la silla—. Así es la vida. Hay que tomar las cosas como vienen. Algunos podemos y otros no. Ella es de las que no pueden.

Soltó un estornudo.

—¿Otro ataque de fiebre del heno?

—Sí. Por cierto, Giuseppe se ha ido a Londres.

Jason pareció un tanto sorprendido por la noticia.

—¿A Londres? ¿Por qué?

—Aparentemente tenía que solucionar algunos problemas familiares. Tiene parientes en el Soho, y uno de ellos está agonizando. Se lo dijo a Marina y ella le respondió que podía marcharse, así que le di el día libre. Estará de regreso esta noche a última hora. No le importa, ¿verdad?

—No, no es ninguna molestia. —Dejó la silla para pasearse por la habitación—. Si pudiera llevármela ahora, de inmediato.

—¿Abandonar la película? Piense en lo que significaría.

—Sólo debo pensar en Marina —replicó Jason elevando

la voz—. ¿No lo comprende? Está en peligro. Es lo único en que pienso.

La joven abrió la boca para contestar, pero calló. Volvió a estornudar. Se levantó.

—Voy a buscar el pulverizador.

Salió del despacho para ir a su dormitorio. Una sola palabra se repetía machaconamente en su cabeza:

Marina... Marina... Marina. Siempre Marina.

Se sintió dominada por la rabia. La controló. Entró en el cuarto de baño y cogió el pulverizador.

Insertó la boquilla en uno de los orificios nasales y apretó.

La alarma llegó una fracción de segundo demasiado tarde. Su cerebro reconoció el poco habitual olor de almendras amargas, pero no fue suficientemente rápido para detener la presión de los dedos.

Capítulo 18

El inspector Frank Cornish colgó el teléfono.

—Miss Brewster ha ido a pasar el día fuera de Londres —anunció.

—¿No ha vuelto? —preguntó Craddock.

—¿Cree usted que...?

—No lo sé. Creo que no, pero no lo sé. ¿Ardwyck Fenn?

—No está. Le dejé un recado para que le llamara. Lo mismo hice con Margot Bence. La fotógrafa tiene un compromiso fuera de la ciudad. Su socio no sabe dónde está, o por lo menos dice no saberlo. El mayordomo está en Londres.

—Me pregunto —manifestó Craddock con un tono pensativo— si el mayordomo no se traerá algo entre manos. Siempre he sospechado de los parientes moribundos. ¿Por qué tenía tantas prisas por ir a Londres precisamente hoy?

—Pudo haber puesto el cianuro en el pulverizador antes de marcharse.

—Cualquiera de los que estaban en la casa pudo hacerlo, o alguien de fuera.

—Creo que él es el más indicado. Me parece poco probable que se trate de algún extraño.

—Se equivoca. Debe tener en cuenta la oportunidad. Pudo dejar el coche en uno de los caminos laterales, esperar a que todos estuvieran en el comedor, colarse por uno de los ventanales y subir las escaleras hasta la habitación. Los arbustos llegan casi hasta la casa.

—Demasiados riesgos.

—A este asesino no le importan los riesgos. Eso es algo que resulta evidente desde el primer momento.

—Teníamos a un hombre vigilando en el jardín.

—Lo sé, pero uno solo no es suficiente. Mientras únicamente se trataba de los anónimos no lo consideré un tema urgente. Marina Gregg está bien protegida. Nunca se me pasó por la cabeza que alguien más pudiera estar en peligro.

Sonó el teléfono. Cornish atendió la llamada.

—Llaman del Dorchester. Míster Ardwyck Fenn al aparato.

Le pasó el teléfono al inspector.

—¿Señor Fenn? Soy Craddock.

—Buenas tarde, inspector. Me han dado su mensaje. He estado fuera de Londres todo el día.

—Lamento tener que informarle, señor Fenn, de que miss Zielinsky ha fallecido esta mañana, envenenada con cianuro.

—Caramba. Vaya sorpresa. ¿Un accidente o no fue casual?

—No fue un accidente. Pusieron cianuro en el pulverizador que utilizaba habitualmente.

—Comprendo. Sí, ya veo. Hubo una breve pausa. ¿Puedo preguntarle por qué me comunica este lamentable suceso?

—¿Conocía usted a miss Zielinsky, señor Fenn?

—Claro que la conocía. Desde hacía unos cuantos años, pero no era una amiga íntima.

—Confiábamos en que usted nos podría ayudar.

—¿En qué sentido?

—Nos preguntábamos si quizá usted podría sugerirnos algún motivo para su muerte. Era forastera en este país. Sabemos muy poco de sus amigos y relaciones, y de su vida en general.

—Yo le sugeriría que Jason Rudd es la persona más indicada para responder a sus preguntas.

—Naturalmente. Ya lo hemos interrogado. Pero cabía la posibilidad de que usted pudiera saber algo que míster Rudd desconozca.

—Me temo que no es así. Prácticamente no sé nada sobre Ella Zielinsky, excepto que era una joven muy bien preparada y una secretaria de primera categoría. Sobre su vida privada no sé nada en absoluto.

—Por lo tanto, ¿no nos puede hacer ninguna sugerencia?

Craddock ya se había preparado para una rotunda negativa, pero, para su gran sorpresa, ésta no llegó. En cambio, se produjo una pausa. Oyó la sonora respiración de Fenn al otro lado.

—¿Sigue ahí, inspector?

—Sí, señor Fenn, estoy aquí.

—Acabo de decidir contarle algo que quizá pueda servirle de alguna ayuda. Cuando lo sepa, comprenderá que me asisten todos los motivos para mantenerme callado. Sin embargo, considero que a la larga resultaría poco prudente. Los hechos son éstos: hace un par de días recibí una llamada. Una voz me habló en susurros. Dijo, y se lo repito textualmente: «Lo vi, lo vi a usted echar las pastillas en la copa. No se imaginaba que había un testigo, ¿verdad? Esto es todo por ahora. Muy pronto le diré lo que debe hacer».

Craddock soltó una exclamación de asombro.

—Sorprendente, ¿verdad, señor Craddock? Le aseguro categóricamente que la acusación carece de todo fundamento. Yo no eché pastillas en la copa de nadie. Desafío a quien sea a que lo demuestre. Es una sugerencia totalmente absurda. Pero es evidente que Ella estaba dispuesta a hacerme víctima de un chantaje.

—¿Reconoció la voz?

—No se puede reconocer un murmullo. Sin embargo, no tengo ninguna duda de que era Ella Zielinsky.

—¿Cómo lo sabe?

—La persona estornudó muy fuerte antes de colgar. Sé que Ella sufría ataques de fiebre del heno.

—¿Usted qué cree?

—Creo que miss Zielinsky se equivocó de persona en el primer intento. Me parece muy probable que diera en el clavo cuando lo intentó de nuevo. El chantaje es un juego muy peligroso.

Craddock se recuperó de la sorpresa.

—Le agradezco su declaración, señor Fenn. Sólo por una cuestión de rutina tendré que verificar sus movimientos del día.

—Por supuesto. Mi chófer le suministrará toda la información que necesite.

El inspector colgó el auricular y le repitió a Cornish la insólita declaración de Fenn. Cornish silbó admirado.

—Eso lo descarta por completo, a menos que...

—... a menos que se esté echando un farol. Podría ser. Es un hombre con el temple para hacerlo. Si existe la más mínima posibilidad de que Ella Zielinsky haya dejado una constancia de sus sospechas, esto de coger al toro por los cuernos es la mejor salida.

—¿Qué me dice de la coartada?

—Nos hemos cruzado más de una vez con algunas coartadas demasiado perfectas. Tiene dinero y bien puede haber comprado una.

Era pasada la medianoche cuando Giuseppe regresaba a Gossington Hall. Había cogido un taxi desde Much Benham porque ya había salido el último tren a St. Mary Mead.

Estaba de muy buen humor. Le pagó al taxista en la entrada de la mansión y cruzó el jardín por un atajo. Abrió la puerta trasera. En la casa, a oscuras, reinaba un silencio absoluto. Giuseppe cerró la puerta con los cerrojos. Al volverse hacia las escaleras que conducían a su cómoda habitación, notó una corriente de aire. Alguien se había dejado una ventana abierta. Decidió no molestarse en ir a cerrarla. Subió las escaleras sonriendo y metió la llave en la cerradura de la puerta de su dormitorio. Siempre cerraba con llave. En el momento de abrir, sintió la presión de un objeto duro y redondo contra su espalda.

—Levante las manos y no grite —le ordenó una voz.

Giuseppe levantó las manos de inmediato. No quería correr ningún riesgo. Tampoco le dieron la oportunidad.

Apretaron el gatillo, una, dos veces.

Giuseppe cayó de bruces.

Bianca levantó la cabeza de la almohada.

¿Eso había sido un disparo? Estaba casi segura de que la había despertado un disparo. Esperó un par de minutos. Luego decidió que lo había soñado y volvió a dormirse.

Capítulo 19

—Es demasiado espantoso —exclamó miss Knight. Dejó los paquetes y esperó a que se normalizara su respiración.

—¿Ha ocurrido algo? —le preguntó Miss Marple.

Prefiero no decírselo, querida. La verdad es que no. Podría ser una conmoción muy fuerte.

—Si no me lo dice usted, algún otro me lo dirá.

—Sí, en eso tiene toda la razón. Una verdad como una catedral. A todo el mundo le gusta hablar demasiado, y creo que en eso hay mucho de cierto. A mí nunca me gusta repetir lo que me cuentan. Siempre soy muy prudente.

—¿Decía usted que ha pasado algo terrible?

—La verdad es que me he quedado de piedra. ¿Está segura de que no le molesta la corriente que entra por aquella ventana, querida?

—Me gusta el aire fresco.

— Ah, pero no queremos resfriarnos, ¿no es así? —dijo miss Knight con picardía—. Le diré lo que voy a hacer. Iré a la cocina y le prepararé un batido de huevo. Nos gustará mucho.

—No sé si a usted le gustará. Me encantará que se lo tome si le apetece.

—Venga, venga —replicó la mujer, levantando un dedo—, siempre disfrutando con nuestras bromas, ¿no?

—Iba usted a decirme algo.

—No debe usted preocuparse ni ponerse nerviosa en absoluto, porque estoy segura de que no tiene nada que ver con nosotras. Pero con todos esos pistoleros norteamericanos y todo lo demás, supongo que ya no queda nada de qué sorprenderse.

—Han matado a otra persona, ¿es así, verdad?

—Ah, qué inteligente es usted, querida. No me explico cómo se le ha ocurrido.

—Si quiere saber la verdad —señaló Miss Marple, pensativa—, es algo que ya me esperaba.

—¡Qué cosas dice!

—Siempre hay alguien que ve algo, sólo que algunas veces les cuesta tiempo comprender lo que han visto. ¿A quién han matado?

—Al mayordomo italiano. Lo mataron anoche de un disparo.

—Vaya —dijo Miss Marple pensativamente—. Sí, es lógico, desde luego, pero hubiese jurado que él se habría dado cuenta antes de la importancia de lo que vio.

—¡Caramba! Habla usted como si estuviese enterada de todo. ¿Por qué tenían que matarlo?

—Supongo que fue porque intentó chantajear a alguien.

—Dicen que ayer fue a Londres.

—¿Eso hizo? Es muy interesante y también muy sugestivo.

Miss Knight se marchó a la cocina dispuesta a preparar un buen reconstituyente. Miss Marple permaneció sentada, sumida en sus pensamientos, hasta que la distrajo el poderoso rugido de la aspiradora, con la colaboración de Cherry, que cantaba la canción de moda: *Te lo digo a ti y tú me lo dices a mí.*

Miss Knight asomó la cabeza por la puerta de la cocina.

—Por favor, Cherry, no haga tanto ruido. No querrá molestar a Miss Marple, ¿verdad? No debe ser tan desaprensiva.

Volvió a cerrar la puerta de la cocina mientras Cherry comentaba, quizá para sí misma o para el mundo en general:

—¿A ti quién te ha dicho que puedes llamarme Cherry, saco de sebo?

La aspiradora continuó rugiendo y la joven reanudó su canto, pero con un tono más comedido.

—Cherry, venga aquí, por favor —llamó Miss Marple.

La asistenta apagó la aspiradora y abrió la puerta de la sala.

—No quería molestarla con mi canción, señorita Marple.

—Su canción es mucho más agradable que el horrible sonido de la aspiradora, pero sé que debemos acomodarnos a los tiempos modernos. No serviría de nada pedir a las jóvenes que utilizaran el recogedor y el cepillo como se hacía antaño.

—¿Cómo dice? ¿Ponerme de rodillas con un recogedor y un cepillo? —La voz de Cherry evidenció su sorpresa y su alarma.

—Algo inaudito, lo sé. Entre y cierre la puerta. La he llamado porque quiero hablar con usted.

Cherry obedeció. Se acercó intrigada a Miss Marple.

—No tenemos mucho tiempo —manifestó la anciana— Esa vieja, quiero decir miss Knight, aparecerá en cualquier momento con un batido de huevo.

—Es muy bueno. Le dará fuerzas —opinó Cherry animándola.

—¿Se ha enterado de que anoche mataron de un disparo al mayordomo de Gossington Hall?

—¿Cómo? ¿Se cargaron al italiano?

—Sí. Creo que se llamaba Giuseppe.

—No, no sabía nada de esa muerte. En cambio, sí que me enteré de que la secretaria de míster Rudd había sufrido un ataque o algo así, y alguien dijo que estaba muerta, pero sospecho que sólo fue un bulo. ¿Quién le ha contado lo del mayordomo?

—Miss Knight me lo ha dicho tras volver de la compra.

—Es que esta mañana no he hablado con nadie antes de venir aquí. Supongo que la noticia ha circulado hace poco. ¿Se lo han cargado?

—Eso es lo que parece, aunque no sé si ha sido o no un error.

—Éste es un sitio estupendo para hablar —opinó la joven—. Me pregunto si Gladys llegó a verle o no —añadió pensativa.

—¿Gladys?

—Es una amiga mía. Vive a la vuelta de mi casa. Trabaja en la cantina de los estudios.

—¿Habló con usted de Giuseppe?

—Verá, había algo que a ella le pareció curioso y pensaba hablar con el italiano para pedirle su opinión. Pero si me lo pregunta, le diré que no era más que una excusa. A ella le gustaba. Era un hombre muy guapo y los italianos tienen un no sé qué. Le advertí que tuviera cuidado. Ya sabe usted cómo son los italianos.

—Ayer fue a Londres y tengo entendido que regresó tarde.

—Me pregunto si Gladys consiguió hablar con él antes de que se marchara.

—¿Por qué quería verle, Cherry?

—Sólo porque había algo que le pareció curioso.

Miss Marple la miró atentamente. Comprendía muy bien el sentido que a la palabra *curioso* daban las muchachas como Gladys.

—Estuvo ayudando en la recepción —explicó Cherry—. El día de la fiesta. Cuando se cargaron a mistress Badcock.

—¿Sí? —Miss Marple parecía más alerta que nunca, como un fox terrier que vigila la salida de un ratón de su madriguera.

—Vio algo que le resultó curioso.

—¿Por qué no fue a contárselo a la policía?

212

—La verdad es que no le pareció que tuviera ninguna importancia. En cualquier caso, consideró prudente preguntárselo primero al señor Giuseppe.

—¿Qué fue lo que vio aquel día?

—¡Francamente, lo que me dijo me pareció una soberana tontería! He llegado a creer que quiso despistarme y que su interés por conversar con el señor Giuseppe era por otra cosa muy distinta.

—¿Qué dijo? —insistió Miss Marple pacientemente.

Cherry frunció el entrecejo mientras hacía memoria.

—Me habló de mistress Badcock y del cóctel, y dijo que ella estaba muy cerca cuando ocurrió. Dijo que lo hizo ella misma.

—¿Qué hizo ella misma?

—Volcarse el cóctel sobre el vestido y estropearlo.

—¿Quiere decir que fue por pura torpeza?

—No, no fue así. Gladys dijo que ella lo hizo adrede, que ella lo hizo con toda intención. Eso para mí no tiene ningún sentido, se mire por donde se mire.

Miss Marple meneó la cabeza con una expresión perpleja.

—No, desde luego que no. Yo tampoco le veo ningún sentido.

—Además, ella llevaba un vestido nuevo. Fue por eso por lo que salió a relucir el tema. Gladys quería comprarlo. Dijo que se podían quitar las manchas fácilmente, pero no quería ir y preguntarle a mister Badcock si estaba dispuesto a vendérselo. Gladys es muy buena modista y dijo que la tela era magnífica, de tafetán azul vivo. Y dijo que incluso si la tela estaba estropeada en la parte de la mancha, podía entrarla fácilmente porque era una falda entera.

Miss Marple consideró el problema técnico y lo descartó.

—Pero ¿usted cree que Gladys se reservaba algo?

—Es que me llamó la atención. Si aquello era lo único

que había visto, a Heather Badcock derramando adrede el cóctel sobre el vestido nuevo, no veo por qué necesitaba preguntarle nada al señor Giuseppe. ¿Usted lo entiende?

—No, no lo entiendo. —Miss Marple exhaló un suspiro—. Pero siempre es interesante cuando uno no entiende algo. Si uno no entiende lo que significa algo, entonces es que lo está mirando al revés, a menos desde luego que no dispongas de toda la información, algo muy probable en este caso. Es una pena que ella no acudiera inmediatamente a la policía.

Se abrió la puerta y entró miss Knight con un vaso alto coronado de una deliciosa espuma amarillenta.

—Aquí tiene, querida, un buen reconstituyente. Nos relameremos de gusto.

Acercó una pequeña mesa auxiliar y la dejó junto al sillón de su patrona. Luego miró a Cherry.

—La aspiradora —afirmó de modo desabrido— está en el vestíbulo en muy mala posición. Casi me la he llevado por delante. Cualquiera podría tener un accidente.

—De acuerdo —respondió Cherry—. Continuaré con la faena.

La bonita joven salió de la habitación.

—¡Hay que ver cómo es mistress Baker! Tengo que estar diciéndole continuamente esto y lo otro. Deja la aspiradora en cualquier parte y después viene aquí a darle charla cuando usted quiere descansar.

—Yo la he llamado. Quería hablar con ella.

—Está bien, pero espero que le haya mencionado cómo se deben hacer las camas. Anoche cuando fui a abrir la suya no me lo podía creer. Tuve que volver a hacerla.

—Fue muy amable por su parte.

—Nunca me duelen prendas por echar una mano. Para eso estoy aquí, ¿no? Para ocuparme de que cierta persona

214

que conocemos se sienta lo más cómoda y feliz que pueda. Ay, querida, continúa destejiendo.

Miss Marple se reclinó en el sillón y cerró los ojos.

—Voy a descansar un rato. Deje el vaso ahí y, por favor, no me llame por lo menos durante tres cuartos de hora.

—Desde luego que no, querida. Le diré a mistress Baker que no haga ruido.

Miss Knight salió de la habitación con aire decidido.

El joven y apuesto norteamericano miró a su alrededor con expresión confusa. Estaba perplejo por la distribución de las calles de la urbanización.

Se dirigió cortésmente a una anciana de pelo blanco y mejillas sonrosadas que era el único ser humano a la vista.

—Perdone, señora, ¿podría usted indicarme cómo llegar a Blenheim Close?

La anciana le observó durante unos segundos. El joven comenzó a pensar si no sería sorda, y se preparaba para repetir la pregunta en voz más alta cuando recibió la respuesta.

Siga recto, después doble a la izquierda, otra vez a la derecha cuando pase la segunda calle, y otra vez. ¿Qué número busca?

—El número 16. —Miró el trozo de papel que llevaba en la mano—. Gladys Dixon.

—Eso es. Pero creo que trabaja en la cantina de los Estudios Hellingforth. La encontrará allí.

—No se ha presentado a trabajar esta mañana —le explicó el joven—. Necesito que venga a Gossington Hall. Hoy andamos algo escasos de personal.

—Desde luego. Anoche mataron al mayordomo, ¿no es así?

El joven se mostró un tanto desconcertado por el comentario.

—Veo que las noticias vuelan por aquí.

—Así es. Me han dicho que también la secretaria de señor Rudd murió de un ataque o algo así. —La anciana movió la cabeza—. Terrible. Algo espantoso. No sé a dónde iremos a parar.

Capítulo 20

Aquel mismo día, pero un poco más tarde, otro visitante se dirigió hacia el 16 de Blenheim Close. Esta vez se trataba del sargento detective William (Tom) Tiddler.

Llamó a la puerta pintada de amarillo con un golpe enérgico y le atendió una chiquilla de unos quince años y pelo rubio muy largo. Vestía unos pantalones negros ajustadísimos y un suéter naranja.

—¿Miss Gladys Dixon vive aquí?

—¿Busca a Gladys? No ha tenido suerte. No está aquí.

—¿Dónde está? ¿Ha salido?

—No. Se ha marchado. De vacaciones.

—¿Dónde ha ido?

—Vaya usted a saber.

Tom Tiddler le dedicó la mejor de sus sonrisas.

—¿Puedo entrar? ¿Está tu madre en casa?

—Mamá está trabajando. No volverá hasta las siete y media. Pero ella le dirá lo mismo que yo. Gladys se ha marchado de vacaciones.

—Comprendo. ¿Cuándo se ha marchado?

—Esta mañana. Ha sido todo muy repentino. Dijo que le había salido la oportunidad de hacer un viaje gratis.

—¿No te importa darme la dirección?

La chica rubia meneó la cabeza.

—No tenemos la dirección. Gladys dijo que nos avisaría en cuanto supiera dónde se alojará. Aunque no creo que lo haga. El verano pasado se fue a Newquay y ni siquiera nos envió una postal. Le cuesta escribir y, además, dice que por qué se preocupan tanto las madres.

—¿Alguien le paga las vacaciones?

—Tienen que pagárselas. Se ha gastado casi todo el dinero. La semana pasada fue a las rebajas.

—¿Tú no tienes idea de quién le ha regalado el viaje o le paga las vacaciones?

La muchacha se enfadó en el acto.

—Oiga, no se haga ninguna idea extraña. Gladys no es de ésas. Ella y su novio pueden irse juntos de vacaciones en agosto, pero eso no tiene nada de malo. Gladys se paga lo suyo. No se imagine cosas, ¿vale?

Tiddler juró humildemente que él nunca pensaría nada raro, pero que le gustaría saber la dirección si Gladys enviaba una postal.

Regresó a la comisaría con los resultados de sus diversas averiguaciones. En los estudios, le habían dicho que Gladys Dixon había llamado a primera hora para avisar de que no iría a trabajar en toda la semana. También se enteró de otras cosas.

—Por lo que se ve —le comentó al inspector Craddock—, no acaban con los follones. Marina Gregg está histérica un día sí y el otro también. Dijo que le habían servido un café envenenado, que tenía sabor amargo. Se puso como una loca. El marido cogió el café, lo tiró al fregadero y le dijo que no armara tanto escándalo.

—¿Sí? —Craddock esperó, seguro de que había algo más.

—Pero por allí corre el rumor de que el señor Rudd no lo tiró todo. Al parecer, reservó una parte, la mandó a analizar y, efectivamente, contenía veneno.

—Eso me parece bastante increíble. Tendré que preguntárselo.

Jason Rudd se mostró muy nervioso e irritable.

—Inspector Craddock, me limité a hacer algo que estaba en todo mi derecho de hacer.

—Si sospechaba que había algo extraño en el café, señor Rudd, habría sido mucho más aconsejable que nos lo hubiera entregado a nosotros para hacer el análisis.

—La verdad es que en ningún momento creí que tuviera nada malo.

—¿A pesar de que su esposa dijo que tenía un sabor raro?

—¡Ah, eso! —En el rostro de Rudd apareció una fugaz sonrisa—. Desde el día de la fiesta, todo lo que mi esposa come o bebe tiene un sabor extraño. Si a eso le suma los anónimos que no dejan de llegar, ya lo tiene.

—¿Han recibido más?

—Dos más. Uno lo dejaron junto a la ventana. El otro lo metieron en el buzón. Aquí los tiene, si le interesa leerlos.

Craddock les echó una ojeada. Los dos estaban escritos con letra de imprenta. El primero decía:

«Ya no falta mucho. Prepárese».

El otro mostraba un dibujo bastante burdo de una calavera y dos tibias cruzadas, y debajo habían escrito:

«Así es como acabará, Marina».

Craddock enarcó las cejas.

—Muy infantil —opinó.

—¿Quiere decir que no los considera peligrosos?

—En absoluto. La mentalidad de los asesinos suele ser infantil. ¿No tiene alguna idea, señor Rudd, de quién puede ser el autor de los anónimos?

—Ninguna. Cada día estoy más convencido de que se trata de una broma macabra más que de una amenaza real. Incluso me parece... —El marido de Marina vaciló.

—Diga, señor Rudd.

—Incluso me parece que es obra de alguien de por aquí, alguien entusiasmado por el envenenamiento de aquella pobre mujer el día de la fiesta. Alguien que quizá sienta algún rencor contra las actrices. Hay zonas rurales en las que la gente considera el teatro y el cine como armas del diablo.

—¿Eso significa que usted no cree que las amenazas a miss Gregg sean reales? ¿Qué me dice de todo ese asunto del café?

—Ni siquiera sé cómo ha llegado usted a enterarse —manifestó Rudd con un cierto enfado.

Craddock meneó la cabeza.

—Todo el mundo habla de lo sucedido. Tarde o temprano acaba por llegar a nuestros oídos. Usted tendría que haber acudido a nosotros. Incluso después de tener los resultados del análisis no nos dijo nada, ¿no es así?

—En efecto, no lo hice. Tenía otras cosas en que pensar. Una, la muerte de la pobre Ella y, ahora, el asesinato de Giuseppe. Inspector Craddock, ¿cuándo podré llevarme a mi esposa de aquí? Está frenética.

—Lo comprendo muy bien. Pero tendrá que asistir a las vistas por las muertes de miss Zielinsky y Giuseppe.

—¿Se da usted cuenta de que su vida continúa en peligro?

—Tomaremos todas las precauciones que sean necesarias.

—¡Todas las precauciones! Eso ya lo he oído antes. Tengo que llevármela de aquí, Craddock, es urgente que lo haga.

Marina estaba tendida en la meridiana de su dormitorio con los ojos cerrados. Tenía el rostro de un color grisáceo por culpa de la tensión y la fatiga.

Su marido la contempló en silencio durante unos segundos. La actriz abrió los ojos.

—¿Era ese hombre el inspector Craddock?

—Sí.

—¿A qué ha venido? ¿Por lo de Ella?

—Ella y Giuseppe.

Marina frunció el entrecejo.

—¿Giuseppe? ¿Han descubierto quién le disparó?

—Todavía no.

—Todo esto es una pesadilla. ¿Te ha dicho cuándo podremos marcharnos?

—Ha dicho que todavía no.

—¿Por qué no? Debemos marcharnos. ¿No le has hecho comprender que no puedo continuar esperando un día tras otro a que me maten? Resulta absurdo.

—Tomarán todo tipo de precauciones.

—También dijeron lo mismo antes. ¿Acaso eso impidió que mataran a Ella? ¿O a Giuseppe? No lo entiendes, acabarán por matarme. Había algo en el café que me sirvieron el otro día en el estudio. Estoy segura de ello. ¡Ojalá no lo hubieras tirado! Si lo hubiésemos guardado, ahora podríamos mandarlo a analizar. Entonces habríamos salido de dudas.

—¿Te sentirías más feliz sabiéndolo a ciencia cierta?

La mujer lo miró fijamente con las pupilas muy dilatadas.

—No entiendo lo que quieres decir. Si ellos supieran a ciencia cierta que alguien intenta envenenarme, tendrían que dejarnos marchar, no podrían impedirnos que nos fuéramos.

—No necesariamente.

—¡Es que no puedo continuar así! No puedo, no puedo. Tienes que ayudarme, Jason. Tienes que hacer algo. Estoy asustada. Tengo mucho miedo. Aquí hay un enemigo, y no sé quién es. Puede ser cualquiera. En los estudios o aquí, en la casa. Es alguien que me odia, pero ¿por qué? ¿Por qué? Alguien desea verme muerta. Pero ¿quién es? ¿Quién es? Pensé, estaba casi segura, que era Ella. Pero ahora que está muerta, no sé.

—¿Pensabas que era Ella? —Jason estaba atónito—. ¿Por qué?

—Porque ella me odiaba. Sí, así es. ¿Por qué será que los hombres nunca se dan cuenta de estas cosas? Estaba locamente enamorada de ti. No me puedo creer que no te dieras cuenta. Sin embargo, no puede ser Ella porque está muerta. Oh, Jinks, Jinks, ayúdame. Sácame de aquí, llévame a algún lugar donde esté segura, a salvo.

Se levantó de un salto y comenzó a pasearse como una fiera enjaulada mientras se retorcía las manos.

El director que había en Jason se sintió lleno de admiración por aquellos movimientos llenos de pasión y sufrimiento. «Tengo que recordarlos», se dijo. ¿Para el personaje de Hedda Gabler, quizá? Entonces, sorprendido, recordó que estaba mirando a su esposa.

—De acuerdo, Marina, está bien. Cuidaré de ti.

—Tenemos que marcharnos inmediatamente de esta casa. La odio, no la soporto más.

—Escucha, no podemos marcharnos inmediatamente.

—¿Por qué no? ¿Por qué?

—Ya sabes, las muertes traen complicaciones y, además, hay otra cosa que debemos tener en cuenta... ¿Servirá de algo escapar?

—Claro que sí. Escaparemos de la persona que me odia.

—Si hay alguien que te odia hasta ese extremo, te podría seguir sin mayores dificultades.

—¿Quieres decir que nunca podré escapar? ¿Que nunca más volveré a estar segura?

—Cariño, no te pasará nada. Cuidaré de ti. Estarás a salvo.

Marina abrazó a su marido.

—¿Lo harás, Jinks? ¿Tú te encargarás de protegerme?

La mujer aflojó el cuerpo y Jason la ayudó a tenderse otra vez.

—Soy una cobarde —murmuró Marina—, una auténtica cobarde. Si sólo supiera quién es y por qué... Tráeme mis pastillas, las amarillas, no las marrones. Necesito algo que me calme.

—Por favor, Marina, no tomes demasiadas.

—Está bien, de acuerdo. Algunas veces ya no me hacen ningún efecto. —Miró a su marido y le sonrió dulcemente—. ¿Cuidarás de mí, Jinks? Prométeme que cuidarás de mí.

—Siempre, hasta las últimas consecuencias.

Marina lo miró con los ojos muy abiertos.

—Has puesto una expresión muy extraña.

—¿Sí? ¿Qué expresión he puesto?

—No sé cómo explicarlo. Es como la expresión de un payaso que se ríe de algo muy triste que nadie más ha visto.

Capítulo 21

El inspector Craddock se presentó en casa de Miss Marple al día siguiente. Su aspecto reflejaba claramente su cansancio y su desánimo.

—Siéntese y póngase cómodo —dijo Miss Marple—. Veo que está pasando por momentos difíciles.

—No me gusta que me apaleen —replicó Craddock—. Dos asesinatos en un plazo de veinticuatro horas. Está visto que no soy tan bueno en mi trabajo como creía. Sírvame una taza de té, abuela, y un par de tostadas con mantequilla, y consuéleme con sus recuerdos del viejo St. Mary Mead.

Miss Marple chasqueó la lengua, emitiendo un sonido similar a un cloqueo comprensivo.

—Mi querido muchacho, ésa no es forma de hablar, y no creo que un par de tostadas con mantequilla sean lo que usted necesita. Los caballeros, cuando sufren una desilusión, necesitan algo más fuerte que una vulgar taza de té.

Como siempre, Miss Marple pronunció la palabra *caballeros* con la entonación de quien describe una especie foránea.

—Yo le recomendaría una copa de whisky y sifón.

—¿Eso me recomienda una abuela? Bueno, no le diré que no.

—Se lo serviré yo misma. —Miss Marple se levantó.

—No, por favor, no se moleste. Déjeme hacerlo a mí, o si no a esa señorita no sé cuántos.

—No necesitamos a miss Knight incordiando por aquí. No me servirá el té hasta dentro de unos veinte minutos, así que podemos disfrutar de un poco de paz y tranquilidad. Ha sido muy astuto al entrar por el ventanal y no por la puerta. Ahora disponemos de un tiempo para nosotros solos.

Fue hasta el aparador, lo abrió y sacó una botella de whisky, un sifón y una copa.

—¡Es usted una caja de sorpresas! —exclamó Craddock—. No sabía que guardara esas cosas en el aparador. ¿Está usted bien segura de que no bebe en secreto?

—Un momento, un momento —le advirtió la anciana—. Nunca he sido partidaria de la ley seca. Siempre es bueno tener alguna bebida fuerte en casa por si acaso alguien sufre una conmoción o un accidente. En esas ocasiones es imprescindible. Además, siempre cabe la posibilidad de que un caballero se presente inesperadamente. ¡Aquí tiene! —Le alcanzó la copa con aire triunfal—. Ya no hace falta que reniegue más. Quédese sentado y relaje los nervios.

—En sus tiempos de juventud, las esposas debían de ser de fábula.

—Le aseguro, mi querido muchacho, que cualquiera de aquellas jóvenes le parecería hoy una pobre compañera. A las muchachas no se las animaba para que fueran intelectuales, y sólo un puñado tenía algún título universitario o alguna distinción académica.

—Hay cosas preferibles a las distinciones académicas —señaló el inspector—. Una de ellas es saber cuándo un hombre necesita una copa de whisky con sifón y servírselo.

Miss Marple le sonrió afectuosamente.

—Venga, cuéntemelo todo. O, por lo menos, aquello que pueda contarme.

—Creo que probablemente usted sabe tanto como yo, y no me extrañaría que tuviese algún as guardado en la manga. ¿Qué me dice de la cancerbera, su querida miss Knight? ¿No le parece una buena candidata como autora de los crímenes?

—¿Por qué iba a hacer miss Knight esas cosas? —preguntó Miss Marple sorprendida.

—Porque es la persona menos probable. A menudo aciertas cuando buscas la respuesta en los lugares más increíbles.

—En absoluto —manifestó la anciana con energía—. He dicho mil veces, y no sólo a usted, mi querido Dermot, si me permite la confianza, que siempre es la persona obvia la autora del crimen. Siempre piensas que fue la esposa o el marido, y casi siempre resulta que es la esposa o el marido.

—¿Se refiere a Jason Rudd? —Craddock meneó la cabeza—. Ese tipo adora a Marina.

—Hablaba en términos generales —aclaró Miss Marple, muy digna—. Primero tenemos la muerte de mistress Badcock, presuntamente asesinada. Uno se pregunta quién pudo hacer semejante cosa, y la primera respuesta que se nos ocurre es el marido. Por lo tanto, hay que considerar esa posibilidad. Entonces decidimos que el verdadero objetivo del asesinato era Marina Gregg, y una vez más tenemos que buscar a la persona más íntimamente vinculada a Marina Gregg. ¿Por dónde empezamos? Por el marido. Porque está muy claro que los maridos quieren, con mucha frecuencia, quitarse de encima a las esposas, aunque algunas veces, por supuesto, sólo desean librarse de ellas, pero no lo hacen materialmente. Estoy de acuerdo con usted, mi querido muchacho, en que Jason Rudd está profundamente enamorado de su esposa. Podría tratarse de una farsa muy inteligente, aunque me cuesta creerlo. Resulta difícil creer que tenga algún motivo para desear librarse de Marina. Si quisiera casarse con alguna otra mujer, tiene a su alcance la solución más sencilla: el divorcio. Divorciarse parece algo congénito a las estrellas de cine. Tampoco parece

226

haber ninguna ventaja práctica. No es un hombre pobre. Tiene su propia carrera y, según tengo entendido, goza de un reconocido prestigio. Por lo tanto, debemos ampliar el campo de búsqueda. Pero, sin duda, es algo muy difícil. Sí, ciertamente difícil.

—No dudo de que debe resultarle sumamente complicado, porque el mundo del cine es algo nuevo para usted. No sabe nada de los escándalos del mundillo y todo lo demás.

—Sé más de lo que se imagina. He estudiado a fondo varios números de *Confidential*, *Film Life*, *Film Talk* y *Film Topics*.

El inspector Craddock no pudo dominar la risa.

Reconozco que me divierte muchísimo verla allí sentada mientras me cuenta cómo ha ido su curso de literatura cinematográfica.

—Me ha parecido muy interesante, aunque, si me permite decirlo, no está muy bien escrita. Pero lo que en cierto sentido te desilusiona un poco es que casi todo es igual a como era en mi juventud. *Modern Society*, *Tit Bits* y todas las demás. Un montón de chismes. Muchos escándalos. Una inmensa preocupación por saber quién está enamorado de quién y todas esas cosas. Es prácticamente lo mismo que pasa en St. Mary Mead y en la urbanización. Quiero decir que la naturaleza humana es la misma en todas partes. Por lo tanto, tenemos que volver una vez más a la pregunta de quién es el interesado en matar a Marina Gregg, que lo desea tanto que, después del primer fracaso, continúa enviando anónimos e insiste en intentarlo. ¿Alguien que quizá es un...? —Se llevó un dedo a la sien.

—Sí, eso parece lo más acertado y, desde luego, no siempre resulta aparente.

—Lo sé —asintió Miss Marple, muy convencida—. Alfred, el segundo hijo de la vieja señora Pike, parecía de lo más inteligente y normal. No se podía encontrar a nadie más prosaico, si sabe lo que quiero decir. Sin embargo, al parecer, su psicología era de lo más anormal, o eso me dijeron. Un chico realmente peligroso. Mistress Pike me ha dicho que ahora que lo tiene internado en el asilo de Fairways está la mar de contento y feliz. Allí le comprenden, y los doctores lo consideran un caso muy interesante. Eso es algo que a él le complace muchísimo. Sí, todo acabó felizmente, aunque ella se salvó por los pelos en un par de ocasiones.

Craddock analizó mentalmente las posibilidades de algún paralelismo entre el entorno de Marina Gregg y el segundo hijo de la vieja señora Pike.

—El mayordomo italiano —prosiguió Miss Marple— viajó a Londres el día que lo asesinaron. ¿Alguien sabe qué hizo allí? Espero que pueda usted responderme la pregunta —añadió prudentemente.

—Llegó a Londres a las once y media, y nadie sabe lo que hizo allí hasta que, entre las dos menos cuarto y las dos, fue a su banco y depositó en su cuenta quinientas libras en efectivo. No se consiguió ninguna confirmación de su historia de que iba a Londres para visitar a un pariente moribundo. Ninguno de sus parientes le vio el pelo.

Miss Marple asintió complacida.

—Quinientas libras. Sí, es una bonita suma, ¿verdad? Me imagino que sería la primera entrega de las previstas, ¿no le parece?

—Eso es lo que parece.

—Probablemente era todo el dinero en efectivo del que la persona amenazada disponía en aquel momento. Incluso pudo aparentar que estaba satisfecho con el adelanto y que aceptaba la promesa de la víctima de que le entregaría nuevas cantidades en un futuro inmediato. Eso parece eliminar la idea de que el asesino de Marina Gregg sea una persona de condición humilde que tuviera pendiente una venganza particular contra ella. También descartaría la posibilidad de que alguien hubiera buscado disimular su presencia consiguiendo un trabajo en los estudios o en la casa. A menos que dicha persona fuera un agente contratado por alguien que no está aquí. Eso justificaría el viaje a Londres.

—Muy bien dicho. En Londres tenemos a Ardwyck Fenn, Lola Brewster y Margot Bence. Los tres estuvieron presentes en la recepción. Cualquiera de los tres pudo haber convenido una cita con Giuseppe en Londres entre las once y las dos menos cuarto. Ardwyck Fenn estuvo fuera del hotel durante esas horas. Lola Brewster manifestó que había ido de compras. Margot Bence no estaba en el estudio. Por cierto, me olvidaba de algo.

—¿Sí? ¿De qué se trata?

—Usted me preguntó por los niños, los que adoptó Marina antes de saber que iba a tener un hijo.

—Así es.

Craddock la informó de lo que había averiguado.

—Margot Bence —repitió Miss Marple en voz baja—. Tenía el presentimiento de que este asunto tenía algo que ver con niños.

—No puedo creer que salga a la luz después de tantos años.

—Lo sé, lo sé. Parece imposible. Pero, mi querido Dermot, ¿qué sabe usted de los niños? Piense en su infancia. ¿No recuerda ningún incidente, algún hecho que le produjera dolor o una pasión desmesurada en relación con su verdadera importancia? ¿Alguna pena o apasionado resentimiento que nunca más ha vuelto a sentir? Hay todo un libro escrito sobre el tema por un brillante escritor llamado Richard Hughes. No recuerdo el título, pero trataba de unos niños que habían soportado el azote de un huracán. Sí, un huracán en Jamaica. La impresión más vívida fue la del gato corriendo desesperado por toda la casa. Era lo único que recordaban. Todo el horror, la excitación y el miedo que habían experimentado estaban resumidos en aquel único incidente.

—Es extraño que diga eso —comentó Craddock pensativo.

—¿Por qué? ¿Le ha hecho recordar algo?

—Pensaba en el día que murió mi madre. Creo que tenía cinco o seis años. Estaba comiendo un postre de gelatina en la guardería. Me gustaba muchísimo la gelatina. Entró una de las cocineras y le dijo a mi maestra: «¿No es espantoso? Mistress Craddock acaba de morir en un accidente». Cada vez que pienso en la muerte de mi madre, ¿sabe usted qué es lo primero que veo?

—¿Qué?

—Un plato con postre de gelatina, y me veo a mí mismo mirándolo. Lo miro y veo con tanta claridad como entonces: la gelatina se derrama por un costado. No lloré ni dije nada. Recuerdo que permanecí como congelado en la silla, mirando el postre. ¿Sabe qué? Incluso ahora, cuando estoy en una pastelería, en un restaurante, o cuando me invitan a comer a casa de algún amigo y veo un postre de gelatina, me domina una tremenda sensación de espanto y tristeza. Hay ocasiones en las que ni siquiera recuerdo el motivo. ¿Le parece a usted una locura?

—No, me parece de lo más natural. Eso que ha dicho es muy interesante. Acaba de darme una idea.

Se abrió la puerta y miss Knight apareció cargada con la bandeja del té.

—Vaya, vaya —exclamó—, veo que tenemos visita. Qué agradable. ¿Cómo está usted, inspector Craddock? Traeré otra taza.

—No se moleste —exclamó Dermot—. Acabo de tomar una copa.

Miss Knight volvió a asomar la cabeza.

—¿Podría hablar un momento con usted, señor Craddock?

El inspector salió al vestíbulo. La mujer lo guio hasta el comedor y cerró la puerta.

—Tendrá usted cuidado, ¿verdad?

—¿Cuidado? ¿A qué se refiere, miss Knight?

—A nuestra querida anciana. Siempre está muy interesada por todo lo que pasa, pero no es bueno para ella excitarse con asesinatos y asuntos repugnantes como ésos. No queremos que se deprima ni que tenga pesadillas. Está muy vieja y débil, y la verdad es que necesita una vida muy protegida. Siempre ha vivido así. Estoy segura de que tanto hablar de asesinatos, pistoleros y cosas así es muy pero que muy malo para su salud.

Dermot la miró con una expresión levemente risueña.

—No creo —respondió con amabilidad— que nada de lo que usted o yo pudiéramos decir sobre asesinatos excite o sorprenda a Miss Marple en lo más mínimo. Le aseguro, mi querida señorita Knight, que Miss Marple puede considerar el asesinato, la muerte súbita y, de hecho, todo tipo de crímenes con la mayor ecuanimidad.

Regresó a la sala, y miss Knight le siguió murmurando con expresión indignada. Durante el té, no calló ni un minuto. Comentó con mucho énfasis las noticias políticas que aparecían en el periódico y todos los temas alegres que fue capaz de recordar. Por fin llegó el momento en que retiró el servicio y salió de la habitación. Miss Marple exhaló un suspiro.

—A Dios gracias, volvemos a tener un poco de paz. Confío en no tener nunca que asesinar a esa mujer. Escúcheme, Dermot, hay unas cuantas cosas que quiero saber.

—¿Sí? ¿Cuáles son?

—Quiero repasar otra vez con mucho cuidado todo lo que ocurrió el día de la fiesta. Llegó mistress Bantry y, un minuto después, entró el vicario. Luego aparecieron míster y mistress Badcock. En aquel momento, en las escaleras estaban el alcalde y su esposa, Ardwyck Fenn, Lola Brewster, un reportero del *Herald & Argus* de Much Benham, y la joven fotógrafa, Margot Bence. Según dice usted, miss Bence tenía una cámara instalada en el descansillo y sacaba fotos de los que llegaban. ¿Ha visto usted alguna de esas fotografías?

—Precisamente traigo una para mostrársela.

Sacó la foto del bolsillo. Miss Marple la observó con detenimiento. Marina Gregg con Jason Rudd, algo más atrás y a un lado; Arthur Badcock, con una mano sobre el rostro y una expresión un tanto avergonzada, se encontraba algo apartado, mientras su esposa sujetaba la mano de Marina y le hablaba. La actriz no miraba a mistress Badcock. Miraba por encima de su cabeza directamente a la cámara, o quizá un poco a la izquierda del objetivo.

—Muy interesante. Me habían descrito cómo era esta expresión. Una expresión congelada. Sí, eso la describe bastante bien. Una mirada fatídica. No estoy muy segura de eso. Se parece más a una parálisis de los sentimientos que el miedo a la fatalidad. ¿No le parece? No la llamaría miedo, aunque el miedo, desde luego, puede producir este efecto. Es muy capaz de paralizarte. Pero no creo que sea miedo. Me inclino más por un *shock*. Dermot, mi querido muchacho, quiero que me diga, si tiene las notas a mano, qué le dijo exactamente Heather Badcock a Marina durante el encuentro. Más o menos tengo una idea bastante general, pero necesito saber las palabras exactas, si es posible. Supongo que tendrá varias versiones.

—Así es. Deje que haga memoria. Su amiga, mistress Bantry, después Jason Rudd y creo que Arthur Badcock. Como usted dice, las palabras varían un poco, pero la esencia es la misma.

—Lo sé. Son las variaciones las que me interesan. Creo que pueden sernos de gran ayuda.

—No veo cómo, aunque quizá usted sí. Su amiga, mistress Bantry, quizá era la que lo tenía más claro. Por lo que recuerdo..., espere un segundo, creo que aquí tengo la libreta con las declaraciones de los tres.

Sacó la libreta y repasó varias hojas para refrescarse la memoria.

—No tengo todas las palabras exactas, pero sí unas cuantas. Al parecer, mistress Badcock estaba muy alegre y complacida consigo misma. Dijo algo así como: «No sabe lo maravilloso que es para mí. Usted no lo recordará, pero hace años nos vimos en Bermuda. Tenía la varicela y me escapé de casa para ir a verla. Usted me firmó un autógrafo y fue el día más feliz de mi vida. Nunca lo olvidaré»

—Muy bien. Mencionó el lugar, pero no la fecha, ¿verdad?

—Así es.

—¿Qué dijo Rudd?

—¿Jason Rudd? Declaró que mistress Badcock le dijo a su esposa que se había levantado de la cama cuando tenía la gripe para ir a ver a Marina. Mencionó que todavía conservaba el autógrafo. La versión es más corta que la de su amiga, pero en esencia viene a ser lo mismo.

—¿Mencionó el lugar y la fecha?

—No, no recuerdo que lo hiciera. Creo que dijo algo así como diez o doce años atrás.

¿Qué declaró míster Badcock?

—Míster Badcock dijo que Heather estaba muy excitada y ansiosa por ver a Marina Gregg, que era una gran admiradora y que en una ocasión le había contado cómo, a pesar de estar enferma, se había levantado para ir a ver a miss Gregg y pedirle un autógrafo. No entró en más detalles, porque evidentemente todo eso ocurrió antes de que se casaran. A mí me dio la impresión de que no lo consideraba como un incidente de mucha importancia.

—Ya lo veo. Sí, ya lo veo.

—¿Qué ve?

—No tanto como quisiera —respondió Miss Marple

con toda sinceridad—, pero tengo la sensación de que si consiguiera saber por qué ella tuvo que estropear su vestido nuevo...

—¿Quién? —la interrumpió Craddock—. ¿Mistress Badcock?

—Sí. Me parece algo tan extraño, algo tan absolutamente inexplicable, a menos que, desde luego... Válgame Dios, ¡creo que soy muy estúpida!

Miss Knight abrió la puerta en aquel instante y encendió las luces de la sala.

—Creo que aquí nos hace falta luz —comentó alegremente.

—Sí —replicó Miss Marple—, tiene toda la razón, miss Knight. Eso es precisamente lo que necesitamos. Un poco de luz. Creo que finalmente la hemos conseguido.

La conversación íntima había acabado y Craddock se levantó.

—Sólo queda algo pendiente, y es que usted me diga qué recuerdo de su propio pasado le está dando vueltas por la cabeza.

—Todo el mundo se burla de mí por esas cosas, pero admito que hace un momento recordé a la doncella de los Lauriston.

—¿La doncella de los Lauriston? —Craddock se quedó pasmado.

—La doncella, por supuesto, tenía que tomar los recados cuando la gente llamaba por teléfono. Por lo general, captaba el sentido, no sé si me entiende, pero la forma de escribirlos los convertía muchas veces en verdaderos galimatías. Supongo que era porque desconocía la gramática. Las consecuencias fueron que más de una vez ocurrió algún incidente desafortunado. Recuerdo uno en particular. Un tal señor Burroughs, sí, creo que ése era el nombre, llamó y dijo que había ido a ver al señor Elvaston por el asunto de la valla rota, pero que no era asunto suyo repararla. Se encontraba al

234

otro lado de la propiedad y necesitaba saber si ése era el caso antes de hacer nada más, porque todo dependía de si era o no responsable, y era importante para él saber los límites correctos de la propiedad antes de llamar a los abogados. Como puede ver, un mensaje bastante oscuro. Confundía más que aclaraba.

—Si habla usted de doncellas —intervino miss Knight, con una risita—, es que debió ser hace muchísimo tiempo. Llevo años sin oír a nadie mencionar a una doncella.

—Sí, fue hace muchos años, pero, de todos modos, la naturaleza humana sigue siendo ahora prácticamente la misma de entonces. Se cometen errores por las mismas razones. Doy gracias porque esa muchacha esté sana y salva en Bournemouth.

—¿Esa muchacha? ¿Qué muchacha? —preguntó Dermot.

—La muchacha que corta y cose vestidos y fue a ver a Giuseppe aquel día. ¿Cómo se llamaba? Gladys no sé cuántos.

—¿Gladys Dixon?

—Sí, ése es su nombre.

—¿Dice que está en Bournemouth? ¿Cómo demonios lo sabe?

—Lo sé porque yo la envié allí.

—¿Cómo? ¿Usted? —Craddock no salía de su asombro—. ¿Por qué?

—Fui a verla, le di algún dinero y le dije que se fuera de vacaciones. También le advertí que no escribiera a su casa.

—¿Se puede saber por qué demonios hizo usted eso?

—Porque no quería que la asesinaran, por supuesto —respondió la anciana, y le guiñó un ojo con el mayor desparpajo.

Capítulo 22

—Una carta tan bonita de lady Conway —comentó miss Knight dos días más tarde mientras dejaba la bandeja con el desayuno de Miss Marple—. ¿Recuerda que le hablé de ella? A veces —se llevó un dedo a la sien— desvaría un poco y le falla la memoria. A veces no reconoce a los parientes y les dice que se marchen.

—Eso bien podría ser astucia —señaló Miss Marple—, más que una pérdida de memoria.

—Vaya, vaya, ¿no nos estamos portando mal haciendo esa clase de comentarios? Está pasando el invierno en el hotel Belgrave, en Llandudno. Un hotel residencial muy bonito. Unos jardines espléndidos y una terraza acristalada que es una belleza. Insiste en que vaya a reunirme con ella y me quede. —Suspiró.

Miss Marple se sentó en la cama como impulsada por un resorte.

—Por favor, si la reclaman, si la necesitan allí y quiere ir, no se sienta comprometida conmigo.

—No, no, ni hablar —protestó miss Knight—. En ningún momento he pensado en hacer algo así. Por Dios, ¿qué diría míster West? Me explicó que cabía la posibilidad de que éste se convirtiera en un empleo permanente. Nunca se me ocurriría abandonar mis obligaciones. Sólo se trataba de un comentario sin importancia, así que no se preocupe, querida. —Palmeó el hombro de Miss Marple—. No desertaremos. ¡Claro que no! Nos cuidaremos muy bien y estaremos siempre muy contentas y felices.

Salió de la habitación. Miss Marple permaneció sentada con una expresión decidida, con la mirada fija en la bandeja, incapaz de probar bocado. Por fin, cogió el teléfono y marcó el número con mucho brío.

—¿Doctor Haydock?

—¿Sí?

—Soy Jane Marple.

—¿Qué le pasa? ¿Necesita de mis servicios profesionales?

—No. Pero quiero verle cuanto antes.

El doctor Haydock se encontró con que Miss Marple le esperaba en la cama.

—Es usted la viva imagen de la salud —protestó.

—Por eso mismo le quería ver. Para decirle que estoy perfectamente bien, sana como un roble.

—Una razón poco corriente para llamar al médico.

—Estoy fuerte, en plenas facultades, y es absurdo tener a nadie más viviendo en la casa. Siempre y cuando venga alguien para encargarse de la limpieza y esas cosas, no veo ningún motivo para tener a nadie viviendo aquí permanentemente.

—Me atrevería a decir que sí, pero le diré que no.

—Me parece que se está convirtiendo en un viejo quisquilloso.

—¡A mí no me diga esas cosas! Es usted una mujer muy sana para su edad; y ha tenido una bronquitis, que no es nada bueno para las personas mayores. Pero quedarse sola en una casa a su edad es un riesgo. Supongamos que una noche se cae por las escaleras, o de la cama, o resbala en el baño. Se quedaría allí tendida y nadie vendría a socorrerla.

—Puestos a imaginar —replicó Miss Marple—, bien podría darse el caso de que miss Knight rodara escaleras abajo y yo me rompiera la crisma al salir corriendo para ver qué le había pasado.

—Es inútil que pretenda intimidarme. Es usted una señora mayor y necesita que la atiendan de una manera adecuada. Si no le gusta la mujer que tiene, despídala y busque a otra.

—Eso se dice fácilmente.

—Busque a alguna de sus viejas criadas, alguien que le guste y que haya vivido antes con usted. Comprendo que esa mujer la irrite. Me irrita incluso a mí. Tiene que haber alguna vieja criada en alguna parte. Ese sobrino suyo es uno de los escritores de mayor éxito del momento. Si usted encuentra a la persona adecuada, no creo que ponga reparos a pagarle un buen sueldo.

—Por supuesto que mi querido Raymond no pondría ningún reparo. Es muy generoso. Pero no siempre es sencillo dar con la persona adecuada. Los jóvenes tienen que vivir su vida, y la mayoría de mis viejas y fieles criadas, lamento decirlo, están muertas.

—Usted no está muerta y vivirá muchos años si se cuida.

El doctor Haydock se levantó dispuesto a marcharse.

—Bien, ha sido una visita inútil. Está usted como una rosa. No perderé mi tiempo tomándole la presión, auscultándola o haciéndole preguntas. Usted se crece con todo este alboroto, incluso a pesar de que no puede ir por ahí metiendo la nariz tanto como quisiera. Adiós, tengo que irme a trabajar de médico. Unos ocho o diez casos de rubéola, otra media docena de tosferina y una posible fiebre escarlatina, además de los pacientes habituales.

El doctor Haydock se marchó alegremente, pero Miss Marple se quedó con el entrecejo fruncido. Era algo que Haydock había dicho. ¿Qué era? Los pacientes, las enfermedades habituales. ¿Enfermedades habituales? Miss Marple apartó la bandeja del desayuno. Después llamó a mistress Bantry.

—¿Dolly? Soy Jane. Quiero preguntarte algo. Presta mucha atención. ¿Es verdad que le dijiste al inspector Craddock que Heather Badcock le contó a Marina Gregg una historia tonta e interminable sobre cómo a pesar de tener la varicela se había levantado para ir a ver a Marina y pedirle un autógrafo?

—Eso es más o menos.

—¿Varicela?

—Si no era eso, entonces algo parecido. En aquel momento, mistress Allcock me estaba hablando del vodka, así que no presté mucha atención.

—¿Estás segura —Miss Marple inspiró a fondo— de que no mencionó la tosferina?

—¿Tosferina? —La voz de mistress Bantry reflejó su asombro—. Claro que no. No hubiera tenido necesidad de maquillarse demasiado por una vulgar tosferina.

—Comprendo. Pero eso sí que te llamó la atención, me refiero a que tuviera que maquillarse demasiado.

—Insistió en ese punto. No era de las que les gusta maquillarse. Pero creo que tiene razón, no era varicela. ¿Urticaria, quizá?

—Eso lo dices —manifestó Miss Marple irritada— porque una vez tuviste urticaria y no pudiste asistir a una boda. Eres un caso perdido, Dolly, totalmente perdido.

Colgó el auricular bruscamente, interrumpiendo la asombrada protesta de mistress Bantry: «Pero, Jane...».

Miss Marple hizo un ruido de disgusto muy femenino que sonó como el estornudo de un gato. Sus pensamientos volvieron a los problemas de su comodidad doméstica. ¿La fiel Florence? ¿Había alguna posibilidad de convencer a la fiel Florence, la sargenta mayor de las doncellas, para que abandonara su confortable hogar y regresara a St. Mary Mead para atender a su antigua patrona? La fiel Florence siempre le había demostrado un gran cariño, pero la fiel Florence le tenía mucho apego a su casa. Miss Marple sacudió irritada la cabeza. Llamaron a la puerta con un alegre repique. Miss Marple gritó: «Adelante», y entró Cherry.

—Vengo a buscar la bandeja. ¿Ha pasado algo? Parece usted alterada.

—Me siento tan inútil. Vieja e inútil.

—No se preocupe —afirmó Cherry, recogiendo la bandeja—. Usted no es una inútil. ¡No sabe las cosas que dicen de usted en este lugar! Hasta en la urbanización ya saben todos quién es usted. Están enterados de las muchas cosas extraordinarias que ha hecho. No la ven como una persona vieja e inútil. Es ella quien le mete esas ideas en la cabeza.

—¿Ella?

Cherry señaló la puerta con un vigoroso movimiento de cabeza.

—La arpía. Miss Knight. No permita que la hunda.

—Es muy amable, muy bondadosa —manifestó Miss Marple con el tono de quien pretende convencerse a sí mismo.

—Los mimos mataron al gato, eso es lo que dicen. Usted no quiere que le metan la bondad por las narices, ¿no?

—Está bien —replicó la anciana con un suspiro—. Supongo que todos tenemos nuestros problemas.

—En eso estamos de acuerdo. No tendría que quejarme, pero a veces tengo la sensación de que si me veo obligada a seguir viviendo mucho más con mistress Hartwell de vecina, acabará por ocurrir algún incidente lamentable. Una comadre con cara de limones agrios que no para de quejarse y de chismorrear. Jim está harto. Anoche tuvo una pelea con ella de padre y muy señor mío. ¡Todo porque teníamos *El Mesías* un poco fuerte! No puede protestar porque escuches *El Mesías*. Es música religiosa.

—¿Protestó?

—Montó un escándalo terrible. ¡Comenzó a aporrear la pared y a gritar que no vea!

—¿Tenían la música tan fuerte como para llegar a ese extremo?

—A Jim le gusta escucharla así. Dice que no consigues el tono si no la pones a todo volumen.

—Quizá —sugirió Miss Marple con espíritu conciliador— puede resultar algo molesto para los demás si no son aficionados a la música.

—La culpa la tienen las casas adosadas. Las paredes son finas como el papel. Ahora que ya tengo experiencia, no me entusiasman demasiado las construcciones modernas. Todo es muy mono y reluciente, pero no puedes expresar tu personalidad sin que alguien te eche los perros.

Miss Marple sonrió al escuchar el comentario.

—Tiene usted muchísima personalidad para expresar, Cherry.

—¿Usted cree? —Cherry rio, complacida—. Me preguntaba... —comenzó a decir. De pronto, se le subieron los colores. Dejó la bandeja y se acercó a la cama—. Me preguntaba si usted me tomará por una caradura si le pido algo. Me refiero a que sólo tiene que decir «ni hablar» y se acabó.

—¿Quiere que haga algo?

—No del todo. Se trata de esas habitaciones que están sobre la cocina. Ya no se usan, ¿verdad?

—No.

—Me han dicho que allí vivían hace tiempo el jardinero y su esposa. Pero eso es agua pasada. Lo que me pregunto, lo que Jim y yo nos preguntábamos es si podríamos utilizarlas. Quiero decir para venir a vivir aquí.

Miss Marple la miró atónita.

—¿Qué pasará con su preciosa casa nueva en la urbanización?

—Los dos estamos hartos. Nos gustan los electrodomésticos, pero en realidad los puedes tener en cualquier parte. Aquí hay espacio más que suficiente, sobre todo si

241

Jim pudiera tener la habitación sobre los establos. La arreglaría para poner todas las maquetas y no tener que recogerlas cada vez. También podríamos tener allí el equipo estéreo. Usted apenas si lo oiría.

—¿Lo dice en serio, Cherry?

—Sí, muy en serio. Jim y yo lo hemos hablado varias veces. Jim podría encargarse de las reparaciones, ya sabe, la fontanería o la carpintería, y yo me encargaría de cuidarla. Lo haría tan bien o mejor que esa miss Knight. Ya sé que cree que soy un poco desordenada, pero le prometo que haré las camas como está mandado y fregaré los platos. Además, tengo bastante buena mano en la cocina. Anoche preparé buey a la Stroganoff y la verdad es que es muy sencillo.

Miss Marple contempló a la muchacha.

Cherry parecía una gatita juguetona: toda ella irradiaba vitalidad y alegría de vivir. Miss Marple pensó una vez más en la fiel Florence. Desde luego, la fiel Florence llevaría la casa mucho mejor. (Miss Marple no tenía ninguna fe en las promesas de Cherry.) Sin embargo, ahora rondaría los sesenta y cinco, quizá más. Tal vez aceptaría por cariño a Miss Marple. Pero ¿estaba ella dispuesta a aceptar ese sacrificio? ¿No estaba ya sufriendo por el concienzudo respeto al deber de miss Knight?

En cambio, Cherry, a pesar de sus fallos, quería venir y, además, tenía unas cualidades que para Miss Marple eran, en esos momentos, de suprema importancia. Ternura, vitalidad y un profundo interés por todo lo que pasaba a su alrededor.

—Por supuesto, no quiero hacer nada que perjudique a miss Knight —afirmó Cherry.

—No se preocupe por miss Knight —respondió Miss Marple, que ya había tomado la decisión—. Se marchará con una tal lady Conway que está alojada en un hotel en Llandudno, y disfrutará muchísimo. Tenemos que arreglar un montón de detalles, Cherry, y también quiero hablar con su marido. Pero si de verdad cree que aquí serán felices, trato hecho.

—Nos vendrá de perlas, y ya puede estar segura de que haré las cosas correctamente. Incluso usaré el recogedor y el cepillo si usted quiere.

Miss Marple se echó a reír al escuchar la oferta suprema. Cherry recogió la bandeja una vez más.

—Tengo que darme prisa con el trabajo. Esta mañana he llegado tarde, con toda esa historia del pobre Arthur Badcock.

—¿Arthur Badcock? ¿Qué le ha pasado?

—¿No lo sabe? Ahora está en la comisaría. Lo han llamado para que les «ayudara en las investigaciones», y usted ya sabe lo que eso significa.

—¿Cuándo ha ocurrido?

—Esta mañana. Tenía que pasar después de saberse que había sido uno de los maridos de Marina Gregg.

—¡Qué! —Miss Marple volvió a sentarse en la cama—. ¿Arthur Badcock estuvo casado con Marina Gregg?

—Eso es lo que dicen. Nadie tenía la menor idea. Fue míster Upshaw quien destapó el asunto. En un par de ocasiones, viajó a Estados Unidos por cuestiones de trabajo, así que está muy enterado de los cotilleos que corren por allí. Fue hace mucho. Antes incluso de que ella comenzara a ser famosa. Sólo estuvieron casados un año, o como mucho dos, y entonces ella ganó un premio cinematográfico y, claro, él dejó de ser el marido que más le convenía. Consiguieron uno de esos divorcios rápidos y él desapareció del mapa, como se suele decir. ¡Claro que Arthur Badcock es de los que se esfuman! No dijo ni pío. Se cambió el nombre y regresó a Inglaterra. Fue hace tanto tiempo... Ahora esas cosas ya no pasan. Sin embargo, ahí lo tiene. Supongo que la policía lo consideró motivo suficiente.

—No —exclamó Miss Marple—, no. Esto no se puede

tolerar. Si tuviese claro lo que debo hacer... Déjeme pensar.
—Le hizo una señal a la joven—. Llévese la bandeja, Cherry, y dígale a miss Knight que venga. Voy a levantarme.

Cherry obedeció. Miss Marple se vistió sin ayuda. Le temblaban los dedos. Se enfadó consigo misma por dejarse afectar por la excitación. Acababa de abrocharse el vestido cuando apareció miss Knight.

—¿Me llamaba? Cherry me ha dicho...

Miss Marple la interrumpió.

—Llame a Inch —le ordenó.

—¿Cómo dice? —preguntó miss Knight, sorprendida.

—Inch. Llame a Inch. Dígale que venga inmediatamente.

—Ah, comprendo. Se refiere al taxista. ¿No se llama Roberts?

—Para mí es Inch y siempre lo será. Llámelo y dígale que es urgente.

—¿Quiere dar un paseo?

—¿Quiere hacer el favor de llamarle? No lo demore más, por favor.

Miss Knight la miró con expresión dudosa, pero hizo lo que le ordenaban.

—Nos sentimos bien, ¿no es verdad, querida? —preguntó preocupada en cuanto colgó el auricular.

—Nos sentimos muy bien, y yo mejor que nadie. La inactividad nunca me ha sentado bien. Un plan de acción era lo que estaba esperando desde hacía tiempo.

—¿Mistress Baker ha dicho algo que la ha trastornado?

—No estoy trastornada. Me siento muy bien. Sólo estoy enfadada conmigo misma por ser una estúpida. Pero es que esta misma mañana el doctor Haydock me ha dado una pista y espero recordarla bien. ¿Dónde estará mi libro de medicina? —Apartó a miss Knight y bajó las escaleras con paso firme. Encontró el libro que buscaba en un estante de la sala. Consultó el índice, murmuró «página 210», buscó la página, leyó lo que le interesaba y asintió satisfecha—. Muy curioso, realmente notable. Supongo que a nadie nunca se le hubiera ocurrido. A mí tampoco se me habría ocurrido hasta que se han unido las dos cosas.

Meneó la cabeza y frunció el entrecejo. Si por lo menos hubiera alguien... Repasó los varios relatos que le habían hecho de aquella escena.

Permaneció abstraída en sus pensamientos. Había alguien, pero ¿serviría de algo? Uno nunca sabía lo que podía esperar del vicario. Era una persona totalmente imposible de predecir. De todos modos fue hasta el teléfono y marcó el número de la vicaría.

—Buenos días, vicario, soy Miss Marple.

—Ah, sí, Miss Marple. ¿Qué puedo hacer por usted?

—Me preguntaba si podría ayudarme en un pequeño detalle. Se refiere al día de la fiesta en que murió la pobre señora Badcock. Creo que usted se encontraba muy cerca de miss Gregg cuando llegaron míster y mistress Badcock.

—Sí, sí, creo que les precedía en las escaleras. Un día trágico.

Desde luego. Creo que mistress Badcock le comentó a miss Gregg que se habían encontrado antes en Bermuda. Había estado en cama pero se levantó para ir a verla.

—Sí, sí, lo recuerdo.

—¿Recuerda también si mistress Badcock mencionó la enfermedad que la tenía postrada en cama?

—Déjeme pensar, un momento... Sí, era el sarampión, pero no el sarampión de verdad, sino la rubéola, que es una enfermedad mucho menos grave. Algunas personas ni siquiera sienten ningún malestar. Recuerdo que mi prima Caroline...

Miss Marple cortó en seco los recuerdos del vicario.

—Muchísimas gracias, vicario —dijo, y colgó.

En su rostro había una expresión de respetuoso asombro. Uno de los grandes misterios de St. Mary Mead era saber por qué el vicario recordaba ciertas cosas, aunque un misterio todavía mayor era descubrir por qué olvidaba muchas más.

—El taxi está aquí, querida —la avisó miss Knight ansiosa—. Es un coche destartalado y bastante sucio. La verdad es que no me gusta que viaje en un coche en ese estado. Podría pillar algún germen o algo así.

—Tonterías —replicó Miss Marple. Se encasquetó el sombrero, se abrochó el liviano abrigo y salió de la casa.

—Buenos días, Roberts.

—Buenos días, señorita Marple. Veo que esta mañana ha madrugado. ¿Dónde quiere ir?

—A Gossington Hall, por favor.

—Será mejor que la acompañe, querida —intervino miss Knight—. Sólo tardaré un minuto en cambiarme de zapatos.

—No, gracias —respondió Miss Marple con firmeza—. No es necesario que me acompañe, prefiero ir sola. En marcha, Inch, perdón, Roberts.

Míster Roberts puso el coche en marcha.

—Ah, Gossington Hall —exclamó el taxista—. Han hecho muchos cambios en la casa, lo mismo que en todas partes, y no hablemos de la urbanización. Nunca pensé que vería tantos cambios en el pueblo.

Miss Marple se apeó del taxi delante mismo de la puerta principal de Gossington Hall, tocó el timbre y preguntó por míster Rudd.

El sucesor de Giuseppe, un hombre mayor de aspecto frágil, vaciló un segundo ante la inesperada visita.

—Míster Rudd no recibe a nadie sin una cita previa, señora, y especialmente hoy.

—No tengo una cita, pero esperaré.

Entró en la casa con paso enérgico y se sentó en una de las sillas del vestíbulo.

—Mucho me temo que será imposible verle esta mañana, señora.

—En ese caso, esperaré hasta la tarde.

El nuevo mayordomo se retiró sorprendido. Al cabo de un rato, se presentó un joven. Tenía unos modales agradables y su voz alegre reflejaba un acento típicamente norteamericano.

—Ya lo he visto a usted antes —manifestó Miss Marple—. En la urbanización. Me preguntó usted el camino hacia Blenheim Close.

Hailey Preston sonrió complacido.

—Supongo que hizo todo lo posible, pero sus indicaciones me llevaron precisamente en la dirección contraria.

—Vaya, ¿de veras? Allí todas las calles son iguales y resulta difícil orientarse. ¿Puedo ver al señor Rudd?

—Verá, lo siento mucho. Míster Rudd es un hombre muy ocupado, y precisamente esta mañana tiene la agenda completa. No creo que se le pueda molestar.

—Estoy segura de que está muy ocupado. Por eso mismo, no me importa esperar.

—Yo le sugeriría que me dijera el motivo de su visita. Verá, soy quien se encarga de todos estos temas por míster Rudd. Todo el mundo tiene que hablar primero conmigo.

—Usted perdone, pero quiero ver al señor Rudd en persona, y esperaré aquí hasta que me reciba.

Se acomodó mejor en la gran silla de roble.

Preston vaciló, abrió la boca para decir algo, pero finalmente dio media vuelta y subió las escaleras. Volvió acompañado de un hombre corpulento.

—Le presento al doctor Gilchrist, miss...

—Miss Jane Marple.

—Ah, así que usted es Miss Marple —exclamó el doctor Gilchrist mirándola con mucho interés.

Hailey Preston aprovechó para desaparecer rápidamente.

—Me han hablado de usted. El doctor Haydock.

—El doctor Haydock es un viejo amigo mío.

—No hace falta que lo diga. ¿Quiere usted ver al señor Rudd? ¿Puedo preguntar el motivo?

—Es necesario que le vea.

El doctor Gilchrist la observó detenidamente.

—Me parece que está dispuesta a acampar aquí hasta conseguirlo, ¿me equivoco?

—No, no se equivoca.

—Es usted muy capaz. En ese caso, le daré una excelente razón por la que no puede ver a míster Rudd. Su esposa falleció anoche mientras dormía.

—¡Muerta! —exclamó Miss Marple—. ¿Cómo?

—Una sobredosis de somníferos. No queremos que la noticia se filtre a la prensa hasta dentro de unas horas. Le ruego que por el momento considere esta información como algo confidencial.

—Por supuesto. ¿Ha sido un accidente?

—Ésa es mi opinión.

—Pero ¿podría tratarse de un suicidio?

—Podría, pero es poco probable.

—¿Alguien pudo suministrárselos?

Gilchrist se encogió de hombros.

—Una contingencia de lo más remota. Además —añadió con firmeza—, sería algo imposible de probar.

—Comprendo. —Miss Marple inspiró con fuerza—. Lo siento mucho, pero ahora es más necesario que nunca que vea al señor Rudd.

—Espere aquí —le rogó Gilchrist.

Capítulo 23

Jason Rudd alzó la mirada cuando Gilchrist entró en su despacho.

—Abajo hay una vieja con el aspecto de tener cien años —dijo el médico—. Quiere verle. No acepta un no por respuesta y afirma que esperará. Me parece que es muy capaz de esperar lo que queda de la mañana, toda la tarde y, si es necesario, pasará la noche aquí. Tiene algo muy urgente que hablar con usted. Yo en su lugar la recibiría.

Rudd miró al médico. Su rostro, muy pálido, reflejaba claramente las huellas de la tensión.

—¿Está loca?

—No, todo lo contrario.

—No veo por qué... Bah, de acuerdo, la recibiré. Qué más da.

Gilchrist asintió. Después abandonó el despacho y llamó a Preston.

—Míster Rudd la recibirá ahora, Miss Marple —anunció el joven, presentándose otra vez en el vestíbulo.

—Muchas gracias. Es muy amable por su parte —respondió Miss Marple mientras se levantaba de la silla—. ¿Lleva usted mucho tiempo al servicio de míster Rudd?

—Llevo trabajando con míster Rudd desde hace más o menos dos años y medio. Me ocupo de las relaciones públicas.

—Ya veo. —Miss Marple le observó con expresión pensativa—. Usted me recuerda muchísimo a alguien que conocí llamado Gerald French.

—¿Sí? ¿A qué se dedicaba Gerald French?

—No hacía gran cosa, pero era muy buen conversador. —Exhaló un suspiro—. Tenía un pasado un tanto oscuro.

—No me diga —replicó Preston inquieto—. ¿A qué se refiere?

—No se lo repetiré. No le gustaba hablar del tema.

Jason Rudd se levantó y miró un tanto sorprendido a la anciana y delgada dama que acababa de entrar en su despacho.

—¿Deseaba verme? ¿Qué puedo hacer por usted?

—Lamento muchísimo el fallecimiento de su esposa. Veo que está usted muy afligido y quiero que sepa que no me presentaría aquí ni le ofrecería mi pésame si no fuera absolutamente necesario. Pero es urgente aclarar ciertas cosas, si no queremos que un hombre inocente pague las consecuencias.

—¿Un hombre inocente? No la entiendo.

—Arthur Badcock. En estos momentos lo interroga la policía.

—¿Le interrogan por algo vinculado con el fallecimiento de mi esposa? Eso es absurdo, totalmente ridículo. Ni siquiera estaba en la casa. Tampoco la conocía.

—Sí que la conocía. Estuvo casado con ella hace tiempo.

—¿Arthur Badcock? Pero si él era el marido de Heather Badcock. ¿No estará usted cometiendo un pequeño error? —preguntó con un tono amable y como de disculpa.

—Estuvo casado con las dos. Fue el marido de su esposa cuando ella era muy joven, antes de que destacara en el cine.

Jason Rudd movió la cabeza desconcertado.

—Mi esposa se casó por primera vez con un tal Alfred Beadle. Estaba en el ramo de la propiedad inmobiliaria. No se llevaban bien y no tardaron en divorciarse.

—Fue entonces cuando Alfred Beadle cambió su apellido por el de Badcock. Aquí también se dedica a la actividad inmobiliaria. Es curioso como a algunas personas nunca les gusta cambiar de trabajo y continúan haciendo lo mismo. Supongo que ése fue el motivo por el cual Marina consideró que él no le serviría. No podría mantenerse a su altura.

—Lo que usted dice me parece sorprendente.

—Le aseguro que no me invento nada. Lo que le estoy diciendo son hechos concretos. Estas cosas se divulgan rápidamente por el pueblo, aunque tardan algo más en saberse aquí.

Rudd vaciló sin saber qué decir. Luego aceptó la información que le había dado Miss Marple.

—¿Qué puedo hacer por usted? —repitió.

—Quiero, si usted me lo permite, ver el lugar donde usted y su esposa recibieron a los invitados el día de la fiesta.

El hombre la miró con una súbita expresión de desconfianza. Después de todo, ¿sería su visitante una curiosa más? Pero el rostro de Miss Marple mostraba una expresión muy grave.

—No tengo ningún inconveniente si eso es lo que desea. Venga conmigo, por favor.

La llevó hasta la escalera y se detuvo en el rellano, ahora convertido en un amplio recibidor.

—Han hecho ustedes grandes reformas desde que los Bantry vivían aquí —comentó Miss Marple—. Me gusta. Bueno, vamos a ver. Supongo que las mesas estarían más o menos por aquí, y usted y su esposa se encontraban ¿dónde?

—Mi esposa estaba aquí. —Jason le señaló el lugar—. Los invitados subían las escaleras, ella les daba la mano y después me los pasaba a mí.

—Ella estaba aquí —dijo Miss Marple.

Se acercó para colocarse en el mismo punto donde había estado Marina. Permaneció allí sin moverse y en silencio.

Rudd la observaba. Se sentía perplejo, aunque también muy interesado. Miss Marple levantó la mano derecha como si estuviera estrechando una mano invisible y miró las escaleras para ver a unas personas imaginarias que subían. Luego miró directamente enfrente. A la altura del descansillo había un cuadro de grandes dimensiones, una copia de un viejo maestro italiano. A cada lado había un ventanuco; uno daba al jardín y el otro a los establos y a la veleta. Pero Miss Marple no les prestó atención. Su mirada se centraba en el cuadro.

—Como es habitual, lo primero que te cuentan es la verdad —señaló—. Mistress Bantry me dijo que su esposa miró el cuadro y, en sus palabras, su rostro se «congeló».

—Miró el manto azul y rojo de la Virgen, una virgen con la cabeza ligeramente echada hacia atrás, que reía feliz mientras contemplaba el rostro del niño Jesús que sostenía entre los brazos—. *La Madonna risueña* de Giacomo Bellini —señaló—. Un cuadro de tema religioso, pero también el cuadro de una madre feliz con su hijo. ¿No es así, señor Rudd?

—Yo diría que sí.

—Ahora lo comprendo. Sí, lo comprendo muy bien. Todo el asunto es muy sencillo, ¿verdad? —Miró a Jason Rudd.

—¿Sencillo?

—Creo que usted sabe muy bien que es sencillo.

En aquel momento sonó el timbre.

—Me parece que no acabo de entenderla muy bien. —Rudd miró hacia el vestíbulo de la planta baja. Se oyeron voces.

—Conozco esa voz —dijo Miss Marple—. Es la voz del inspector Craddock, ¿no es así?

—Sí, me parece que es el inspector Craddock.

—Él también quiere verle. ¿Le molestaría mucho que se uniera a nosotros?

—En absoluto. Si él está de acuerdo.

—Creo que no tendrá ningún inconveniente. No nos queda mucho tiempo que perder, ¿no le parece? Hemos llegado al momento en que podemos entender cómo ocurrió todo.

—Si no me equivoco, ha dicho usted que era sencillo.

—Tan sencillo que no se podía ver.

El mayordomo apareció en lo alto de las escaleras.

—El inspector Craddock está aquí, señor.

—Pregúntele si quiere tener la bondad de unirse a nosotros.

El mayordomo emprendió el descenso y, un minuto después, el inspector Craddock subió las escaleras.

—¡Usted! —exclamó al ver a Miss Marple—. ¿Cómo ha llegado aquí?

—He venido en Inch —contestó Miss Marple, generando la confusión habitual que siempre producía dicha respuesta.

Desde algo más atrás, Jason Rudd se rascó la frente en un gesto de interrogación al que Craddock respondió negativamente con un ademán.

—Le estaba diciendo al señor Rudd... —le explicó Miss Marple—. ¿Se ha ido el mayordomo?

Craddock miró hacia la planta baja.

—Sí, no escuchará nada de lo que hablemos. El sargento Tiddler se encargará de evitarlo.

—Muy bien, de acuerdo. Podríamos ir a hablar a una habitación, pero lo prefiero de esta manera. Aquí estamos en el lugar donde ocurrió el suceso, lo cual ayuda a que sea mucho más fácil comprenderlo.

—Se refiere usted al día de la fiesta celebrada aquí, el día que envenenaron a Heather Badcock —intervino Rudd.

—Efectivamente y, como le decía, todo es muy sencillo si se mira de la manera correcta. Verá, todo comenzó porque Heather Badcock era la clase de persona que era. En realidad, era inevitable que algún día acabara pasándole algo así a Heather.

—No sé a lo que se refiere —protestó Rudd—. No entiendo ni una palabra.

—No, y es lógico. Hace falta explicarlo un poco más. Cuando mi amiga, mistress Bantry, que estuvo aquí, me describió la escena, citó un poema que era uno de mis favoritos en la juventud, un poema del querido lord Tennyson: «La dama de Shalott». —Miss Marple recitó en voz alta:

> *El espejo se rajó de lado a lado;*
> *«la maldición ha caído sobre mí»,*
> *gritó la dama de Shalott.*

»Eso fue —añadió la anciana— lo que mistress Bantry vio, o creyó ver, aunque en realidad se equivocó en la cita y en lugar de *maldición* dijo *fatalidad*, palabra esta mucho más acertada a la vista de las circunstancias. Vio a su esposa hablar con Heather Badcock y escuchó a Heather Badcock hablar con su esposa, y vio la mirada de condena en el rostro de miss Gregg.

—¿No hemos repetido esta parte hasta el agotamiento? —protestó Jason Rudd.

—Así es, pero tendremos que repetirla una vez más —manifestó Miss Marple—. Había una expresión en el rostro de su esposa y ella no miraba a Heather Badcock, sino al cuadro. La pintura de una madre feliz y risueña que sostiene entre sus brazos a un niño alegre. El error consistió en creer que la expresión de Marina Gregg presagiaba un aciago destino, cuando no era sobre ella que recaería la condena. El castigo caería sobre Heather. Ella misma se condenó en el momento en que comenzó a relatar y a presumir de un episodio ocurrido en el pasado.

—¿No podría ser algo más clara? —preguntó Craddock.

Miss Marple se volvió hacia el inspector.

—Por supuesto. Esto es algo que usted ignora totalmente. No lo sabe porque nadie le contó lo que Heather Badcock dijo de verdad.

—Claro que me lo han dicho —protestó Craddock—. Me lo han dicho un centenar de veces. Varias personas me lo han dicho y repetido hasta la saciedad.

—Sí —admitió la anciana—, pero usted no lo sabe porque, verá, Heather Badcock no se lo dijo a usted.

—Difícilmente podía decírmelo puesto que estaba muerta cuando llegué aquí.

—Muy cierto. Todo lo que usted sabe es que estaba enferma y se levantó de la cama para ir a una fiesta donde conoció a Marina Gregg, habló con ella, le pidió un autógrafo y se lo dieron.

—Lo sé —dijo Craddock, un tanto impaciente—. Me lo contaron.

—Pero usted no escuchó la frase clave, porque nadie la consideró importante. Heather Badcock estaba en cama enferma de rubéola.

¿Rubéola? ¿Qué diablos tiene que ver eso con todo lo demás?

—En realidad es una enfermedad muy benigna —le explicó Miss Marple—. En ocasiones uno apenas se siente enfermo. Se produce una erupción que es muy fácil de disimular con polvos, y a veces da un poco de fiebre, pero no muy alta. Te sientes lo bastante bien como para salir y ver gente si tienes ganas. Como es lógico, en todas las repeticiones que ha escuchado, nadie le mencionó a usted la rubéola porque a nadie le llamó la atención. En el caso de mistress Bantry, sólo dijo que Heather había estado enferma en cama y mencionó la varicela y la urticaria. Míster Rudd, aquí presente, habló de gripe, pero, claro, él lo hizo con toda intención. Personalmente, creo que Heather Badcock le mencionó a Marina Gregg que había tenido la rubéola pero, aun así, se había levantado de la cama para ir a conocerla. Aquí tenemos la respuesta a todo el asunto, porque la rubéola es extremadamente contagiosa. La gente la pilla al menor contacto. Además, tiene una particularidad que debe usted de recordar. Si una mujer la contrae durante los primeros cuatro meses de embarazo —Miss Marple pronunció esta última palabra con un cierto pudor—, las consecuencias pueden ser terribles. Puede provocar que la criatura nazca ciega o sea un disminuido psíquico.

La anciana se volvió hacia Jason Rudd.

—Creo no equivocarme, señor Rudd, si digo que su esposa tuvo un hijo disminuido psíquico y ella nunca se recuperó del todo de aquel *shock*. Siempre había querido tener un hijo y, cuando por fin nació el niño, fue una tragedia, algo tan terrible que ella nunca lo olvidó ni tampoco quiso olvidar. Algo que la carcomió por dentro como un cáncer.

—Es verdad —admitió Rudd—. Marina tuvo la rubéola en los primeros meses del embarazo, y el médico le explicó que la disminución psíquica de la criatura se debió a esa causa. No se trataba de un caso de locura hereditaria ni nada por el estilo. Intentaba ayudarla, pero no creo que la ayudara mucho. Marina nunca supo cómo, cuándo o quién le contagió la enfermedad.

—Así es —asintió Miss Marple—. Ella nunca lo supo hasta que una tarde, aquí mismo, una perfecta desconocida subió estas escaleras y se lo dijo, y por si eso fuera poco, se lo dijo encantada, incluso con el desparpajo de estar orgullosa de lo que había hecho. Creía que había demostrado su ingenio, su valor y su ánimo al abandonar la cama, maquillarse para cubrir las pupas y salir a la calle dispuesta a conocer a la actriz que adoraba y pedirle un autógrafo. Fue algo de lo que presumió toda su vida. Heather Badcock no pretendía perjudicar a nadie. Nunca tuvo la intención de hacerle daño a nadie, pero no hay ninguna duda de que las personas como Heather Badcock (y mi vieja amiga Alison Wilde) son capaces de hacer mucho daño porque carecen, no de bondad, porque son bondadosas, sino de una sincera preocupación por la manera en que sus acciones pueden afectar a otras personas. Únicamente pensaba en lo que una acción significaba para ella, y ni por un instante se le ocurrió pensar en lo que podía significar para los demás.

Miss Marple asintió suavemente.

—Así que murió sencillamente por algo ocurrido en su pasado. Deben ustedes imaginar lo que significó ese momento para Marina Gregg. Creo que míster Rudd lo comprende muy bien. Creo que durante todos aquellos años ella alimentó el odio hacia la persona desconocida que fue la causante de su tragedia. Entonces, de pronto, aquí mismo, se encuentra con esa persona cara a cara. Una persona que es alegre, feliz y está contenta de sí misma. Fue demasiado. Si hubiese tenido tiempo para pensar, para calmarse, para permitir que alguien le hiciera ver las cosas, el resultado habría sido otro muy distinto, pero no se concedió ese tiempo. Ahí estaba la persona que había destruido su felicidad y había destruido la mente y la salud de su hijo. Quería castigarla. Ansiaba matarla. Desgraciadamente, los medios los tenía al alcance de la mano. Llevaba en el bolso un sedante llamado Calmo. Una droga bastante peligrosa porque hay que ser muy preciso en la dosis. La ejecución fue muy sencilla. Echó la droga en su copa. Si por casualidad alguien advertía lo que estaba haciendo, no le hubiera llamado la atención porque era habitual que tomara esto o lo otro con lo que estuviese bebiendo. Es posible que alguien la viera, aunque lo dudo. Creo que miss Zielinsky lo adivinó por casualidad. Marina Gregg dejó la copa en la mesa y, en el momento oportuno, se las arregló para empujarle el brazo y conseguir que Heather Badcock se derramara el cóctel sobre el vestido nuevo. Es aquí donde entra en juego otra pieza del rompecabezas, debido al hecho de que las personas no siempre recuerdan el uso correcto de los pronombres.

»Me recuerda tanto a aquella doncella de que le hablaba él otro día —añadió Miss Marple dirigiéndose a Craddock—. Únicamente tenía el relato de lo que Gladys Dixon le dijo a Cherry y que sólo se refería a su preocupación por las manchas en el vestido nuevo de Heather Badcock. Lo que fue curioso, dijo Gladys, fue que ella lo hizo adrede. Pero este *ella* que empleó Gladys no se refería a Heather, sino a Marina Gregg. Como dijo Gladys: "¡Ella lo hizo adrede!". Marina golpeó el brazo de Heather. No por accidente, sino con toda intención. Sabemos que se encontraba muy cerca de Heather porque todos hemos escuchado que limpió el vestido de Heather y el suyo antes de darle la copa que tenía en la mesa. En realidad, fue el crimen perfecto —señaló en tono pensativo—, porque lo cometió sobre la marcha sin detenerse a pensar ni un segundo. Quería matar a Heather Badcock y, unos minutos más tarde, su víctima estaba muerta. Quizá entonces no se dio cuenta de la gravedad de sus actos y, desde luego, del peligro que entrañaban. Eso vino después. Entonces tuvo miedo, un miedo terrible. La asustaba pensar que alguien la hubiese visto echar la droga en la copa, que alguien la hubiese visto empujar el brazo de Heather, que alguien la acusara de haber envenenado a Heather. Sólo vio un camino para salvarse: insistir en que el veneno era para ella, que ella era el objetivo del asesino. Probó la idea con su médico. Se negó a que Gilchrist se lo dijera a su marido porque, a mi juicio, sabía que míster Rudd no se dejaría engañar. Hizo cosas fantásticas. Escribió los anónimos y los dejó para que los encontraran en los lugares y las horas más inverosímiles. Un día en los estudios manipuló el café que le sirvieron. Hizo cosas que se podrían haber descubierto con relativa facilidad si alguien hubiese tenido alguna sospecha. No obstante, hubo una persona que se dio cuenta de todo.

Miss Marple miró a Jason Rudd.

—Eso que dice sólo es una teoría —manifestó el hombre.

—Puede llamarlo así si quiere, pero usted sabe muy bien, señor Rudd, que estoy diciendo la verdad. Usted lo sabe, y lo supo desde el primer momento. Lo sabe desde el instante en que escuchó mencionar la rubéola. Lo sabía e hizo lo imposible para protegerla. Pero no se dio cuenta de cómo tenía que protegerla. No se dio cuenta de que no era cuestión de silenciar una muerte, la muerte de una persona de quien se podría decir que se la buscó. Ocurrieron otras muertes. El asesinato de Giuseppe, un chantajista, es verdad, pero también un ser humano, y la muerte de Ella Zielinsky, una joven que merecía su aprecio. Usted estaba frenético por proteger a Marina y también por evitar que Marina continuara haciendo daño. Lo único que quería era llevársela de aquí a algún lugar seguro. Usted intentó vigilarla a todas horas, tener la seguridad de que no volvería a matar a nadie. —Miss Marple hizo una pausa. Se acercó a Jason Rudd y apoyó una mano sobre el brazo del hombre con mucha gentileza—. Siento una profunda, profundísima pena por usted. Me doy cuenta de la tremenda agonía que ha pasado. La quería con toda su alma, ¿no es así?

Jason Rudd desvió ligeramente el rostro.

— Eso, si no me equivoco, es del dominio público.

—Era una criatura tan hermosa —opinó Miss Marple con dulzura—. Tenía un don maravilloso. Tenía el poder de amar y odiar, pero no tenía estabilidad. No podía olvidar el pasado ni tampoco ver el futuro como era en realidad, sino sólo como se lo imaginaba. Fue una gran actriz y una mujer bella y muy desgraciada. ¡Qué maravillosa María, reina de Escocia! Nunca la olvidaré.

El sargento Tiddler apareció en lo alto de las escaleras.

—Señor, ¿puedo hablar un momento con usted?

Craddock se volvió.

—Volveré en unos minutos —le dijo a Rudd mientras caminaba hacia las escaleras.

—Recuerde que el pobre Arthur Badcock no tiene nada que ver con todo esto —le advirtió Miss Marple—. Se presentó en la fiesta porque deseaba volver a ver a la muchacha con quien había estado casado hacía tantos años. Yo diría que ella ni siquiera lo reconoció. ¿Me equivoco? —le preguntó a Rudd.

El hombre meneó la cabeza.

—No lo creo. Desde luego, a mí nunca me lo comentó. No creo que lo reconociera —añadió con expresión pensativa.

—Probablemente no. En cualquier caso, él es inocente. Nunca se le pasó por la cabeza atentar contra ella ni nada parecido. Recuérdelo —volvió a gritarle a Craddock.

—Le aseguro que no teníamos la menor intención de acusarle —respondió el inspector—, pero, como es lógico, cuando descubrimos que había sido el primer marido de Marina Gregg teníamos que interrogarle. No se preocupe por él, abuela —murmuró mientras continuaba bajando.

Miss Marple volvió su atención a Jason Rudd una vez más. El hombre parecía estar en trance, con la mirada perdida en el vacío.

—¿Me permite verla? —preguntó la anciana.

Rudd la observó durante unos segundos y después asintió.

—Sí, puede verla. Usted parece comprenderla muy bien.

Se volvió y echó a andar, seguido de Miss Marple. Entraron en el amplio dormitorio y Rudd abrió ligeramente las cortinas.

Marina Gregg yacía en un enorme lecho blanco en forma de concha, con los ojos cerrados y las manos cruzadas sobre el pecho.

Así, quizá, pensó Miss Marple, había estado tendida la

dama de Shalott en la barca que la llevaba a Camelot. A su lado, un hombre, de rostro feo y curtido, que bien podía ser un Lanzarote moderno.

—Ha sido muy afortunado para ella haber tomado una sobredosis —comentó Miss Marple en voz baja—. La muerte era el único camino que le quedaba. Sí, ha sido una suerte que tomara una sobredosis, ¿o tal vez se la dieron?

La mirada de Rudd se cruzó con la de Miss Marple.

—Era tan hermosa y había sufrido tanto... —afirmó el hombre con voz quebrada.

Miss Marple volvió a contemplar la figura inmóvil. Citó las últimas líneas del poema en un suave murmullo:

> *Él dijo: «Tiene un rostro hermoso:*
> *Dios en su piedad le dio la gracia»,*
> *la dama de Shalott.*

Descubre los clásicos de Agatha Christie

¿POR QUÉ NO LE PREGUNTAN A EVANS?
UN PUÑADO DE CENTENO
EL MISTERIOSO SEÑOR BROWN

Su fascinante autobiografía

Y los casos más nuevos de Hércules Poirot
escritos por Sophie Hannah

www.coleccionagathachristie.com